中公文庫

追懐の筆

百鬼園追悼文集

閒

中央公論新社

追懐の筆　百鬼園追悼文集

目次

I

III

追懐の筆　百鬼園追悼文集

I

漱石先生臨終記

一

十二月九日の日暮れに漱石先生が亡くなられてから、お葬ひは何日目の幾日であつたかも思ひ出せない。二十年の歳月が、痛みに堪へなかつた感傷を癒やし、同時に慌《あわただ》しかつたその当時の事の後先を、順序もつながりもなくしてしまつた。二十年の時の流れは、私を翻弄する事に急であつて、自分の身の上として顧れば、大浪が不意に立ち騒ぎ、相撃ち、流れを攪《みだ》した事も幾度かあるので、その当時の狂瀾が、大切な記憶や感傷を洗ひ去つた様な気もするのである。

青山斎場の受附に起《た》つたり、又広場の向うにある供待部屋の中に這入つたりした。土間の真中に炉を切つて、盛り上がつてゐる炭火の色は真赤であつた。その廻りに人が起つたり、蹲踞《しやが》んだりして、ざわめいた。幅の広い白襷を肩から脇に垂らし、人の顔をまともから見据ゑながら、混雑の中をうろつき廻る男があつた。襷の白地に墨で書き連ねた字が、目に沁みる様であつた。しかしどう云ふ文句が書いてあつたか覚えてもゐないし、第一その時に読んで見もしなかつた様である。時時斜に天を見上げる恰好をして、手を挙げ、声を荒らげて、喚きたてた。漱石先生の死んだ事で、何かの啓示をしようとするらしかつた。気違ひか、香具師か、本気なのか解らなかつた。

後から遅れて来る会葬の人も絶えた時、前の広場の地面は、ぱさぱさに白らけ返つて、不意に倍も広くなつた様に思はれた。その向うにある式場の中を、こちらの遠くから、うかがつて見ると、真暗がりの中途半端なところに、蠟燭の大きな焰が、輪郭のない汚染《しみ》になつて、赤くぼやけた色をしてゐる。今日ここで行はれてゐる事は、私に何のかかはりもない様な気がしかけた。時時寒い風が吹き過ぎて、一服してゐる私の煙草の煙を、手繰るやうに引いて行つた。

先生が死なれた夕方から、びつくりする様な突発事と、いつまでやつても片づかない瑣末な用事とが、取り込んでゐる家の中を引つ掻き廻し、一睡もしてゐない私の頭の中でこんがらがつた。デスマスクを取る時、先生の動かなくなつた顔に、油を塗りたくり、石膏を圧《お》しつけたさうである。私は知らないのだけれど、見てゐた人の話に、引つ剝がす時は髭が釣れて、痛痛しかつたと云つた。その一事でも、私は一生涯忘れられない事を聞いたと思つた。大学病院で先生を解剖したら、おなかの中には、胃が破れて溢れた血が、一ぱい溜まつてゐたと云ふ話を聞いた。傍に起ち合つた小宮豊隆氏は二度とか三度とか卒倒したのに、なほ最後まで見届けると云つて、その場を去らなかつたと云ふ事も聞いた。すると不意に私は、あんまりはつきりしたつながりもないのに、急に泣き出しさうな気持になつて、慌てて忙がしい用事に起つて行つた。早稲田南町の書斎に先生の亡軀《なきがら》が帰つて来た時も、何処か用事に出てゐたのか、奥の方で何かしてゐたのか覚えないが、私は知らなかつた。それで傍の人に聞いた。

「先生はもう帰つたんだらう」

「さうらしい。さつき帰つて来た様だつた」

どう云ふ姿になつて帰られたか、私は想像もしなかつた。

人の出入りが激しくて、だれが何を云つてゐるか、よく解らなかつた。先生が危篤に陥られた後、食塩注射で一度持ち直した。間もなくその利き目が衰へて、再びもとの危篤に落ちられる前に、「苦しい」とか「死にたくない」とか云はれたと云ふ話が、どの新聞かの記事で妙な風に扱はれて、夏目漱石も普通の人間ではないかと云ふ事になつた。その何でもない当り前の事の為に、実は混雑でその新聞を直接に見る暇もなく、又先生が本当は何と云はれたのか確かめもしないで、人から聞いたなりに、或は人と人との話しを立ち聞きしただけで、惑乱した。新聞なぞにそんな事を書いて貰ひたくないと云ふ一念で、口惜しくて堪らなかつたのである。

岩波茂雄氏は先生の亡くなられた晩に、憚《はばか》りにおつこちた。門から玄関に向かつた左側の庭に、植木屋の住んでゐた別棟の小さな家があつて、その中にも一ぱい人が詰めかけてゐた。夜が更けて、少し人の減つた頃、岩波氏はそこの憚りで足を踏み外し、這ひ上がつた所を、野上豊一郎氏と森巻吉氏とに見られたのださうである。それで後から御馳走するからこの事は秘密と云ふ事になつてゐたのが、岩波さんの方で中中耆らないものだから、間もなく知れ渡つた。私もみんなと一緒になつて、腹を抱へて笑つた。しかし、あんまり笑つてゐると、仕舞には、さう云ふ失策が非常に感傷的に思はれて、急に泣き出しさうになつた。

墓場に行つたり、焼場に行つたり、方方の交渉を皆《みんな》手分けで片附けた。やつとお葬ひになつて、向うの式場から、鉦の音が聞こえて来る。私は煙草を土間に投げすてて、式場の方へ行つた。真中辺りに空いた席があつたので、そこに腰を掛けた。薄暗くて温かくて、身体の方方が伸び伸びする様で、連日の疲れでほつとした。お経の声を聞きながら、うすら眠い様だなと思ひかけた時、突然、その気持とは何の関係もなしに、腹の底から大きな何だか解らない生温かい塊りが押し上がつて来て、涙が一どきに流れ、咽喉の奥から変な声が飛び出して、人中でわめきさうになつた。

それで、慌てて場外に出て、入口の柱に凭《もた》れた。広場に向かつて、大きな口を開けて、わあわあと泣いた。涙が顎から胸に伝ひ、又足許にぽたぽたと落ちた。白けた広場が、池の様に水光りがした。

二十年この方、いろんな目に会つたけれども、こんな事を繰返した覚えはない。さうして、これから先も、もう一生涯さう云ふ事はなささうに思はれる。

二

田舎の中学校の授業が終つて、校門を出ると両側に濠がある。その中に浮いた様な道を歩きながら、友達と夏目漱石を論じた。私は初めから、そうせきと読めたけれど、友達の中には、セ石だの、ライ石だのと読む者があつた。

漾虚集《やうきよしう》の出た当時で、私はその読後感を書いて町の新聞に寄稿した。新聞がまたそれを採用して、詞藻欄に載せたものだから、急に鼻が高くなつて、一人前の漱石崇拝者を以て任じた。

漱石が満洲に旅行すると云ふ新聞記事を読んだので、同級の太宰施門君と相談して、岡山駅を通過するところを、入場券を買つて、汽車の窓から覗いて見ようと云ふ事にした。その当時、東京から下ノ関に直通する急行列車は、一往復しかなかつたので、岡山駅を通過する時刻は、上リが晩の七時二十二分、下リは午前十時三十何分であつた。それで朝の十時頃から岡山駅に出かけて、二銭の入場券を買つて、プラットフオームに出た。その為に学校を休んだ様な記憶はないから、多分暑中休暇中の事であつたらうと思ふ。度度新聞や雑誌で見た事のある写真の顔を標準にして、それに似たのを物色しようと云ふ計画である。

一日一回宛しかない急行の這入る時は、停車場内が引締まる様な気がした。構内の外れにある踏切りには、既に柵が下りて、両側に溜まつた通行人が人垣を造つてゐる。その先のカーブに汽罐車の前面が見えたと思つたら、忽ち地響が伝はつて、目の前を窓から食み出した人の顔が、ちらちらと流れて、汽車が止まつた。漱石はきつと一等に乗つてゐるに違ひないと云ふので、太宰と二人で、ひつそりしてゐる一等車の窓から、恐る恐る中を覗いて見た。二三人しか人が乗つてゐない。みんな偉さうな顔をしてゐるけれども、漱石に似た顔は一つもなかつた。

事によると二等かも知れないと思つて、今度は二等車の窓を覗いて歩いた。人の顔が沢山動いてゐて、一等車の様に、はつきり見極める事は出来なかつたけれども、居ない事は確からしかつた。

それでその日は失望して帰つた。或は日にちを一日位は延ばしたかも知れないから、明日もう一度来て見ようと約束して、太宰と別かれた。

さうして、その次の日も同じ様に、一番後に連結されてゐる一等車から見て行つて、二等車も一わたり覗いたけれど、はつきりしない。しかし一等車に、どうも少し怪しいのが一人ゐる。口髭を生やして、何だかさう思へば、写真のどれかに少し似てゐた。

もう一度その窓の前に帰つて、二人で代りばんこに覗きながら、ひそひそ声で話し合つた。

「あれだらう」

「さうらしい」

「あれに違ひない」

「さうだ、あれにきめよう」

さうして、汽車の出る迄、二人並んで窓の外に起つて、見送つた。

漱石先生が大阪で発病して、その時の満韓旅行を中止せられた事は、ずつと後になつて、初めて知つた。

三

明治四十三年田舎の高等学校を卒業して、その秋初めて東京に上り、四十四年の早春に、内幸町の胃腸病院に入院して居られる漱石先生を訪ねて行つた。

日比谷から内幸町に向かつて歩いて行く途中、私は華族会館の前で立ち停り、道端にしやがんで、袴の裾から下にのぞいてゐるズボン下を、膝の折屈《をりかが》みのところ迄たくり上げた。足頸で紐を結ぶ旧式のズボン下なので、裾口が打裂《ぶっさ》きになつてゐるから、たくし上げた皺が、膨《ふく》ら脛《はぎ》を辷つて下りない様に、折屈みから膝頭に紐を廻して、ぎゆうぎゆう縛つておいた。何故そんな事をしたかと云ふに、初めて漱石先生にお目にかかるのに、ズボン下が袴の下にのぞいてゐる様な、だらしのない風態ではいけないと思つたからである。

先生の病室は二階の日本間で、寝床は敷いてあつた様にも思ふし、先生は別の所に起きてゐられた様な気もする。床の間に掛物が懸かつてゐて、病院の様な気はしなかつた。郷里にゐる頃から、度度手紙を差上げ、又御返事を戴いた事もあるけれども、漱石先生の顔を見るのは初めてなので、固くなつて畏り、膝を高く端坐して、お話しを承つた。

先づ私の郷里の事を聞かれて、先生が自分も明治二十五年とか六年とかに岡山に行つて、未曽有の洪水に遭つたと云ふ話をせられた。その時は二年続いて大水が出たので、私も自分の家の二階から、母に抱かれて、往来を高瀬舟が通るのを見た事を覚えてゐる。漱石先生は、二階のない家に来て居られた為に、水に漬かつて、そこから避難せられた所が、今は魚峯とか云ふ料理屋の座敷になつてゐるさうである。今秋岡山がその後四十年目の大洪水に襲はれた後、昔の中学校の恩師木畑竹三郎先生から寄せられたお便りの中に、その事が書いてあつて、時折り会合などのある時、その座敷に上がると、今昔の感に堪へないとの所懐を述べられた。木畑先生は、第一高等学校が一ッ橋外にあつて高等中学校と云つた当時、漱石先生と同学せられたのである。木畑先生が病を得て、早く郷里に帰られた為、漱石先生と相識るに至らなかつた。私に取つて微妙な因縁が、そこで断たれてゐる。

私が余り固くなつてゐたので、漱石先生の方から色色話しかけて下さつた様である。しかし私は、ろくろく口も利けないし、田舎から出て間のない時で、もう帰りたいと思つても、切り上げる潮時が解らないのである。その内に足がしびれて来て、さつきは華族会館の前で、大変な事をして来たと気がついた。わざわざ膝の下にたくし込んだ大きな襞《ひだ》を足に挟んで、その上に危坐してゐるのだから、ぢつと坐つてゐても、その儘横倒しにひつくり返りさうになつた。

この病院には、そんなに悪くもないのに、客を避ける為に入院してゐる人もある。一日ぢゆう外を出歩いて、お酒を飲んで帰つて来る患者もゐると云つて、先生は笑つたらしい。私はそれどころでなく、もうこの上は一刻も身体が支へられないと思つたので、急に挨拶をして、やつと起ち上がり、ふらふらしながら襖を開けて、次の控への間に一足踏み入れた途端に、膝を突いて前にのめつた。その部屋の火鉢の前に坐つてゐた看護婦の身体にぶつかりさうになつたので、看護婦が何か云つたに違ひないけれど、そんな事は覚えてゐない。足をさすつたり、ひねつたりして、早く痺れの取れる事を念じた。ズボン下の襞が膝の裏に食ひ込んでゐる。それを下ろして、もとの通りにしたら、らくになるだらうと思つて、袴の裾をまくつてゐるところへ、うしろから「痺れたかね」と云つたので、びつくりして振り返ると、漱石先生が私の後からついて来て、そこに起つてゐた。

往来に出てから、私は独り言を云ひながら、無暗に足早に歩いた。

四

それから数年後、私は九月号の「掻痒記」に書いた様なわけで、生活が苦しくなつた。しかしまだなんにも事が解らないので、いろいろ気をつかつた。友人達には何人にも知らせない様に質を置いたところが、期限が来た時、受け出す金がないので、どうしていいか解らない。流してしまつては困る物ばかりである。秘密の話を聴いて戴きたいと前置きして、漱石先生にその事を訴へた。どうかお金を出して、質を受けて下さいと頼み込んだところが、先生は、その位の事を知らないのか、利子をやればいいのだよと云つて笑はれた。家に帰つて、利子がいくらいるのか調べて来いと云はれたので、さうしたら、利子のお金を出して下さつた。

それから又何年後、益《ますます》貧乏して、暮らしが立たない。大勢の家族を背負つて、煩悶した揚句、漱石先生にお金を貸して戴かうと思つたけれど、叱られさうな気もする。恐る恐る早稲田南町に行つて見ると、先生は湯河原の天野屋に行つてゐられると云ふ事なので、一旦家に帰つて、有りつ丈の金を集めて、私も後から湯河原に行く事にした。

初めての所なので、勝手は解らないし、旅費はやつと向うまで行きつくか、どうか、少し怪しい位しかなかつた。心細いけれども、もうそれより外に道がないと思つたので、元気を出して、汽車に乗つた。国府津で下りて、小田原までは電車だつた様な気がする。小田原から小さな軽便鉄道に乗つたところが、満員で腰をかける事も出来ず、起つてゐるには、天井が低いから、頭がつかへて、中腰でゆらゆらしてゐると、線路の曲り角で、よろめいて後に腰を掛けてゐる人の上から腰を掛けてしまつた。さうするともう起ち上がれないのである。又下敷きになつた人も文句を云はなかつた。小さな汽罐車はぴいぴいと云ふ計りで、のろくて、坂を登る時は逆行しさうになつた。坂を下る時、片側を見たら、切りそいだ様な崖で、そのすぐ下に迫つてゐる海は、恐ろしい淵の色をしてゐた。雑木の間を走りかけて、急に止まつたと思ふと、機関手が下りて線路の上に散つてゐる枯葉を拾つて除けた。葉つぱの上を走つて、辷つた事があると云ふ話を車内の人がした。段段薄暗くはなるし、お金はもう二十銭銀貨一枚しかないので、湯河原についてから、宿屋が遠かつたら、どうしようかと思つた。万一、漱石先生が入れ違ひに、東京に帰られたと云ふ後にでも行つたら、今夜をどうしていいか、さう云ふ点を非常に心配しながら、なるべく考へない様にした。

湯河原の駅は真暗で、降りた所に提灯の灯が五つ六つ、中途半端なところを、ふらふらと揺れてゐた。それがみんな宿引きやお迎への提灯なのである。天野屋はここからどの位の道程であるか、どの方角に歩いて行つたらいいかと尋ねようと思つてゐると、いきなり目の前に馬の顔が来たと思つたら、一頭立ての幌馬車である。御者台に天野屋の提灯がともつてゐる。私が道を尋ねてゐるのを傍から聞いて、その馬車に乗れ乗れと云つた。私は提灯の屋号を見て、急に取り縋りたくもあり、又向うが頻りに丁寧な言葉で乗れと云ふから、ついその儘、馬車の踏み台に足をかけて、乗り込んでしまつた。

暗闇の中に蹄の音が乱れて、時時道の凹みに馬がよろめくらしかつた。左手の暗い底に瀬音を聞いたり、右側の崖の上に風の渡る樹立ちのざわめきを聞いたりしながら、私は暗い車上で、そつと二十銭銀貨を摘まみ出して、その縁のぎざぎざを爪で掻いて見た。この馬車賃に足りるかどうかと案じながら、何処かわからない所から吹き上げて来る夜風に身ぶるひをした。

天野屋の前に停まつてから、料金を聞かうとしたら、馬車は宿から汽車の著《つ》く毎に、駅に出すお迎への車なので、ただであつた。明かるい玄関に起つて待つてゐると、漱石先生に取り次いだ女中が帰つて来て、どうぞお通り下さいと云つた時の嬉しさは忘れられない。

漱石先生は、割りに小さな部屋にゐられた様である。突然伺つた御詫びをして、私のお願ひを申し出たら、叱られもしないで、貸してやるけれど、今ここにはないから、東京に帰つて、自分がさう云つたと伝へて、お金を出して貰へと云はれた。お金は百円か二百円か何でも大金であつた。私は温泉に這入り、麦酒を飲まして貰つて、御馳走を食つて、鉤の手になつた広い部屋に、伸び伸びした気持で寝た。

翌くる朝、遅く起きて、支度をすませて、先生の部屋に行つて見ると、障子に一ぱい朝日の射した、目のはちくれる様な部屋の中に、漱石先生は湯上りらしい肌の色をして、真裸で足を伸ばしてゐるので、びつくりして、遠慮しようかと思つてゐると、漱石先生は平気な顔をして、私の方を見ながら、「いいよ」と云つて、方方を揉み出した。暫らく何か話されたけれども、私はその時の話を一言も覚えてゐない。帰りの旅費やお小遣を五十銭銀貨ばかりで何円か貰つて、玄関まで呼んで戴いた俥に乗り、女中や番頭に見送られて帰つて来た。さう云ふ用事で行つたお客でも、宿屋の宿帳から見れば普通の湯治客と変りないから、毎年年賀状を寄越す。

五

何年たつても、私は漱石先生に狎れ親しむ事が出来なかつた。昔、学校で漱石先生に教はつた人達は勿論、私などより後に先生の門に出入した人人の中にも、気軽に先生と口を利き、又木曜日の晩にみんなの集まる時は、その座の談話に興じて、冗談を云ひ合ふ人があつても、私は平生の饒舌に似ず、先生の前に出ると、いつまでも校長さんの前に坐らされた様な、きぶつせいな気持が取れなかつた。

或る夏の夕方、近所にゐた津田青楓氏を誘つて、漱石先生を訪れ、小せんの落語を聞きにいらつしやいませんかと勧めたところが、先生は気軽について来られた。神楽坂の寄席に行つて、目くらの小せんの話を五つも六つも続け様に聞いた。それでもまだ物足りない程面白かつた。こはこれ頼朝公御幼少の頃のしやりかうべと云つた小せんの口跡が「右大将頼朝公の髑髏」となつて、「道草」の中に載つてゐる。

しかし、そんな事は私に取つて永年の間のたつた一度の経験であり、それも津田さんが一緒だつたから、先生を誘ひ得たのである。先生と二人きりだつたら、その方に気を取られて、呼吸が詰まつて、小せんを聞いても面白くなかつたらうと思ふ。

先生がまた病気で寝てゐると云ふ事を聞いたので、お見舞に行つたら、病床に通されて、外に何人《たれ》もゐなかつた。しかし先生が布団の中に寝てゐるから、いくらか気がらくであつた。

「いかがです」と聞いたら、

「段段いい」と云つた。

それで話しが切れてしまつて、別に苦しさうでもなく、うるささうでもないけれども、又面白さうでもなかつた。世間話をする種もなく、病状を根掘り葉掘り聞いてもつまらないし、聞かなくても、大概みんなこちらで知つてゐる。

私の方でつまらないから、もう帰らうと思ふと、今度は、先生が黙つて寝てゐるから、その潮時がないのである。やつと機会を見つけて、「失礼します」と云つて起ちかけた時、ふとさつき門の前で、子供が鬼ごつこをしてゐたのを思ひ出した。私は東京の子供の遊び言葉をよく知らなかつたので、不思議な気がしたから、先生に聞いて見た。

「大勢電信柱につかまつて、がやがや云つてゐましたが、何と云つて遊ぶのですか」

「いつさん、ばらりこ、残り鬼と云ふのだよ」と先生が枕の上で節をつけて云つた。

もう一度「失礼します」と云つて、病室を出てから、廊下を歩きながら、私は口のうちで、繰り返した。病床に寝て、独りで天井を眺めてゐる先生も、さつきの口癖で、又いつさんばらりこ残り鬼と云つてゐる様な気がした。

六

大正五年の冬、十二月に入つてから先生の病勢は危迫を報ぜられた。門下の者が交替で、泊り番をきめて先生を看病をした順番が、幾度目かに私に廻つて、八日の夜は病室に隣つた部屋の炉辺に、不眠の一夜を明かした。

真夜中に、固い音のする通り雨が、家の廻りを取り巻いて、間もなく一陣の夜風の音と共に、何処かに去つて行つた。

廊下を踏む足音を、忍ばせてゐても近づいて来る気配は、遠くから、はつきり解つた。さうして、老看護婦が襖を開き、炉の縁に肱を曲げてゐる当番の医者に、脈搏は百四十幾つと報告した。

医者は起き直つて、無言で聞く事もあり、看護婦と共に病室に行く時もあつた。帰つて来てから、黙つて火箸を取つて、炉の灰をならしてゐる。

「如何です」と聞くと、

「ふうん」と云つたなり、又肱を曲げて、手枕をして、眼鏡をかけたまま目をつぶつてゐる。

さうして、障子越しの硝子戸の向うに、重苦しい暁の色が射して来た。

お午過ぎに、病室から慌《あわただ》しく走つて来る足音がして、「早く、お嬢さんを、俥屋をやつて、さうだ女子大学の女学校へお迎へにやるんだ」と云つた。

午後は病室にお医者が三人か四人這入つたきりで、だれも出て来なかつた。

木曜日の夜、顔を合はす人はみんな集まつた様である。別の部屋には、あちらこちらに団まつて、平生余り顔を見ない人が坐つてゐた。

家の中に上がつて来る人が、段段ふえて、人影がしげくなるに従ひ、辺りの物音が次第に消えて、人の起つ裾の音がしても、びつくりする様になつた。

「今、苦しいらしい」とだれかが云つた。

病室の模様を伝へた者がある。

みんな黙つてゐた。

いつの間にか、辺りが薄暗くなりかけてゐた。

「どうぞ、皆さん」と入口に起つて云ふ声が聞こえた。

はつと思ふ気の張りもなかつた。黙つて、静かに書斎に這入つた。窓の近くに病床がある。

まだ起つてゐる時、先生の顔が見えた。青ざめて、激しく動いたあとが消え残つて、そのまま静まつた顔が、屛風の陰にあつた。

先生と同じ様な病気で寝て居られた寺田寅彦氏が、起きて来て、先生の傍に坐つてゐる。筆を取つて、先生の脣をぬらしてゐる。さうしてお辞儀をして、そこを起たれた。

みんなが同じ事を、静かに行つた。

私も筆をぬらして、先生の顔をこんなに近く見た事がなかつた、口がいつもより少し違つてゐた、脣に穂尖が触れた後で、一寸辺りが解らない様な気持がしかけたけれど、お辞儀をして起つた。

泣いてゐる人は一人もなかつた。私もそんな気持ではなかつた。ただ自分の坐つてゐる座の廻りが、非常に遠い様な気がした。

突然、津田青楓氏が大きな声で泣き出した。先生の枕許を離れなかつた。

だれかがなだめて、こつちに来た。それから又静まつて、みんながぢつとしてゐた。

お医者が先生の傍に行つて坐つた。

どの位時間が経つたか解らない。傍にゐられる奥さんの顔が引き緊まり、一寸ざわめいた様でもあり、みんなは坐つたなり動かなかつた。御臨終で御座いますと、お医者が云つたか、私に聞こえたかどうだか、解らない。それから後はなんにも覚えてゐない。

何日か後に、青山でお葬ひがあるまで、私は涙も出なかつた様である。


（『中央公論』昭和九年十二月）

湖南の扇

芥川君の書斎から、私が帰らうと思ふと、芥川も上野桜木町までお見舞に行くから、一緒に出ようと云つて、私を待たして支度に降りて行つた。

玄関を出る時、菓子折のやうな形の、大分大きな包を抱へてゐた様に思ふ。珍らしくお子さん達が前庭に遊んでゐて、奥さんも一番下の赤ちやんを抱いて、玄関の外に起《た》つて居られた。

行つていらつしやいまし、はいちよと云ふ声声に、芥川は一一応へた。門まで行く間の途中から、芥川はまた引返して、奥さんの手に抱かれてゐる赤ちやんに、「はい、はい」と云つたりした。

何となく不思議な様な、しかし又当り前の事にも思はれた。暑い夏の日を浴びた庭土と、その上に点在した人の姿が私の記憶に残つてゐる。

門を出たら、塀際に大きな犬がゐた。

坂道を降りて、道閑山下の通をぶらぶらと歩いた。

「僕達の頭だつて、あぶないよ」

「容態はどうなのだ」

「何しろ奥さんが気の毒でね」そこで話しを切つて、芥川は道の左側に寄つて行つた。「僕は近著を君に献じたいと思つてゐたのだが、無くなつたものだから」

さうして、その側にあつた本屋に、つかつかと這入つて行つて、いきなり帳場の前に突起ち、硯箱をもとめてゐた。

店の者が差出す「湖南の扇」の扉に、「百間先生恵存龍之介」と署名し、包紙に包ましてから、私にくれた。

「自分の本を本屋で買ふのは惜しいね」と芥川が云つた。

動坂の通で別かれて、私は砂利場の僑寓に帰つた。

それから数日後に、もう一度会つた時の芥川は、半醒半睡の風人であつた。薄暗い書斎の床の間の前に据ゑた籐椅子に身を沈めて、客の前で昏昏と睡つた。不意に目を醒まして、曖昧な応対をしたりした。

「そんなに薬を飲み過ぎては、身体の毒だよ」

「いいよ。それに、こなひだ内からおなかを毀してゐたものだからね」

話を続けようとすると、もう眠つてゐるのである。

その後の二三日目が、日にちの記憶ははつきりしないのだけれど、たしか二十四日であつたと思ふ。砂利場の宿でまだ眠つてゐる時、帳場の者に、お電話ですと呼び起こされた。

私は、数年後の大貧乏に落ち込む前の瀬戸際であつたので、周囲の人に迷惑をかけた。その一端を芥川に話した時、ある本屋に話をつけて、仕事前のお金を千円調達してくれた。

「僕が行かなければ駄目だし、今行くと宣伝用の活動写真に取られるんだけれど、まあ君のためだから行かう」

さうして、自動車に乗つて、まだバラック建だつた下町のその本屋に行くと、芥川の話ですぐに千円を受取る事が出来た。

「用意が出来ましたから」と何人かが云つたので、芥川は頭を掻き掻き表に出た。私にも写真に這入れと云はれたから、一緒に往来に出て、全集の名前を染め出した幟に囲まれたところで、活動写真に写された。

その時会つた本屋の人が、二十四日朝の電話口に出て、私に悲報を伝へた。

「芥川さんがお亡くなりになりましたが」

私は、どんな返事をしたか、ちつとも覚えてゐない。

「まだ御存じないと思ひまして」

「自殺なすつたのです」

「麻薬を沢山召し上がつて」

「左様なら」

芥川の家に行つて、奥さんに一言お悔みを述べた様な気がするが、はつきりした記憶ではない。目のくらむ様な空を眺めながら、ふらり、ふらりと坂道を降りて来た。往来に一ぱい自動車が列んでゐて、道が狭いから、うまく歩けない。道傍のお神さんが、「七十台来てゐるよ」と云つた声だけ、はつきり耳に這入つて、「それは大変だなあ」と私は腹の中で感心した。

芥川は、煙草に火を点ける時、指に挟んだ燐寸の函を、二三度振つて音をさせる癖があつた。

芥川の死後、ふと気がついて見ると、私はいつでも煙草をつける時、燐寸を振つてゐた。以前にそんな癖はなかつたのである。又、芥川の真似をした覚えもない。

亡友を忍ぶよすがとして、私はこの癖を続けようと、気がついた時に更《あらた》めて決心した。

矢張り歳月は感傷を癒やすもので、今、この稿を草しながら考へて見ても、私は燐寸の函を振つたりなんかしてゐない。いつ頃から止めたか、そんなことも勿論解らない。

これで筆を擱《お》いて、何年振りかに、燐寸を振つて、煙草に火をつけて、一服しようと思ふ。

（『文學』昭和九年十一月）

亀鳴くや

一

三崎の海辺《うみべ》の崖の上のお寺に、いつぞやの大火の時、狭間《はざま》になつた石垣と石垣の間の所で海風にあふられて千切《ちぎ》れた焔が、飛びついたので炎上《えんじやう》した。本堂が大きな火の玉になつて、燃えながら崖から海の中にころがり落ちた。赤く染まつた浪が黒い崖に打ち寄せて砕けてゐる。

その景色を見たわけではないのに、何度でも私の脳裏にありありと映つた。三崎へ行つたのは後にも先にもたつた一度きりで、そのお寺の一室を借りて転地療養をしてゐた友人が喀血した時、すぐに来てくれと云ふ電報で馳けつけたのである。

行つた時は喀血はをさまつてゐたが、友人はひどくしよげて青い顔をして目ばかり光らせてゐた。翌日そのお寺から茅ケ崎の病院へ移る事にきめたので、私も一緒について行く事にして、その晩はお寺へ泊まつた。夕方になると、びつくりする様な綺麗な娘さんがお膳を運んで来た。お寺でも普通の生臭《なまぐさ》の御馳走で、鮑《あはび》の吸物が載つてゐた。お膳の出る前に、友人が酒を飲むかと聞くから飲むと云つたので、お銚子も添へてあつた。美人のお酌で一盞《いつさん》傾けて、友人の肺病もさう心配する事はない様な気持になつた。あれはどう云ふ美人だと尋ねると、このお寺の娘さんだと云つた。その時は秋であつたが、夏の内、一高の生徒や大学生が水泳の合宿練習に来て、このお寺へも泊まる。さう云ふ連中の間にここの娘さんは有名であつて、年年夏になるのを待ち兼ねて顔を見にやつて来ると云ふのであつた。

それだけの話で、あくる日お寺を引き上げて茅ヶ崎に移つてから、友人は病床でその娘さんの面影を瞼にゑがいたかどうだか知らないが、私は綺麗だつたと云ふ記憶だけで、間もなくその顔貌《かほかたち》も忘れてしまつた。それがどう云ふわけだかその年の冬、新聞で三崎大火の記事を読んだ時、いきなりお寺が焼ける光景を想像し、お寺が焰の塊りになつて暗い海へ落ちたと云ふのは、娘さんの袖に火がついたのをさう云ふ風に思ふのだと云ふ事を考へかけては自分で打ち消した。あの当時の芥川龍之介の事を思ふと、すぐに三崎のお寺の火事の焰が頭の中でちらちらする。

二

田端の芥川龍之介君の家の二階には、梯子段が二つついてゐた様である。高みになつた所に建つた屋敷構への大きな家であつたが、二階は一間しかなかつたのではないかと思ふ。或は私の知らない裏の方にまだ二階の部屋があつたのかも知れないけれど、庭の外から見上げた所では、いつも通される一部屋だけの様に思はれた。

そこが芥川君の書斎で、又よく客を通した。私などが請じられて梯子段を上がつて行くと、硝子戸の内側の廊下に出る。その右側が書斎である。廊下の先にもう一つ、向うへ降りて行く別の梯子段がある事は知らなかつた。私は一度もその梯子段を上り下りした事はない。

芥川は、こちらから何を話しても、聞いてはゐるらしいが、向うの云ふ事はべろべろで、舌が動かないのか、縺れてゐるのか、云ふ事が中中解らない。どうしたのだと尋ねると、昨夜薬をのみ過ぎたのだと云ふ。そんな事をしてはいけないだらうと云へば、それは勿論いけないけれど、そんな事を云ふなら、君だつてお酒を飲んで酔つ払ふだらう、などと云つて、さう云つたかと思ふと、人の前で首を垂れて、眠つてしまふ。

仕方がないから、様子を見ながらぢつと坐つてゐると、又目をさまして、やあ失敬、失敬。つい眠つてしまつた。だつて君、そりや実に眠いんだぜと云つて、少し笑つた様な顔になつたりする。

私は何しに来たのか、何か頼み事があつたのか忘れたけれど、対坐してゐても埒があかないので、もう帰らうと思つた。失敬すると云つて、起《た》ち上がりかけて気がついたのだが、帰りの電車賃の小銭がない。いい工合にそれを思ひ出した。その時はお金がなくて、電車賃もなかつたと云ふのではなかつたと思ふ。蟇口にいくらか持つてはゐた様だが、何か来る時の首尾で、帰りには小銭を用意しなければならぬと思つたのを思ひ出したのである。

その時分の電車賃は五銭であつたか、七銭であつたか忘れたけれど、ゴールデン・バツトの十本入りが五銭だつたのが六銭に値上げしたのを、バツトの愛用者であつた芥川が気にして、バツトは五銭でなければバツトの様な気がしない、ねえ君さうだらうと云つたのを思ひ出す。だから電車賃も大体その見当だつたに違ひない。

僕はもう帰るけれど、帰りの電車賃の小銭がないと云ふと、よろしい、一寸待ちたまへと云つて、ふらふらと起ち上がつた。前にのめりやしないかと、こちらがはらはらした。よろよろした足取りで歩き出して、私がさつき上がつて来た梯子段を降りて行つた。

もう帰りかけてゐたので、私も起ち上がり廊下に出て、庭を見下ろしたり、向うの空を眺めたりしてゐたが、中中戻つて来ない。下へ降りて来いと云ふつもりなのか知らと考へてゐるところへ、廊下の向うの端にあるもう一つの方の梯子段から、影が揺れる様な恰好でゆらゆらと上がつて来た。夏の事で単衣物《ひとへもの》を著《き》てゐたが、その裾をはだけて脛《すね》を出し、そこに起ち止まつたが一寸も静止しないで前後左右に揺れてゐる。さうして私の前に両手を出した。両手の手の平をつなげて、その上に銀貨や銅貨を取り混ぜた小銭を盛り上がる程載せてゐる。丁度米櫃《こめびつ》から両手に山盛りお米を掬《すく》つて来たと云ふ様な恰好である。

その手を私の方へ差し出した儘、芥川自身も感心した様な顔をして眺めてゐる。どうしてそんなに沢山持つて来たの、と聞くと、蟇口を開けてうつしたら、こんなにあつたのだよ。僕はこの中から摘む事が出来ないから、君取つてくれたまへと云つた。芥川の手の平から十銭玉を一つ貰つて、手に持つた儘、左様ならをした。芥川は一足書斎に這入つて、黒檀の机の上で両手を開いたから、小銭がちやらちやらと散らかつて、机から落ちたのはそこいらを転がつた。

外へ出てからもその十銭玉を手に持つてゐて、電車通へ出て電車に乗り、切符を買つて車掌に払つた。

その時分、私は自分の家を出て、一人で早稲田の終点近くの下宿屋に息を殺してゐた頃であつたが、下宿屋には電話があつたので、十銭玉の一日二日後に芥川君が自殺したと云ふ知らせを電話で受けた。

三

私は山高帽子が好きで、何所へ行くにも山高帽子をかぶつて出掛けた。仕舞には詰襟の洋服を著て山高帽子をかぶつてゐたので、今から考へると少しはをかしかつたかも知れない。しかし自分ではさうも思はなかつた様である。だから平気でその恰好で人を訪ねたりした。それがどう云ふものか、芥川には非常に気になつたらしく、人の顔を見るといつでも、君はこはいよ、こはいよと云つた。

二階の書斎に通されたが、主人の芥川はそこにゐなかつた。待つてゐる内に、又後から来た客があつて、二階へ上がつて来た。三人連れでその中の二人は女である。知らない顔ではあるし、そこいらが混雑して来たから、私はその人達に一寸会釈だけしておいて、座敷の奥へ這入り、机が置いてある所よりまだ奥の本棚の陰になつた壁際で、壁に靠《もた》れてぢつとしてゐた。

大分たつてから芥川が上がつて来た。まだ元気のいい時で、そこにゐる三人のお客に愛想よく話しかけてゐる。面白さうな話しの調子を聞きながら、黙つてゐたけれど、その内に何か口を切るきつかけがあつて、私はその壁際から、ねえ芥川君と云つた。

途端に、坐つたなり飛び上がつた様な恰好をした。

「あつ、驚いた」

大業《おほげふ》な声を立てて、しかし真剣な顔つきでこつちを見た。

「ああ驚いた。こはいよ君。そんな暗い所に黙つてしやがんでゐては」

「しやがんでゐやしないけれど、だつて僕は前からゐるよ」

「それ、それ、それがこはいんだ、君。だまつてるんだもの」

「差し控へてたんだ」

「真黒い洋服を著て、そんな暗い所で差し控へてなんかゐられては、ねえ君、こはいよ。こはいだらう」今度は三人の客の方へ向いた。

その後は馬鹿にはしやいで、無闇に論じたり弁じたりした。相手になつて、ついて行かれない様な気勢で、口に唾を溜めて一人でしやべり続けた。

どうも勝手が違ふ様な気がして、しかし別に用事もなかつたので、三人の客より先に帰つて来たが、芥川の身のまはりが何となくもやもやしてゐる様で気味が悪い。

四

五月の初めの八十八夜の頃に芥川を訪ねようと思つて出かけた事がある。どう云ふ道順を取つて迷つたのか解らないが、知らない原つぱに出て、どつちへ行つていいのか解らなくなつた。

夕方を早くして出かけたのだが、いつ迄たつても日が暮れない。まだ原の地面に青味を帯びた明かりが残つてゐる。何所にでも草が萌え出る時候なのに、どう云ふわけだか原つぱ一面の裸土で、ただ真中辺りに亭亭とした大きな樹が一本、夕空の中に聳え立つてゐる。足許は明かるいけれど、見上げた大木の頂は暗い。私は段段に息苦しくなつて、胸先《むなさき》が締めつけられる様で、なんにもない所に起つてゐるのが不安になつた。大木の根もとへ行つて幹にもたれ、どうしようかと思つた。

原の外れにある家並みの屋根の向うに丘らしい影が見える。芥川の家のある見当に違ひない。原を突つ切つて、そつちの方へ出られさうな道を探せばいいと思ふけれど、さう思つた方へ歩き出す事が出来ない。ぢつと起つてゐても胸苦《むなぐる》しいのだが、そつちへ行かうと思ふと、なほ一層不安になる。

暫らく起ち竦《すく》んでゐる内に、到頭日が暮れて原つぱが大きな闇の塊りになつた。向うの家並みの間から洩れる明かりが点点と鋭く光り出した。光りの筋が真直ぐに私の目に飛んで来て、相図をしてゐる様に思はれる。不安で無気味で、かうしてはゐられない。

到頭思ひ切つて、田端の近くまで行つたのに思ひ止《とど》まり、その儘引き返して来た。あきらめて帰らうとしたら、どこかで何だか鳴いてゐる。曖昧で遠くて何の鳴き声かわからない。暗くなつてから、急に辺りが暖かい様な気がし出した。帰らうと思つて歩き出したら、さつき程息苦しくはない。

五

芥川の親しくしてゐる友人の頭が変になつて、その筋の病院に入院したと云ふ事件はひどく芥川をおどかした様であつた。人の顔さへ見れば、君は変だよ、気違ひだよと云ふ様な事を口走つた。

「そんな事を云ふのは、君が病覚がないからで、ただそれだけの事であつて、決して君が健全だと云ふ証明にはならない」と云ひながら、人の目の中をまじまじと見た。

いつもの書斎で話してゐたら、話しの切れ目にかう云つた。

「今日僕はそのお見舞に行かうと思ふのだ。失礼だけれども、そこ迄一緒に出よう」

一旦下へ降りて著物を著換へて来た。用意してあつたと見えて、家の人から菓子折らしい風呂敷包みを受け取り、それを抱へて一緒に出かけた。

歩きながら、どんな風なのだと聞くと、段段落ちついてゐるらしいんだ。しかし、ねえ、矢つ張りこはいよと云つた。そうつとした様な声でさう云つて、後は黙つてゐる。

電車通へ出る角の二三軒手前に本屋があつて、その中へつかつかと這入つて行つた。まだ左様ならをしない前なので、私も一緒に這入つて見た。

店の中でこんな事を云つた。僕の新らしい本が出たので、進上しようと思つて取つておいたのだが、客が持つて行つて、なくなつてしまつた。自分の本を、本屋で金を出して買ふのは変なものだね。第一、惜しいよ。

棚から「湖南の扇」を一冊抜き取り、硯箱を出さして帳場で署名してくれた。店の者が包み紙に包んでくれたのを私が受け取り、手に持つて一緒に外へ出た。

お見舞の菓子折を抱へた芥川は、私の乗る電車とは反対の方向の電車に乗つて行つた。私の方の電車は中中来なかつた。「湖南の扇」の包み紙が、持つてゐる手の手あぶらで手の平に食つついた。

六

田端の家を訪ねて行く様になつた初めの頃、二階の書斎に通されて待つてゐたけれど、いつ迄待つても上がつて来ない。人を通しておいて忘れたのか知らと思ひ出した頃にやつと梯子段を上がつて来た。

そこに突つ起つた姿を見ると、黒紋付に袴を著《つ》け、白足袋を穿いてゐる。その装束《しやうぞく》で私の前に坐つた。

「失敬、失敬。どうも、お待たせしちやつて。今日はこれから婚礼をするのでね」

面喰《めんくら》つてゐると、続けて、

「僕の婚礼なんだ」と云つて面白さうに人の顔を見返した。「しかし、まだいいんだよ」

当時は芥川は横須賀の海軍機関学校の教官であつて、私も一週一日づつ出かけて行く兼務の教官であつた。新婚の芥川君は鎌倉に居を構へ、時時東京へ出て来た様であつた。

その時分はまだ東京横須賀間の電車はなく、二等車は勿論、一等車も連結した汽車が走つてゐた。一等車も二等車も座席は今の様でなく、窓に沿つて長く伸びてゐたので、私は横須賀の帰りに車中で靴を脱いで座席の上に上がり込み、窓の方に向いて端坐してゐた。

汽車が鎌倉駅に著いた時、偶然芥川君が新夫人を伴なつてその同じ車室に這入つて来たのを私は知らなかつた。声を掛けられて振り向いた途端に、矢つぎ早に新夫人を紹介されたので、私は周章狼狽《しうしやうらうばい》して、腰掛けの上に坐つた儘、そこに手をついて初対面の挨拶や祝辞を述べた。奥さんの方は車室に這入つて来たばかりだから、勿論起つた儘で、しかし私が正坐して挨拶してゐるので勝手が悪さうな工合で挨拶した。その光景を見て又動き出した汽車に揺られながら、芥川は身体を捩《ねぢ》る様にして笑ひこけた。

七

もう夕方だつたかも知れない。薄暗い書斎の中で長身の芥川が起ち上がり、欄間《らんま》に掲げた額のうしろへ手を伸ばしたと思ふと、そこから百円札を取り出して来て、私に渡した。

お金に困つた相談をしてゐたのだが、その場で間に合はして貰へるとは思はなかつた。当時の百円は多分今の二万円ぐらゐ、或は大分古い話だから、もつとに当たるかも知れない。

「君の事は僕が一番よく知つてゐる。僕には解るのだ」

と云つた。

「奥さんもお母様も本当の君の事は解つてゐない」

それから又別の時に、

「漱石先生の門下では、鈴木三重吉と君と僕だけだよ」

と云つた。

芥川君が自殺した夏は大変な暑さで、それが何日も続き、息が出来ない様であつた。余り暑いので死んでしまつたのだと考へ、又それでいいのだと思つた。原因や理由がいろいろあつても、それはそれで、矢つ張り非常な暑さであつたから、芥川は死んでしまつた。

八

亀鳴くや夢は淋しき池の縁。亀鳴くや土手に赤松暮れ残り。

（『小説新潮』昭和二十六年四月）

花袋追慕

上

花袋全集の刊行は、故人の七周忌を記念して計画せられた様に聞いてゐるが、さうすると私の思ひ出は、つい二三年前の事の様に思つてゐたけれども、その七年前よりも更らに一両年溯る事になるから、事によると十年近い昔の事かも知れない。

私は田山花袋氏にたつた一度だけお目にかかつた事がある。

田山花袋氏が最後の病床に就かれる二三年前に一度大患をせられた当時、新聞の消息を見て、ひそかに御快癒を祈つてゐたが、それから大分たつて、思ひがけない案内状を受取つた。それはその当時から数へても既に二昔も前の明治四十年頃に、博文館から出てゐた文章世界の文苑欄で、花袋先生の選を受けた事のある人達の発起であつて、加藤武雄、中村武羅夫、米川正夫などの諸君の名前を見ると私も昔を思ひ出した。私は文壇との交渉は勿論なく、その外どんな会合でも、人の集まる所には殆んど顔を出した事がなかつたが、私共の少年時代に文章の指導を受けた花袋老先生の御全快を祝ふ賀筵であると聞いて、無暗に昔がなつかしい様な気がしたから、早速出席の返事を出して当日を待ちわびた。

　田山花袋氏が文章世界の選者になられた当初は、まだ小説家としての発向をしてゐられなかつたのではないかと思ふ。確かな事は私には解らないが、自然主義文学の大作家として、文壇の指導的起《た》ち場に起たれたのは、私が文章を見て戴いた当時から二三年以後の事であらうと思はれる。然しその以前から田山花袋と云ふ名前は、一流の紀行文家として既に久しく知られてゐたので、その頃の私の愛読書にも「草枕」と云ふ紀行文集が一冊あつた。漁村の風景を描いた表紙に

　いかはかり長閑なる世や送るらむ灯し火明かきあまの一村　　花袋

と云ふ歌が一首刷つてあつた。

　文章世界の創刊は、たしか明治三十九年であつたと思ふ。その第三号であつたか、或は五号位であつた様にも思はれて、はつきりした事は覚えてゐないが、私が試に投書した「乞食」と題する写生文風の叙事文が、思ひがけなく最高位の優等に当選したので、私は非常にうれしかつた。その文欄の選者は田山花袋氏であり、掲載された文章の後に、次の様な選者評が載つてゐた。「面白い写生文である。普通の観察ならば、乞食は可哀

想だとか、又は其歌が形式的でいやだとか言ふだけにて、これが却つて興味ある様に見たところが既に他に異なつて居る。従つて観察が純客観で、見る可きところを細かによく見てゐる。後略」

まだ後に続いてゐるその全文を、当時私は何度も読み返して、暗記してしまふ位、肝に銘じたが、長い歳月の間にすつかり忘れてゐた。

下

小雨の降る晩、日本橋亀島町の偕楽園に行つて見ると、座敷には大分人が集まつてゐたが、どの顔にも見覚えがなかつた。加藤武雄氏もゐるに違ひないと思つたけど、二十年前に、文章世界の口絵の写真に出た顔をうろ覚えに覚えてゐるきりだから、それを頼りに今大勢の人の中から、昔の加藤冬海君を物色する事は出来ない。私自身もその時の写真に出た姿は、郷里の中学校の角帽をかぶつて、頸にはハイカラらしく白いきれを巻いたりしてゐたので、仮りにその写真を覚えてゐる人がこの中にゐるとしても、今の私の顔から昔を探り出す事は出来ないであらうと思つた。

その内にこちらへ向いた一人の顔に馴染がある様な気がした。取り敢へず会釈を交しておいて、よく見ると、これも何年だか或は十何年だか会はなかつた米川正夫氏であつたので、更《あらた》めて久闊を叙したりした。

花袋老先生は人人の真中に坐つて居られたので、すぐに解つた。又そのお顔も写真で見たのと余り違はないと思つたが、ただ年を取つて居られるし、病後の疲れも残つてゐると見えて、ふがふがの歯抜け爺の様な感じがした。その様子が私には非常になつかしく思はれ、お膝の前に手を突いて、二十年前の内田ですと挨拶したら、涙がこぼれさうな気持がした。

初めてお目にかかつたのは私ばかりであつたかも知れないが、外の人人にしても、しよつちゆう花袋先生にお会ひしてゐると云ふのではなからうと思はれた。一座の気配に久し振りに旧師に会つたと云ふ、なつかしさうな気持が溢れてゐた。二昔前の「文章世界」と云ふ学校で、文章道の指導を受けた弟子達が、当時の校長先生を引つ張り出して来て、取り巻いてゐると云ふ趣であつた。

食卓に就いてから暫らくすると、花袋先生が少し離れた席から私の名を呼んで、「君のよこした文章は大変よかつた。特色があつたので、いつも注意した。最初の乞食などでも、観察がしつかりしてゐるから云云」と云はれるのを聞いてゐると、前段に引用した当時の選者評と同じ様な事なので、私は面目を施すと云ふよりも、そんな昔の事を今まで覚えてゐて下さつた有り難さに頭の下がる思ひがした。

花袋先生を援けて、同じく文章世界の選に携はつて居られた前田木城氏から、当時のいろいろの思ひ出話などを聞きながら、盃を重ねてゐると、老先生が又私の名を呼んだ。

「君は、さう云ふわけで将来を嘱目してゐたが、官立学校に入学して、文学を止めたのかと思つたが、さうでもなかつたか」と云はれたので、今度は面喰つた。学校を出てから陸軍や海軍の教官をしてゐたから、それがいつか花袋先生の耳に這入つて、さう云ふ風に思はれたのであらう。

「文学を止めたわけではありませんが」と云ひわけをしかけたけれど、花袋先生の云ひ方が少し可笑しくもあり、官立学校に入学したと云ふ事が先生の判断の種になつてゐるのでは、申し開きは立たない様にも思はれて、もぢもぢしてゐる内に、傍の人達が笑ひ出したから、その話は有耶無耶になつてしまつた。

（『時事新報』昭和十一年七月二十五日、二十六日）

花袋忌の雨

初夏の雨がざあざあ降つてゐる午後、定刻より大分遅れて会場へ行つた。会場は小石川関口町の椿山荘である。

あの辺りは昔の馴染みが深い。椿山荘の前は毎日の往き還りに通つた。大正十二年の大地震前後の十年よりもつと長く、私は高田老松町や小石川雑司ヶ谷に住み、目白坂を降りて江戸川橋の市電終点に出た。初めの内はまだ早稲田まで電車は行つてゐなかつた。目白坂と云ふのは、音羽の通から目白台へ上がる広い坂をこの頃ではさう呼んでゐる様だが、あの広い坂は目白坂ではない。目白新坂である。本来の目白坂はもつと南寄りの大滝に近い急な狭い坂であつて、その狭い坂道と広い坂とが岐《わか》れる初まりの所に椿山荘がある。

広大な庭園だと云ふ話は聞いてゐたけれど、だれも這入つた者はない。山県有朋公の邸宅でいつも門がしまつてゐて、黄味を帯びた白塀の上に竹の葉がそよぐのが見えるだけであつた。

そこが料理屋の様な事になつてゐる。或は貸し席と云ふのかも知れない。生まれて初めて通る、と云ふのは初めての所へ行けばどこだつてさうだが、昔、毎日の様に見馴れた門を初めてくぐるのは、少し不思議な気がしない事もない。

大正十二年の大地震には、乗つてゐた人力車が新坂へ掛かつたばかりの所で、後ろから大変な地鳴りが追つ掛けて来ると同時に、無茶苦茶に俥をゆさぶられて飛び降りたし、それよりまだ十年ぐらゐも前の或る年のお正月には、漱石先生の所でお年賀の御馳走になつてゐる内に大雪になり、足許のわるい雪道を椿山荘の少し先まで帰りついた時、突然大きな雷が鳴り出して、雪の上を赤い稲妻が走つたりした事もある。

椿山荘の門前で、ぐるりを振り返る様な気持で中へ這入つた。今日は花袋忌の集まりで、同時に田山花袋氏が文苑欄の選者をしてゐた昔の文章世界の投書家達の集まりでもある。その案内を受けたので私も出掛けて来た。私は文章世界の創刊当時から一年ぐらゐの間、花袋先生の選を受けた。

初めて這入つた椿山荘の中は勝手がわからない。玄関のある取つつきの大きな建物の中に無闇に人がざわざわして、大抵は女で、外は雨が土砂降りに降つてゐるから人の出入りで床も濡れてゐるし、床だけでなく、中で擦れ違ふ人も濡れてゐる様で、鬱陶しく薄暗く、何事かと思つたら、どこかの女学校の校友達の園遊会だと云ふ話であつた。

私共の会合の席はそこではなく、離れた別の所だと云ふので、その建物を通り抜けた。

ボイが傘をさして案内してくれたが、雨に濡れた幽邃《いうすゐ》なお庭の坂道を踏んで行くのは、足許があぶなくて、らくではない。大分行つて、まだかと思ふ時分に、ボイがこの先をから行つてから曲がつていらつしやれば会場ですと教へて、引き返してしまつた。

もう皆さんが大勢集まつて、お話の最中であつた。二三の人に目礼はしたけれど、お話し中だから口を利く事は出来ない。済んだかと思ふと幹事が又次の人を指名する。気に掛かる人もゐるが、私語するわけには行かない。遅れて来たのだから止むを得ない。

間もなく幹事が私を指名した。

私は花袋先生に三度お目に掛かつた様な気がすると云ふ事を話した。最初は中学の上年級から高等学校の初年級にかけて、文章世界に投書した当時から二十年後の或る晩、花袋先生の快気祝の席で初めて御挨拶した。その時の事を記した旧稿「花袋追慕」に依つて重複をいとはず、と云つても重複するのは私自身の記憶だけの話しで、そんな古い旧稿を読んでくれた人がゐるか、どうかわからないし、仮りにゐても覚えてはゐないだらうから、このつながりで更《あらた》めてお話しする。

田山花袋氏が最後の病床に就かれる二三年前に一度大患をせられた当時、新聞の消息を見て、ひそかに御快癒を祈つてゐたが、それから大分たつて、思ひがけない案内状を受取つた。それはその当時から数へて二昔も前の明治四十年頃に、博文館から出てゐた文章世界の文苑欄で、花袋先生の選を受けた事のある人達の発起であつて、加藤武雄、中村武羅夫、米川正夫などの諸君の名前を見ると私も昔を思ひ出した。私は文壇との交渉はなく、その外どんな会合でも、人の集まる所には殆んど顔を出した事がなかつたが、私共の少年時代に文章の指導を受けた花袋老先生の御全快を祝ふ賀筵であると聞いて、無闇に昔がなつかしい様な気がしたから、早速出席の返事を出して当日を待ちわびた。

　田山花袋氏が文章世界の選者になられた当初は、まだ小説家としての発向をしてゐられなかつたのではないかと思ふ。確かな事は私には解らないが、自然主義文学の大作家として、文壇の指導的起《た》ち場に起たれたのは、私が文章を見て戴いた当時から二三年以後の事であらうと思はれる。しかしその以前から田山花袋と云ふ名前は、一流の紀行文家として既に久しく知られてゐたので、その頃の私の愛読書にも「草枕」と云ふ紀行文集が一冊あつた。漁村の風景を描いた表紙に、

　いかはかり長閑なる世や送るらむ灯し火明かきあまの一村　　花袋

と云ふ歌が一首刷つてあつた。

　文章世界の創刊は、たしか明治三十九年であつたと思ふ。その初めの内の第何号であつたか、はつきりした事は覚えてゐないが、私が試に投書した「乞食」と題する写生文風の叙事文が、思ひがけなく最高位の優等に当選したので、私は非常にうれしかつた。その文欄の選者は田山花袋氏であり、掲載された文章の後に、次の様な選者評が載つてゐた。

「面白い写生文である。普通の観察ならば、乞食は可哀想だとか、又は其歌が形式的でいやだとか言ふだけにて、これが却て興味がある様に見たところが既に他に異なつて居る。従つて観察が純客観で、見る可きところを細かによく見てゐる。後略」

まだ後に続いてゐるその全文を、当時私は何度も読み返して、暗記してしまふ位、肝に銘じたが、長い歳月の間にすつかり忘れてゐた。

小雨の降る晩、日本橋亀島町の偕楽園に行つて見ると、座敷には大分人が集まつてゐたが、どの顔にも見覚えがなかつた。加藤武雄氏もゐるに違ひないと思つたけれど、二十年前に、文章世界の口絵の写真に出た顔をうろ覚えに覚えてゐるきりだから、それを頼りに今大勢の人の中から、昔の加藤冬海君を物色する事は出来ない。私自身もその時の口絵に出た姿は、郷里の中学校の角帽をかぶつて、頸にはハイカラらしく白いきれを巻いたりしてゐたので、仮りにその写真を覚えてゐる人がこの中にゐるとしても、今の私の顔から昔を探り出す事は出来ないであらうと思つた。

花袋老先生は人人の真中に坐つて居られたので、すぐに解つた。又そのお顔も写真で見たのと余り違はないと思つたが、ただ年を取つて居られるし、病後の疲れも残つてゐると見えて、ふがふがの歯抜け爺の様な感じがした。その様子が私には非常になつかしく思はれ、お膝の前に手を突いて、二十年前の内田ですと挨拶したら、涙がこぼれさうな気持がした。

初めてお目に掛かつたのは私ばかりであつたかも知れないが、外の人人にしても、しよつちゆう花袋先生にお会ひしてゐると云ふのではなからうと思はれた。一座の気配に久し振りに旧師に会つたと云ふ、なつかしさうな気持が溢れてゐた。二昔前の「文章世界」と云ふ学校で、文章道の指導を受けた弟子達が、当時の校長先生を引つ張り出して来て、取り巻いてゐると云ふ趣であつた。

食卓に就いてから暫らくすると、花袋先生が少し離れた席から私の名を呼んで、「君のよこした文章は大変よかつた。特色があつたので、いつも注意した。最初の乞食なども、観察がしつかりしてゐるから云云」

と云はれるのを聞いてゐると、前段に引用した当時の選者評と同じ様な事なので、私は面目を施すと云ふよりも、そんな昔の事を今まで覚えてゐて下さつた有り難さに頭の下がる思ひがした。

花袋先生を援けて、同じく文章世界の選に携はつて居られた前田木城氏から、当時のいろいろの思ひ出話などを聞きながら、杯を重ねてゐると、老先生が又私の名を呼んだ。「君は、さう云ふわけで将来を嘱目してゐたが、官立学校に入学して、文学を止めたのかと思つたが、さうでもなかつたか」と云はれたので、今度は面喰つた。学校を出てから陸軍や海軍の教官をしてゐたから、それがいつか花袋先生の耳に這入つて、さう云ふ風に思はれたのであらう。

「文学を止めたわけではありませんが」と云ひわけをしかけたけれど、花袋先生の云ひ方が少し可笑しくもあり、官立学校に入学したと云ふ事が先生の判断の種になつてゐるのでは、申し開きは立たない様にも思はれて、もぢもぢしてゐる内に、傍の人達が笑ひ出したから、その話は有耶無耶になつてしまつた、と云ふ様な事で、第一回のお目に掛かつた話は終り。

次にお目に掛かつたと思ふのは、花袋先生の御次男の結婚披露の席で、場所は麻布の龍土軒であつた。待合室の壁に、硯友社の巌谷小波や石橋思案が、一の字ばかり書いて署名した額が懸かつてゐた。お酒が廻つた頃、同席の島崎藤村が、多分奥さんだらうと思はれる婦人に、後ろから羽織を著《き》せて貰ふ時、口をへの字に結んで手を通した顔を覚えてゐる。

私もお酒を戴いたので酔つて朦朧としたのか、その席の花袋先生の顔が、どうもはつきり思ひ出せないと話した。

後で隣りの座の人が、その時は花袋さんはもうなくなつてゐたから、あなたがその席の顔を思ひ出さないのも無理はないと云つた。

もう一つの記憶は、花袋先生が四角い顔をして縁側に坐つてゐる前に手をついて私が挨拶した様な気がする。しかし私は一度もお訪ねした事はない。古い夢が、間違つて記憶の列によみがへり、そんな気がするのかも知れませんと、曖昧な話をして著座《ちやくざ》した。

私が済んで次の人がまだ起たない間、雨の音がざあざあ聞こえた。

（『小説新潮』昭和二十九年十月）

寺田寅彦博士

寺田寅彦博士は私から見ると十年の先輩であつて、余りお目にかかつた事もない。漱石先生の在世中、私共は毎週木曜日の晩に漱石山房に出かけて行つたけれども、寺田さんがさう云ふ席に来られた事は、私共が出入りする様になつてから後には殆んどなかつた様に思ふ。たまに漱石先生を訪ねられるのも、面会日にきまつてゐる木曜以外の日を選ぶとか、或は同じ木曜にしても、若い連中で混雑する夜分を避けて、昼間のうちに出かけられたらしい。或る木曜日の晩、漱石先生が私共に向かつて、暫らくぶりに寺田が来たけれど、なんにも話しをする事がないから、自分は寺田の顔を見て欠伸ばかりしてゐた。寺田もつまらないものだから、自分の顔を見て、欠伸をし出した。両方で黙つて欠伸をして、それで半日つぶして、寺田は帰つて行つたよと話された事がある。

その話は漱石先生の一番古いお弟子の一人として、寺田さんが先生と水入らずに親しんでゐられる情景を目のあたりに彷彿させる様で、私は何度でも思ひ出して、漱石先生と、中学生の当時から「ホトトギス」や「吾輩ハ猫デアル」を通じて敬慕してゐる寺田さんとを二人、私の想像の中に並べて味はつた。

しかし、現実の寺田さんについての私の記憶は不思議に曖昧である。漱石先生の生前にも、寺田さんにお目にかかつた事は一二度あるに違ひないのだけれど、その場所も前後の関係も思ひ出す事が出来ない。はつきり覚えてゐるのは、漱石先生の最後の枕頭に坐つてゐる寺田さんの姿である。その頃寺田さんは先生と同じ様な病気を病んで、大分重かつたのを無理に起きて来たとか云ふ話であつた。寺田さんの横顔がげつそり痩せ落ちて、色つやも悪く、著《き》ぶくれのした身体の恰好が痛痛しかつたのを思ひ出す。しかし、その時の事もあまり考へてゐると、寺田さんの姿には記憶の間違ひはないと思ふけれど、時の前後が少し疑はしい様なところもある。つまり寺田さんは漱石先生のさうなられる少し前にお見舞に来られたのではないか、或は臨終に間に合はなかつたのではないかと云ふ様な事まで気にかかつて来る。

この間寺田さんがなくなられた後、一二の雑誌から追悼文を求められたが、私の記憶が右の様に曖昧であつて、何を述べると云ふ纏りもつかないから、御長逝を悼む事は人後に落ちないけれども、寄稿は勘弁して貰ひたいと云つて謝つた。その後で矢つ張り何か知ら片づかない様な気持がした。曖昧は曖昧なりに自分のその儘の覚書としておけばよかつたと思ひ出したので又筆を執る事にした。

さうして考へ込んでゐると、私は寺田さんのお宅に伺つた事もあると云ふ事を思ひ出して驚いた。何故それを忘れたかと云ふのは、その時伺つた用件を思ひ出さないからであらうと思ふ。雑談や暇つぶしに寺田さんの所にお邪魔をする筈はないから、何か特別の用事があつたに違ひないが、それがはつきりしない。漱石先生の歿後当時矢来にあつた森田書店から「夏目漱石言行録」を刊行する計画があつて、私がその蒐輯の任にあつた為、何か原稿の事で寺田さんをお訪ねしたのではないかと、後から当て推量をして見るけれど、もう十何年昔の事なので、果してさうであつたか、どうか、はつきりした事は解らない。

本郷弥生町の裏の崖の上に、新開地の様な一劃があつて、寺田さんの家はその中の細い道に面してゐた様に思ふ。玄関を上がつたところに風琴《オルガン》が置いてあつた。今度思ひ出してから、それは洋琴《ピアノ》ではなかつたかと考へ直して見たけれど、矢つ張り風琴に違ひない。そこを通つて、どう云ふ部屋で寺田さんにお目にかかつたか、もうそこから先はなんにも解らない。寺田さんがどんな顔をして、何を話されたか丸つきり記憶にないので、じれつたく思ふよりも却つて不思議である。私の著書の中に収録した文章のうち、昔の事を書いたものは大変精確で細かいところまで覚えてゐるのに感心したと云ふ様な褒め言葉を、度度他から聞かされてゐるが、さうかと思ふとかう云ふ風に丸でぼやけてしまつた記憶の期間もある。自分の頭の働きに、こんなむらがあるのは、結局健全でないと云ふ事であらうと思はれる。

それから後にも、漱石忌その他の機会に、寺田さんにお会ひした事はあるに違ひないが、凡《およ》そ寺田さんのゐさうな場面は模糊として、寺田さん御本人のみならず、同席の人物も周囲の光景も一様にぼやけてゐる。寺田さんの顔が、底の知れない叡智を蔵してゐる感じでなく、何だか眠たい様なところがあるからではないかと思ふ。

近頃になつて、私の書いたものが次から次へと刊行される様になつて以来、私はその最初のものから一つ残らず寺田さんに差し上げてゐる。寺田さんからも新刊の文集を頂戴してゐるが、その小包を解く度に驚くのは、どうしてかう云ふ方面にこれだけの仕事を纏められる時間があるのだらうかと云ふ事である。物理学者としての寺田さんのえらい事は私共には丸で解らない世界の事だから、ただその盛名を聞いて、寺田さんがさうであるのはもとから当然である様に思ふに過ぎないが、私共に解る寺田さんの文章の方面だけを切り離して考へても、そのお仕事は普通の意味での一人前どころの話ではない。特にこの一両年は目覚しかつた様である。私などは学校の教師をやめて以来、朝から晩までその事に専念して、それでも到底寺田さんが専門の研究の余暇にやられるだけの事は出来なかつた。

随筆と云ふ言葉の正確な意味はよく知らないけれども、又随筆と云ふ以上はどう云ふ物でなければならぬと云ふ約束も私にははつきりしないけれども、寺田さんが吉村冬彦の変へ名で書かれた近年の数巻の文章こそは、昭和年代の随筆として後生に遺る第一のものであらうと思ふ。私が近頃の最初の文集に百鬼園随筆と云ふ名前をつけたので、随筆と云ふ点で寺田さんと並べられた批評を二三読んだ事があるが、私は納得しないし、寺田さんももしさう云ふ物がお目に触れたら苦笑せられた事であらうと思ふ。私の本の名前は、字面もよく音もいいので漫然とさう云つただけの事であつて、随筆と云ふ銘を打つについて、何の覚悟があつたわけでもない。かう云ふ物は随筆と云ふ事は出来ないと云ふ排他的の観念など少しも考へなかつたのである。だからその本の中には叙事文を主とし、抒情文風のものもあり、又月刊雑誌の所謂創作欄に載つた小説も収録した。その後に出した私の数巻の著書もみんなさうであつて、要するに私の作文集であり、文章と云ふ事を第一の目じるしにしてゐるから、寺田さんの書かれる物の様な啓蒙的な要素は少しもない。又さう云ふ事を私が企てても歯も立たないのは云ふまでもない。随筆と云ふ看板のために、寺田さんの様な立派な仕事をして居られる人のお引合ひに出たり、又寺田さんを引つ張り出したりする様な機会があつたのは誠に申しわけがないと思つてゐる。

さう云ふ事でなく、私の書いたものを寺田さんが読まれて、大変ほめて下さつたと云ふ事は、私に取つて実にうれしかつた。前にも書いた通り、私は近年寺田さんにお会ひする機会がなかつたので、その話も人伝てに聞いたのであるけれども、私はその話をしてくれた人に、寺田さんの云はれた言葉をもう一遍云ひ返して貰つて肝銘した。

寺田さんが最後の病床に就かれてから後の話は、いろいろの事を私共に考へさせる。寺田さんは初めの内は医者の診療を拒まれた様であり、病勢が進んでからも入院する事を肯《がへん》じられなかつたさうである。寺田さんの様な科学者が何故さうなのかとも思ふし、又あれ程の科学者であればさう云ふ気持を懐《いだ》かれるのが当然である様にも思はれる。

寿命と云ふ事を寺田さんが病床の枕の上でどう云ふ風に考へられたかは解らないが、「蒸発皿」に載つてゐる「空想日録」の一節にはこんな意味の事が書いてある。寿命の長短を測る単位は、吾吾の身体の固有振動週期だと云ふ事が云へる。そこで、今仮りに一寸法師の国があつて、その国の人間の身体の週期が吾吾の週期の十分の一であるとすると、これ等の一寸法師がダンスを踊つたら、吾吾の眼には目まぐるしくて、どんなステップを蹈んでゐるか判断が出来ない位であらう。一寸法師がそれだけの速い運動を支配し調節する為には、それ相当に速く働く神経を持つてゐなければならない。その速い神経で感じる時間感は、吾吾の感じるのとは可なり違つたものであらう。事によるとこれ等の一寸法師は、吾吾の一秒を恰《あたか》も吾吾の十秒程に感じるかも知れない。さうだとすると彼等は吾吾の十年生きても、自分達では百年生きたと同じ様に感ずるかも知れない。反対に象が何百年生きても、象の感じる一秒が長いものであつたら、必ずしも長寿とは云はれないかも知れない云云。

私はかう云ふ文章の大意を引用して、寺田さんの寿命が長かつたか短かつたかを考へようとするのではない。さうではなくて、寺田さんが医者も病院もどうでもいい様な気持で死んで行かれたのは、御自分の寿命と云ふ事をどう云ふ風に考へてゐられたか、それが気にかかつてならないのである。

（『中央公論』昭和十一年三月）

御冥福を祈る

私も中学卒業前から「千鳥」や「山彦」に心酔した一人であります。東京の大学に来てから鈴木さんにお目に掛かり、二十何年の間色々御世話になりました。此度赤い鳥社から御葉書を戴きましたが、追慕の一文を時事新報に送つた後でありましたので、ここでは御恩になつた鈴木さんの御冥福を祈るに止めます。

（「赤い鳥」昭和十一年九月鈴木三重吉追悼号）

鈴木三重吉氏の事

上

鈴木三重吉氏が亡くなられたが、三重吉先生は憎いおやぢで、神宮外苑が出来上がつてから間もない頃、散歩するからついて来いと云はれて一緒に行くと、私が歩きながら吸ひ捨てた巻莨《たばこ》の吸殻を振り返つて、立ち止まつた。

「そりやいかんよ。いけないと思ひませんか。から云ふ所でさう云ふ事をすると云ふ法はない」

腹を立てた巡査の様な目つきで私を睨みつけて、一歩も仮借しないと云ふ気勢である。今までちつとも怒つてゐなかつたのに、急にそんな形勢になつたので、私は大変面喰らつた。しかし、云はれて見れば御尤も、返す言葉もなかり梟《けり》と観念して、自分の不注意をわびたが、勘弁してくれなかつた。

「拾ひなさい」と三重吉さんが云つた。

それで到頭その吸殻を拾つて、それを袂の中に入れて、それから又何か話しながら、一緒に歩いて行つた。

お金を借りに行つたり、貧乏話をしたりすると、三重吉さんは頭ごなしに、から云ふ事を云ふ。しかし小言は小言で、お金はくれた。

「一どきにカツレツを八枚も食ふから貧乏するんだ。自分などは味噌汁を沢山つくつておいて、その中にこま切れを入れて、何日でもそれ計り食つた。心掛けが悪いからだ、困るのは当り前だ」

私がカツレツを八枚食つたなどと云ふのは、それは大昔の話で、そんな事を云ひ出せば、鬼子母神の雀料理で寒雀を三十五羽食つた事もある。さう云ふ馬鹿話をいつか漱石山房の木曜日の晩にでも私が話したのを三重吉さんが聞いて、カツレツの方だけ覚え込んでしまつたのであらう。そんな事もありましたと云ふ話を、その後後までも私が繰返してゐると勘違ひしたのか、さうは思はなくても人に小言を云ふ時の発声語として便利だから、いつまでも慣用されたものか、どうだか知らないが、きまつてカツレツ八枚が出て来るので、私の方でも弁解する張り合ひがなくなつた。

さうかと思ふと、四谷のお岩稲荷の近所にゐられた当時、夕方からお酒をよばれてゐる内にみんな酔ひが廻つて、中央公論社にゐる時山で亡くなつた松本篤造君もその席に

ゐて、がやがや云つてゐると、

「長押《なげし》の槍をかついで来い。提灯をともせ、待合に行くんだ」と三重吉大将が朗朗と号令した。

松本君が槍をかついで、私も刺股《さすまた》だつたか、突棒《つくぼう》だつたか、何でも古道具屋から掘り出して来たらしい変な物を担つて、提灯をともして四谷の電車通を横切り、荒木横町の花柳地に乗り込んだ。

大体その辺まではいつでも面白いのだけれど、お酒の時間が長くなると、三重吉さんは管を巻く癖がある。その時も何を云ひ出したのか解らないが、仕舞に私は癇にさはつて、独りで先に帰つてしまつた。酒の上で何がどうなどと云ふ事は勿論ある筈もないけれど、思ひ出して見ると、私自身には珍らしい事なので不思議な気持もする。しかし三重吉さんが今度なくなられ、お弟子の松本君は何年も前に死んでゐるから、当夜その席にゐた者で生き残つたのは私ばかりである。あの時はどうと云ふ思ひ出話をする相手もない。

下

大阪市選出の代議士、軍事評論家の池崎忠孝氏は、昔は赤木桁平と云ふ名前の文芸批評家で、遊蕩文学撲滅論などを書いて有名であつた。桁平と云ふ筆名は鈴木三重吉氏がつけられたのである。

赤木君がまだ田舎の高等学校の生徒だつた当時、私はその同じ学校を二三年前に卒業して東京の大学に這入つてゐたが、大学の早い夏休みで郷里に帰つて行くと、赤木君の同級であつた今の東大哲学科の出隆教授と私はもとから知り合ひだつたので、出から赤木君が私に会ひたいと云つてゐると云ふ話を聞いた。

それで赤木君を待つてゐると、独りでやつて来て、私を相手に文芸を論じ世相を慨き、滔滔として尽くるところを知らない。お茶の代りにすすめたサイダーのコップを取つて、時時咽喉をうるほすのだが、まだその前に云ひかけた事が切れてゐないので、サイダーが咽喉を通り越すのを待ち兼ねた様に口を利かうとする。それで無理にサイダーを呑み込んで、その拍子に「ん、ああ」と云ふ様な声を出すものだから私が気にして、後で出君にその事を話したところが、出は意地の悪い男で、赤木君に、「内田はお前がサイダーを飲んで咽喉を鳴らしたと云つて居るぞ」と伝へたらしい。それがさもさもサイダーがうまくて、それに当時の事だからいくらか珍らしい物を飲まされて、と云ふ意味にも響いたかも知れないが、それで赤木君が咽喉を鳴らしたと云ふ風に云つたのであらうと思ふ。赤木君がその話を聞いて腹を立ててゐると云ふ事は私は少しも知らなかつた。

二三年後に赤木君もその高等学校を卒業して、東京に出て来た。鈴木三重吉氏を崇拝してその家に寄寓し、薪水の労を執つてゐると云ふ話は聞いてゐたが、或る木曜日の晩、漱石山房で三重吉さんに会ふと、いきなり私に向かつて、

「君は実に怪しからん事を云ふ人だ。客にサイダーを出した後で、咽喉を鳴らしてうまさうに飲んだなどと陰口を利くと云ふのは怪しからん。さう云ふ事は云ふもんぢやないよ。そりや悪いよ。いかんよ。赤木が怒つてゐるのは当り前だ」と云つた。

私はその時になつて初めて、何年か前の私の失言をさとつたが、余り意外なので、うまく云ひ繕ふ事も出来なかつたし、又三重吉さんは一旦云ひ出すと中中承知しない人だから、そんなつもりで云つたのではなかつたと云ふ事を繰返すだけで、私は閉口した。この一件は私の失言よりも、出君の悪戯が災の根であると今でも私はさう思つてゐる。しかし何にしても、もう二十年昔の話である。

今年の春、或る会合の席で赤木君に会つた。赤木君ではなく、特別議会の為に上京した池崎忠孝氏である。その時、隣り合せに坐つて、三重吉さんの噂をしたが、御病気の事は話し合つたけれども、それから間もなく亡くなられようとは思ひもよらなかつた。

十何年前、私の文章が世間に認められなかつた当時から三重吉さんは私を推輓せられて、私の作品を雑誌に紹介したり、その後も渝《かは》るところなき称薦を惜しまれなかつた。亡くなられてから更に当時の恩を思ふ事切なるものがある。

（『時事新報』昭和十一年七月二十八日、二十九日）

四谷左門町

一

四谷怪談のお岩稲荷のある四谷左門町に鈴木三重吉さんがゐた。

淋しい裏町で、晩は足もとがあぶなかつた。

暗くなつてから訪ねて行くと、三重吉さんは一杯機嫌だつた様である。

三重吉さんの奥さんは時時変つたので、その時分はどの人であつたか、はつきりしないが、それよりずつと前、私が漱石先生の所で鈴木三重吉と云ふ当時の高名な新進作家を先輩として知る様になつてから間もなく、最初の奥さんが腸窒扶斯《チフス》でなくなつた。

そのお葬ひが数寄屋橋のお濠縁の、丁度朝日新聞社の向ひ岸の見当にあつた教会で行はれた。

漱石山房に顔を出した三重吉さんが、無宗教で執り行ふと云つた様だつたが、耶蘇教の教会で葬式をすれば無宗教と云ふわけでもないだらう。儀式は簡単で、お友達の安倍能成さんが聖書の一節を読み上げただけで、それで終つた。

お岩稲荷の四谷左門町の頃はそれからどの位後の事になるか、はつきりしないが、奥さんは勿論ゐたに違ひない。しかし三重吉さんの座辺の世話は、その時分書生として住み込んでゐた松本と云ふ青年が引き受けてゐた様である。

松本君はさつぱりした感じの頭の良ささうな青年で、鈴木さんのお気に入りであつた。学校はどこだつたか、或はすでに出てゐたのか、よく知らないが、その後中央公論の編輯部に勤める様になつた。勿論鈴木さんの推輓によるものだつたと思ふ。

何年も経たぬ内にその器《うつは》を認められ、若くして中央公論の編輯主任になつた。さうして或る年の冬、山へ行つてスキーをしてゐて誤つて倒れ、打ち所が悪くてその場で死んでしまつた。

中央公論社でお葬ひをした席に鈴木さんが列し、みんなのゐる前で、大きな声で、「松本、お前はなぜ死んだのだ」と叫んで辺り構はず号泣したと云ふ。

私が四谷左門町へ行つたのは、まだ彼が中央公論社に這入らない前である。御機嫌の三重吉さんは、私が来たのをよろこんだのか、新らしい顔が加はつて機《はず》みがついたのか、「さあ」と云つて胸を張つた。「席を更めて飲み直さうぜ」

私は松本君より幾つか年上であつたが、それでもまだ若かつた。さう云ふ事になるのは大変面白い。又漱石先生が推称せられて一時に有名になつた名作「千鳥」「山彦」の作者の鈴木さんをかねてから尊敬してゐたから、その人の御馳走になつて一緒にお酒を飲むのは難有い。

「やい、松本、支度をつかまつれ」

三重吉さんの号令で、松本君は手順よく弓張提灯を取り出して蠟燭に火をつけた。起《た》ち上がつて長押《なげし》から槍を取り降ろしたと思つたが、槍ではなくて昔、狼藉者《らうぜきもの》を取り押さへるのに用ゐたと云ふ三ツ道具の一つの刺股《さすまた》の棒であつた。三重吉さんが物好きにどこかの古道具屋から買つて来たのだらう。

私が弓張提灯を持ち、松本君が刺股《さすまた》を立てて、左門町の暗い裏道を歩いて行つた。三重吉さんは二人の後から、一杯機嫌の殿様の様なつもりで邌《ね》つて来たのだらう。明かるい四谷の大通に出て、そこを向うへ渡り、荒木町の花柳街の中に這入つて路地の奥の待合に上がつた。

お馴染みと見えて女中達が賑やかに出迎へ、中庭の先の離れの様になつた座敷に私共を請《しやう》じた。

三重吉さんは悉くの御機嫌で、芸妓の来るのを待つ間女中のお酌で頻りに杯を重ねた。私共も何となく面白い。松本君と隣り合つて坐り、お箸の先で卓袱台《ちやぶだい》の縁をコッコッコッと敲《たた》いた。はずみがついて、節《ふし》に乗つて来た様で、ますます小刻みに敲いた。聞き覚

えのクロイツエル・ソナタのプレストーの所だと自分で思つたら、何も云はないのに松本君の方から、

「クロイツエル・ソナタですね」と云つたので愉快になり、二人で立て続けに杯を空けた。

その内に芸妓も来るし、座のまはりが賑やかになつて、お酒が廻つて来たが、何だか一すぢ、段段に白《しら》けて沈んで行くものがある様な気がした。

初めはよく解らなかつたが、その華やかな雰囲気の中で三重吉さんの御機嫌が次第に悪くなつて来た様である。何が原因だか判然しないが、お酒の上でひどく癪にさはつた事があるらしい。三重吉さんのお酒は一体陽気で愉快さうで、御自分をえらさうに言ひ立てる大言壮語も聞いてゐて面白い。しかしどうかするとお酒の上で絡《から》まつたり、怒り出したりする事がある。漱石山房でお正月なぞ、お酒の出る事があると、先生には食つて掛からないけれど、同座の相手にしつこく絡《から》んで、お蔭で座が白けると云つた様な所へ居合はせた事がある。漱石山房では滅多にお酒は出なかつたが、外で飲んでから廻つて来た三重吉さんには時時一緒になつた。こちらがみんなしらふでゐる所へ這入つて来た酔つ払ひの三重吉さんの荒い語気は、どうかすると初めから何かに引つ掛からうとする様な所があつて、要するに酒癖の悪い一面があつた様である。

四谷荒木町の待合で、その晩の三重吉さんのお酒癖に引つ掛かつたのは私である。し

かし何がきつかけで、どう云ふ事から始まつたのかは丸でわからない。ただひどく意地の悪い毒舌を浴びせかけられて、根もない事をしつこく追究されて、どうしていいかわからなくなつた。何の話であつたかも思ひ出せないが、忘れたのではなく、その場から筋道なぞはない、口から出まかせの悪態だつたのである。

三重吉さんは私より大分歳の違ふ先輩ではあり、ふだんから尊敬してゐるので、何か云はれても口答へをしたり、言ひ返したりはしなかつたが、しかし余りしつこいので段段に腹が立つて来た。もうその座にゐるに堪へなくなつて、黙つて起ち上がりその儘外へ出てしまつた。

その前後、余程かつとしてゐたと見えて、私は下駄を履いてゐなかつた。多分玄関で女中が「お履き物」と云ふのを待たずに往来へ出てしまつたものと思はれる。自分ではわからないが、恐らく青くなつてゐたのだらう。足袋跣足《たびはだし》の儘家に帰つて来て、家に帰つてもまだ胸中の不快がをさまらなかつた。

今年のお正月の本誌に、坪田譲治さんが作家の日記で、昔三重吉さんの所へ年賀に行つてひどくいぢめられ、お正月早早泣いて帰つた事を書いて居られたが、矢張りお正月の祝ひ酒が三重吉さんの中を馳けめぐつてゐたのだらう。

二

私が陸軍教授に任官して陸軍士官学校の教官をしてゐた当時、教育総監の秋山好古大将が特命検閲使として学校にやつて来た。

教育総監部と云ふのは陸軍の文部省と云つた様な所だが、その長官の教育総監は大将で参謀総長と並び、文部大臣よりはえらかつたかも知れない。

その教育総監が学校に来ると云ふので、前前から大騒ぎであつたが、当日我我教官は出迎へ、見送りの外、講堂に集まつてその訓示を聞いた。

だから秋山大将の顔はよく見て、覚えてゐる。

訓示は何を云つたか記憶にないが、元来何も意味のある様な事を云つたわけではないだらう。ただその終りに、皆の者は引き取つていい。ただ「校長二人ハ残レ」と云つた。

二人の一人は士官学校の校長の中将で、もう一人は隣りの陸軍中央幼年学校の校長の少将である。中将と少将、いづれも閣下でふだんは大変威張つてゐる。その二人ハ残レと云つた御威光には驚き入つた。

秋山大将は頬の皺のひだが深く、意地の悪い顔をしてゐる所が三重吉さんそつくりであつた。初めに見た時、よく似てゐるなあと思つたが、校長二人ハ残レと云つた威張り方も、三重吉さんにお酒が廻つた時の調子に似てゐた。

後に、士官学校の生徒だつた秩父宮殿下が御卒業になつた時、私共教官は浜離宮へよばれて御馳走を戴いた。色色お世話になりましたと云ふ殿下の御挨拶の宴なのであつた。御主人側の殿下は勿論いらしてゐるが、私共の方ではなく、池を隔てた向うの芝生の上で幾人かの偉い閣下達に取り巻かれて立ち話をして居られる。その中の一人が秋山大将である。その中の一人ではなく、一番偉いのだらう。その起つてゐる様子を遠くから眺めて、全く三重吉さんが軍服を著《き》た様だとつくづく思つた。

三重吉さんがさう云ふ顔をして、特にお酒を飲むとますますさうなるその勢で、私共若い者三四人を引き具し、小石川高田老松町の生け垣の続いた暗い道を、辺り構はぬ大きな声でがやがや話しながら歩き廻つた。私共はどこで落ち合つてさう云ふ一隊になり、どこへ行く目当てで歩いてゐたのか覚えてゐないが、三重吉さんはもう余程廻つてゐた様であつた。

ぐるぐる歩き廻つて暗い角を曲がり、細い小路に出ると片側に門灯のついた家があつて、その前だけが明かるい。三重吉さんを隊長とする一隊の姿がその明かりに浮かび出た。

「おいおい、ここだぜ」と三重吉さんが静かな四辺に響き渡る大きな声で云つた。その前に門灯に照らされた表札の字がはつきり読める。「ここが日本一の誤訳の大家のお住ひだよ。わつははは」

或る私立大学の先生で、評論家として文壇にも名前を知られた英文学者の門札である。その前に起つた三重吉さんの傍若無人の大声は勿論家の中にも聞こえたに違ひない。

少し前にこの人の訳でダーウィンの「種《しゆ》の起源」が出てゐる。私はその本を見たわけではないが、今夜のこのぞろぞろ歩きの連中の集まつた席で、ひどい翻訳だと云ふ話が出た事がある。一例を挙げると、訳文の中に、エィヌーがどうとかしたと云ふ所があるさうで、その前後の原文が訳者によく解らないなりに日本文に移したのだらうと云ふのである。アイヌ人の Ainu がその儘アイヌと読めなかつたとはひどいものだと云ふ話であつた。

三重吉さんはさう云ふ事に関聯して、その門前で「誤訳の大家」などとわめき立てたのだらう。

三重吉さんは帝大の英文学科の出であつて、学校では漱石先生に教はつた学生である。英語が大変良く出来たさうで、後に私共が知る様になつてからも、その矜持《きようじ》は保つてゐた様であつた。

小説家としてすでに名を成してゐたが、或る期間英語教師として成田山の成田中学へ赴任した事がある。大分いい待遇で、教頭だつたかも知れない。

ところが或る晩、町の居酒屋でお酒を飲んで酔つ払ひ、その場にゐた相客の職人と喧嘩をしてひどい怪我をした。目のあたりをやられたらしい。入院して手当を受けたが、暫らくは出られなかつた様で、その話がこちらに伝はり、漱石山房でもその噂をしてゐた。

小宮豊隆さんが成田へ行つて病院を見舞つて来た話を漱石先生に伝へた。丁度小宮さんが行つてゐる時、学校の校長がお見舞に来た。三重吉さんはベッドの上から畏まった口調で、「私の不徳の致すところで」と云つたと云ふ。学校の先生が居酒屋で酔っ払つて喧嘩をすれば、不徳には違ひないが、それを三重吉さんの口から聞いたとするとついをかしくもなる。およそ不徳の致す所でなどと云ふ言葉の味とは逆の三重吉さんが云つたと云ふので、小宮さんの口真似を聞きながら漱石先生も鼻の横に皺を寄せて笑つてゐた。

三

今考へると不思議な気がするけれど、私なぞ若い時から読み馴れた評論、批評の文章には、筆者自身がここの所は大切だぞと云ふ事を読者に知らせる為に、文章のその箇所の右側に小さなルビの様な○や◎や△などを振つた。

それを三重吉さんは小説の文章にも用ゐて、しかし丸や二重丸や三角でなく、句読点の、を文章の右脇に振る事を始めた。「胡麻を振る」と云つた様である。黒胡麻と白胡麻とあつて、黒胡麻は﹅であり、白胡麻は中を抜いた﹆である。それを使ひ分けて大事な所には頻りに胡麻を振つた。一例を示すと、

私の不徳の致す所でありまして

それから、煩悶して自分の気持が制御出来ない、いらいらする、じりじりすると云ふ様な場合に「がじがじ」すると云ふ表現を用ゐ出した。

三重吉さんの文章は、「千鳥」「山彦」の当時から、独特の格調を持つてゐたが、作が重なるにつれて御自分の文体の中で段段窮屈になり、あがきが取れなくなつた様である。その結果、無闇に「がじがじ」して来て、さうして頻りに胡麻を振らなければならなくなつたのだらうと思ふ。

到頭三重吉さんは小説を書かなくなつた。さうして始めたのが児童文学の「赤い鳥」である。

「赤い鳥」の偉大な足跡は更めて云ふ迄もないが、初めの内はその発行を続けるのに一生懸命で、又いろいろ苦心もあつたに違ひない。同時にお家の内部の事情もよくなかつた様で、後になつてその頃の話を聞かされ、序《ついで》に、ところが君なぞは毎晩麦酒を飲みたいだけ飲み、カツレツを一どきに八枚も食つたぢやないかときめつけられる。

それはうそなのだが、しかし丸つ切り根も葉もない作り事とも云へない。仕方がない

から曖昧に恐れ入つてゐると、その三重吉さん編曲のカツレツ八枚が小宮さんその他へも伝播し、後後までも私が何か云はれる時の薬味に使はれた。

「赤い鳥」が段段に伸びて来て、「赤い鳥社」が出来た。三重吉さんはその社員数名を従へて、地方へ宣伝旅行に出掛ける。さうなつたら大した御威光で、人の上に立ち、威武を振ふのはお家芸である。東北地方へ行く時、行つた先の地酒など飲めるものかと云ふので、こちらでいつも飲んでゐるお口に合つた銘の酒を一升罎何本かに詰め分け、随行の社員おのおのにそれを持たせてお出掛けになつたと云ふ。

赤い鳥社が目白の上り屋敷にあつた頃、私は何度も訪ねて行つた。初めの内の「赤い鳥」に幾篇かの私の原稿を載せて貰つたが、文章の事になると三重吉さんは親切で、寧ろ礼儀正しく、ひどい事を云はれた事は一度もなかつた。

人を悪く云ふ事にかけて三重吉さんは何の遠慮もなかつた。しかも一たび云ひ出したらその続きでいつ迄も後を引き、中途で差し控へる事も割引きもしない。それでゐてその矢面《やおもて》に立たされた相手が、後後までもその事を根に持つと云ふ事もなかつた様である。つまり人をこきおろし、やつつけるにも何となく徳と云ふ様なものがあつたのかも知れない。

親切ではあつたが憎らしいおやぢで、憎らしかつたが親切であつた。漱石先生のところにはいろんな人が集まつたけれど、その中で三重吉さんの様な人柄の、少少破落戸《ごろつき》めいた味のある人は外になかつた様である。

今から二十四年前、昭和十一年の丁度今頃のさみだれが降りしきつてゐた宵に、市ヶ谷合羽坂の私の所へ、三重吉さんが亡くなられたと云ふ知らせがあつた。

電話があつたわけではなし、その時刻にどうしてだれが知らせてくれたのか判然しないが、すぐに支度をしてお悔みに出掛けた事だけは覚えてゐる。

その時のお宅は大久保であつた。行つて見ると弔問に来てゐる人達の多くは顔見知りであり、さう云ふ人達に会ふのもつらい気持であつた。

しかし、人が亡くなつた所へお悔みに行けば、ふだんの様でない感情に制せられるのも止むを得ない。

私は遺族の方たちにお悔みの挨拶を述べた後、霊前に坐つてをがまうとした。

突然、私の自制を突き破つて嗚咽《をえつ》が、さうして続いた号泣が咽喉の奥から破裂した様に飛び出した。

いけないと思つたけれど、一旦さうなつてはどうにもならない。人の耳に聞きづらい、見つともない醜態だと云ふ事がわかつてゐても、その発作の様なものが止む迄はどうする事も出来なかつた。

霊前を退いて座に返つたが、余りに取り乱した自分が恥づかしくて、その場に堪へない気持であつた。

親しい人が亡くなつて、お別れの席に列した事は度度あるけれど、そんな事は私の経験では初めてであり、又その後一度もない。

それ程私は三重吉さんが好きであつたのかと思つて見ても、その為だとは云はれない様だが、ただ後になつて思ふ事は、先年松本君、名は篤造である、松本篤造君が冬の水上スキー場で死んだ時、三重吉さんがお葬ひの席で号泣したと云ふ事が、ひどく私の心に触れて傷になつてゐる。自分ではわからないが、その傷が意識閾の下にその儘残つてゐて、その晩の新らしい刺戟で目をさましたのではないか。つまりお箸の先のクロイツエル・ソナタの松本君が私を泣かせたのではないか。そんな事を考へて自分の醜態を取りつくろつた。

（『小説新潮』昭和三十五年八月）

酒徒太宰治に手向く

太宰治君には会つた事もなく、その人に就いて格別の興味をもつ様なかかはりもなかつたが、今年の早春「小説新潮」一月号の口絵に載つてゐた同君の写真を見て急に好きになつた。写真で顔を見るのも初めてであつたから、かう云ふ人かと思つて見る好奇心もあつたけれど、お酒に酔つてすつかり吹き抜けになつたその御機嫌の顔つきが、昔から云ひふるした酒の徳と云ふものに形を与へて具象化した様なので、見てゐるこちらの気持まで陶然として来る様であつた。お酒はいいとか悪いとか論ずる事もない。過ごして困る事もあるが、またかう云ふ太宰君の様な境地に行かれるのもお酒のお蔭である。

写真の場所は何となく見覚えがある様であつたが、後で聞くと銀座裏の酒場ルパンださうで、そこなら私も一二度行つた事がある。太宰君はそのスタンドの前で脚の高い椅子を二つ並べた上に広広と安坐し、大袈裟な靴の靴底を物物しく正面に向けて太平楽を並べてゐるらしい。その様子に何のこだはりもなく、不自然な感じが少しもない。酔態の写真は馬鹿馬鹿しかつたり、時にはにがにがしく思はれたりするものだが、さう云ふ所がないのは、あぶなつかしいスタンドの椅子の上に晏如《あんじよ》としてゐる当人の気持が、お酒に対してすなほだからだらうと思はれた。酒の徳を太宰君の吹き抜けの気持が体する事が出来てこの神品の様な写真になつたのだと考へたりした。

その写真の載つた雑誌が届いてから間もなく、私の小屋に東大の出隆博士が来た。出先生は焼け出されて以来長い間学校の研究室に寝起きしてゐたのだが、今度阿佐ヶ谷駅の近くに居を卜《ぼく》し家族を呼び寄せて研究室を這ひ出した。就いてはお立寄り下さいと云ひたいが、さう云つたつてどうせ来やしないだらうと云つた。私が海山越えて阿佐ヶ谷などと云ふ狐狸の棲み家の様な所へ行きたくはないが酒をととのへて待つなら千里を遠しとしないと云つたら、自分は御存知の通り駄目だが、この頃は悴が大分行ける様になつた。太宰治君のお弟子で手を上げてゐるからお相手をするだらうと云ふ話から、思ひも寄らない太宰治君の名前が出て来たので、先日来まだ目の前に髣髴してゐる「小説新潮」の写真の件を出博士に披露して更《あらた》めてその好さを褒めた。

三月三日のお雛祭に御馳走によばれて行く家は阿佐ヶ谷の駅から歩いて行つて若狭ノ国へ出さうな程遠方である。どうせ同じ方角の道順だから行きがけに出博士の新居を玄関先まで訪れようと思つて出かけた。

大博士が玄関に出て来て上がれ上がれと云つたが先を急ぐから今日のところは失礼する。息子さんもそこに顔を出してこんな事を云つた。太宰さんの酔つ払つてゐる写真をお褒めになつたさうですが、父からそのお話を聞きましたけれど、それより先に太宰さんが先生を褒めてゐるのです。いつか同じ「小説新潮」の口絵に琴を弾いて居られる写真が載つてゐたでせう。あれを見て太宰さんはひどく好きになつて激賞して居られました。

その写真と云ふのは「小説新潮」の第二号に載つた私の撫箏《ぶそう》の図である。そんな物が雑誌の口絵に出されて気恥づかしい様な思ひであつたが、茲《ここ》に意外の話を聞いて咄嗟にこれは一献しなければ納まりがつかないと考へた。

私は出博士父子に云つた。それはちつとも知らなかつた。さう両方で褒めてゐるのを、打つちやつておいてはいけない。何しろ出家《いでけ》を心棒にした不思議な縁だから、あんたの所でわしと太宰君とをよびなさい。出かけて来てあの吹き抜けの先生と一献しよう。これは面白い事になつて来た。

それから百日許りたつたが未だ出さんからの御案内に接しない。その内に太宰治君の悲報が新聞に出た。右の話が生前に同君の耳に伝へられたか否か知らないが、若し聞いてゐたのだつたらその席を済ましてからにしなかつたのは怪しからん事である。しかし私に取つては一盞《いっさん》を交はした後にかう云ふ事になつたら一層哀情の苦痛に堪へなかつたであらう。

（『小説新潮』昭和二十三年八月）

黒い緋鯉　豊島与志雄君の断片

一

横須賀線が電化されたのは大正十四年の暮で、それ迄通りの編成の列車を電気機関車が牽引して走り出した。今の様な電車になつたのはその又数年後の昭和五年の春からである。私共、と云ふのは豊島与志雄君と私であるが、私共が毎週一日、金曜日に、陸軍教授の兼務で、横須賀の白浜にある海軍機関学校へ嘱託教官として通つた当時は、蒸気機関車の牽引する普通の汽車であつた。

私は汽車が好きで、電車はあまり好きではない。機関学校へ行つた六年の内の仕舞ひ頃には、今に東京横須賀間は電車で通へる様になると云つて、それを楽しみにする人人もゐたが、私はそんな事になつたら毎週かうして横須賀までやつて来る張り合ひがないと思つた。

当時の横須賀線の列車の編成は、一時間四十分ぐらゐしか掛からない支線なのに、各等聯結で真中に一等車がついてゐた。それを挟んで二等車が何輛かあつた。私共は一等車に這入つた事はなく、三等で行つた事もなく、いつも二等車に隣り合つて坐つた。

座席がこんで困つたと云ふ記憶はない。いつでもゆつくり足を組み、又は靴を脱いで座席の上に坐つたりして二時間足らずの時間を楽しんだ。

まだ若かつた私共が、大きな顔をして二等車に乗つてゐたが、その時分の乗車賃は、仮りに三等を一円とすると、二等はその五割増しの一円五十銭、一等は三等と二等を合はせた二円五十銭と云ふ割りであつて、その率に対し私共は各等を通じて半額の割引を受ける官用乗車証を持つてゐた。その都度一枚一枚使ふ割引券の様なもので、所謂パスではない。本職の方の陸軍の学校はけちで、その場で実際に使ふ一枚か二枚づつしかよこさなかつたが、海軍は大まかで一どきに十枚も二十枚も纏めてくれた。だからどこへ行くにも官用割引を受けるに事を欠かなかつた。それで二等車に乗つてゐる私共は、実は隣りの箱のこんだ三等のお客よりも安く、割合で云ふと三等の彼等が一円払つてゐるとすれば、私共は七十五銭しか出してゐないのであつた。

横須賀通ひの初めの頃の或る日、午後の授業を終つて横須賀駅から東京行の列車に乗つた。当時の二等車は今とは車内の模様がちがひ、両側の窓際に沿つて天鵞絨《ビロウド》張りの長い座席が入口から入口へ伸びてゐた。だから真中の通路は広広として、掃除は行き届いて居り、今のごたごたした特ロなどよりも優等車と云ふ感じがした。その日私共はその長い座席の、進行方向の右側に並んで腰を掛けた。

秋雨だつたか春雨だつたか、どうもその記憶がはつきりしない。列車はしとしとと降りしきる雨に濡れた線路を走つて、横須賀、田浦のある東京湾の側から、逗子、鎌倉の相模湾側へ出る為に半島の脊骨になつた山の隧道をいくつもくぐり、次の逗子駅が近い最後の沼間隧道を出た途端に、けたたましい非常汽笛が雨の中に響いた。

列車は急停車した。

今まで走つてゐたのが急に停まつたので、辺りが馬鹿にしんかんとした様な気がする。線路のわきを歩いて、私共の窓の下へ近づいて来る人の足音が、はつきり聞き取れた。その頃はまだ単線だつたので、右側の窓の下に線路はなかつた。

「ここだ、ここだ」と云ふ声がした。

豊島が座席から起《た》ち上がり、窓縁に両手を突いて窓の下を見た。

「あつ、女が轢かれてゐる。君、若い女らしいよ」

急いで窓を開けて、半身を乗り出した。

私は不意に全身が硬ばつた様な気がした。身動きも出来ない。

「君、そんなものを見るのはよせ」

「なぜさ」

「よしたまへ。気持が悪いぢやないか」

「我我はあらゆる現実の事相に直面しなければいけないんだ。さうだらう。君ものぞいて見たまへ」

「いやだ」

「胴体が腰のあたりから切れてるんだ。赤い腰巻をしてゐるよ。一寸見て見たまへ」

「沢山」

「腰から上の方はそつち側かな」と云ひながら、彼は通路を跨がつて向う側の窓をのぞいた。

「ないね、きつと僕達のこの下だらう」

「ああ、気持が悪い」

「平気だよ。平気ぢやなくても見なくちやいけないんだ。だから君は駄目だよ」

「いいよ」

「赤い腰巻が千切れてゐるなぞ、一寸いいぢやないか」

その内に彼も見飽きたと見えて、窓を閉めて座席に戻つた。

暫らくの間、窓外に人の気配がした。車体の下から半分を引き出したのだらう。雨の音の中に8850型機関車の甲高《かんだか》い汽笛が一声響いて、汽車はその場を離れ、すぐに逗子駅の構内へ這入つた。

二

機関学校の午飯は本館の二階の高等官食堂で、士官達と一緒にしたためる。中将の校長も同席する。丼に盛つた御飯に、肉か魚と野菜と、何かしら吸物もついて、いつでもおいしく食べた。量も十分あつて食ひ足りないと云ふ事はないが、まだ若い時分の事ではあり、それに私は汽車に揺られると腹がへる。午後の授業を終り、俥で駅へ出て三時何分の汽車に乗ると、もう大船駅のサンドヰッチが楽しみであつた。同行の豊島君の腹加減も同様だつたと見えて、いつでも一緒に隣り合つてサンドヰッチを食べた。何年もの間の毎週金曜日、横須賀へ出掛ける限り殆んど欠かした事はない。

ところが今日は汽車が逗子を出て鎌倉を過ぎ、大船が近くなるにつれて、いつもの事だからサンドヰッチを聯想した拍子に胸先が変になつた。中に挟んだ肉片を思つただけで、げえげえ云ひさうな気持がする。

「僕は今日はサンドヰッチはいらない」

あらかじめ、さう云つてことわつた。

「なぜ」

「気持が悪いのだ、さつきの一件で」

「平気ぢやないか、そんな事」

「駄目だ、到底食べられない」

「ぢやよし給へ」と云つて、大船に著《つ》いた時、彼一人で買つて食べた。

こちらが余りに過敏であり、向うはそれで平気なのだから、どちらからもお附き合ひをするには及ばない。それでいいので、その後彼は気持のいい振動に揺られて居睡りを始めた。赤い夢を見てゐたかも知れない。

豊島君はよく汽車の中で眠つた。横須賀線には時時、コンパアトが一室ついてゐる二等車を聯結する事があつて、私共は行きも帰りも始発駅から乗るので、大概そこが空いてゐた。そこへ二人で陣取る。向かひ合つた座席に各四人づつ掛けられるから、八人が定員だらうと思ふけれど、入口にドアがついてゐるので、中に私共が四人席を一人づつで占領してゐるのを見たら、後からだれも這入つて来る者はない。コムパアトへ這入ると豊島はいつも靴を脱いで、座席に長長と伸びて寝てしまふ。相手のこちらは手持無沙汰だけれど、起こしても何も用事はないから、ほつておく。私は汽車が好きな事が禍《わざは》ひして、走つてゐる汽車の中では殆んど寝られたためしはない。横須賀が近くなるなり、東京に著くなりした時、彼を起こすのが私の役目であつた。

同じく機関学校の教官であつた芥川龍之介君は、初めは横須賀の薄暗い家の二階に間借りをしてゐたが、間もなく鎌倉に移り、庭先に小さな蓮池のある家に住んでゐた。そこから時時東京田端の本宅へ帰つて行く途中、私共と同車する事があつた。

芥川は英語の教官、豊島は仏蘭西語、私は独逸語であつた。そもそも私と豊島が機関学校の海軍教官になつたのは、芥川君の推輓《すゐばん》によるのであつて、大正七年、機関学校の課程に新らしく第二語学として独逸語と仏蘭西語が加はつた当初から、私共の横須賀通ひが始まつたのである。

どう云ふ時であつたか、或は豊島君はよく欠勤したので、その日の帰りに芥川と二人きりになつたのか、或はそこにゐても例によつて眠つてゐるので構はずに話したのか、芥川君が私に、

「君、君、豊島は公家悪《くげあく》だね」と云ふ。

云つてゐる事の意味が、私にはぼんやり解るだけで、摑みどころがないから曖昧にしてゐると、

「さう思はないかねえ。さうだらう。さうだよ。公家悪《くげあく》だよ」と畳み掛ける。

結局、どう云ふ所がさうなのか、私には判然しない儘で、芥川に相槌《あひづち》を打つ所まで行かなかつた。

豊島君はよく休んだ。しかしそれにはちやんと欠勤の届出をして、多くはその日の朝になつて電報を打つた様だが、その手続を済ませてゐるのだから、休んでも差し支へない。私は滅多に休まなかつたけれど、時時遅刻した。遅刻は欠勤よりなほ悪い事は、も

とから陸軍の学校の教官をしてゐるからよく承知してゐるが、汽車に乗り遅れてから、東京駅で欠勤の電報を打つ気にもなれないので、次の汽車でのこのこ出掛ける。

暑い時でも、寒い時でも、私共は朝七時かつきりの汽車で東京駅を立たなければ、九時からの授業に間に合はない。途中が一時間四十何分。横須賀駅には学校の近くの車宿の俥が二挺《ちやう》迎へに来てゐる。それに乗つて行つて、授業始め迄に教官室で一服する位の余裕があつた。

その七時の汽車に東京駅で乗り遅れると、次の横須賀行は大体一時間前後の間隔であつたから、従つて学校の授業も私の一時間目は教官が来ないと云ふのでお休みになり、規律の八釜しい学校の手前甚だ見つともない。それがいやだから、成る可く遅れない様にしようと思ふけれど、つい遅れる。或る時ぎりぎりの時間に東京駅へ馳けつけ、改札を走り抜けてホームへ出る階段を上がり切つたら、まだ列車がゐたから、よかつたと思つた途端にするすると動き出した。デッキはすぐそこにあるが動き出してはもう乗れない。頭の上の電気時計を見ると、その時が丁度七時である。七時に遅れたのではない。七時にちやんと来てゐる。それで乗り遅れたのでは、汽車の方が不都合の様な気がしたが、どうもさうでない様で、残念ながら更《あらた》めて確認した事は、七時発車と云ふのは七時に動き出すと云ふ事であるから、その前に乗つてゐて、七時と云ふ時刻を汽車と共に迎へなければいけないのである。七時発車だから七時にホームに来た、それを置いて行つてしまふのは怪しからんと云ふ筋はなささうである。

それは後になつて口惜しまぎれに考へ込み、結局矢つ張り遅れたのだと諦めたが、その時はそんな思索で愚図愚図してはゐなかつた。列車が動き出し、駄目だと思つた瞬間すぐに引き返して乗車口の玄関からタクシーに乗り、品川駅へ走らせた。汽車は途中で新橋に停車するから、或は間に合ふかも知れない。

果して品川駅にまだその列車がゐた。しかし急いで陸橋を渡つてゐる時、目の下の汽車の屋根が動き出した。品川から先を走り出してはもう処置はない。それで万事が休した。

豊島君にはさう云ふ失敗はなかつた様である。彼はあぶないと思つたら早くから見切りをつけて、家から出て来なかつた。それで彼は欠勤は多いけれども遅刻はない。私は遅刻は多いが欠勤は少い、それは駄目なので、学校に於ける考課は豊島君の方が良かつた様である。

三

豊島君も私も機関学校の方は兼務教官で、本官は二人共陸軍教授であり、私は陸軍士官学校附、豊島君は陸軍中央幼年学校附であつた。

中央幼年学校は地方幼年学校の上にあつて、文部省系統の学校で云へば大体中学程度の見当であり、士官学校はその上の高等学校に当る。教育総監部と云ふのが陸軍内の文部省見たいなもので、その管下に幼年学校、士官学校と、もう一つ砲兵科工兵科の大学課程に該当する砲工学校があつた。陸軍大学校と云ふのは参謀本部の所属で、教育総監部の系列の学校ではない。

豊島君がゐた中央幼年学校は八釜しい窮屈な学校で、よく辛抱したものだと思ふ。尤も機関学校を兼務する様になつてから、その内に本官のそつちをやめてしまつたが、初めの内、学校を出たばかりの当時は、私だつてさうで、お互様止むを得なかつたに違ひない。

豊島君の一二年先輩の後藤末雄氏も幼年学校の仏蘭西語教官をしてゐた事がある。豊島君もすでに文士ではあつたが、後藤さんはもつと文士らしく不羈《ふき》なところがあつて、規律の厳格な学校の教官たる者が、鳥打帽をかぶつて出勤した。陸軍の学校では廊下は戸外と見なすと云ふ事になつてゐるので、教官室から講堂に行くにも一一帽子を頭に載せなければならない。幼年学校の廊下を鳥打帽で歩く教官は忽ち問題になつた。後藤さんは又語学の授業時間に、おでんの話をして、高橋お伝に及んだ所へだれか上官が視察に這入つて来たので、引込みがつかなかつたと云ふ話もある。

そんな事で後藤さんの首尾が悪くなり、やめた後へ豊島君が這入つたのではないかと思ふ。豊島君にはさう云つた風の反抗的な洒落つ気はなく、あつても場所柄をわきまへる常識をそなへてゐた。さうして事情が、そんな所にゐなくていい様になれば、自分から申し出て綺麗に御免蒙つてゐる。

　私のゐた士官学校は、幼年学校程ではないが、八釜しい事は八釜しい。しかし八釜しい事を云ふ所には、何とも云はれない可笑しな所もあるもので、さつきの後藤さんのおでんの話に似た経験が私にもある。私の独逸語の時間に三十人許りの士官候補生を前にして、独逸語の Ch の発音の事からそんな話になつたのだらうと思ふ。Cholera 虎列剌《コレラ》が昔私の郷里の岡山ではやつて、八百人ぐらゐ死んだ。毎日毎日、町中の方方で人が死ぬので防疫官の手が廻らず、仕舞ひ頃にはいい加減の処置をしたのではないかと思ふ。新らしく死んだ仏をむき出しの棺桶に入れて、一本の棒で前後をかつぎ、だから虎列剌その他伝染病で死んだ者の葬式を「一本棒」と云つた。さうして棺のわきに巡査がついて、小橋町の馬借《ばしやく》と云ふ所まで行つたら、粗製の棺桶の底が抜けて虎列剌の仏がずり落ち、往来の地面で尻餅をついた拍子に生き返つて歩き出した、と云ふ話が丁度佳境に入つたところへ、入口のドアがすうと開いて、ドアに吸ひついた様な恰好に身を隠した主任教官が視察に這入つて来た。私は虎列剌の一件を文法の話に戻すつぎ穂に困り、「それであるから」と云つても、後が続かなかつた。

　授業を終つて教官室に帰り、きつと主任のお小言を食ふものと覚悟して虎列剌の釈明をし掛けると、「いや、語学の時間にさう云ふ話をせらるるのは、生徒の常識涵養の一助ともなるから結構です」と主任が云つた。

虎列剌が尻餅をついて生き返る話なぞ、全く帝国陸軍の楨幹《ていかん》たる可き士官候補生の常識を涵養するに足る訓話であつた。

士官学校へ宮様が来られると云ふのであつたと思ふ。当日は燕尾服を著て来なければいけないと云ふ。教官たる者は、給与は薄くてみんな貧相な顔をしてゐたけれど、さう云ふ身だしなみは調へてゐる。しかし私は任官未だ日浅くして、持つてゐなかつた。困つてゐるとだれかが、幼年学校の豊島が持つてゐると教へてくれた。

それはまだ横須賀時代より以前の話であつたと思ふ。私は暮夜豊島君の家を訪れて、借用を願ひ出た。奥さんが大きな白い紙箱に這入つてゐる燕尾服を持ち出し、ついでに鯣《するめ》と呼ばれる胸の所が板の様に堅い燕尾服用のワイシヤツも貸してくれた。シルクハツトを借りて来た記憶はない。新橋の天下堂と云ふ博品館で、私の頭には合はないけれど安かつたから、大体二十何円から三十円ぐらゐもしたシルクハツトが七円五十銭で買へたから買つて来たのがあつたので、それで間に合はした。シルクハツトはかぶらなくても手に持つてゐればいい。頭に乗つけなければならぬ場合でも、大概さう云ふ時は整列してゐるのだから、ぢつとしてゐれば落ちはしない。

豊島君のお蔭でその日の首尾を全うした。彼だつて陸軍教授の初めの頃、らくだつた筈はないのだが、それでもさう云ふ物はちやんと調へてゐた。後に、あの燕尾服はどうなつたかと時時思ひ出した事がある。陸軍の学校をやめた後では、再び著る機会はなかつたに違ひない。

四

横須賀線の列車を牽引する機関車は、大体8850型にきまつてゐた様である。8850型は急行列車用の機関車で、ピイと云ふ澄んだ甲高い汽笛を鳴らす。毎週の馴染みでその音の調子を覚え込み、横須賀線は単線であつたが、大船からこつちの複線の所で、擦れ違ふ列車の汽笛を聞いて、おや、8850だと思ふ様になつた。独逸から買ひ入れた機関車で、同じ形式が十二台あると云ふ事であつたが、今はどうなつてゐるか知らない。

一緒に乗つてゐても、豊島はそんな事に興味はない。車中で本を読むと云ふ事も滅多にしなかつた様で、何を考へてゐるのか私には解らないし、彼にも私の事はよく解らなかつたに違ひない。議論をした事もなく、一つの話題に話し込んだ事もない。ただ何となく隣り合はせて、六年間同じ道を行つたり来たりした。

或る時、車中でこんな事を云つた。

昨日金魚屋が来て、黒い緋鯉を買へと云ふんだ。

黒い緋鯉つて、何だ、と私が尋ねた。今は私も知つてゐるけれど、その時は初耳であつた。今では錦鯉の黒いのと云ふ様だが、錦鯉と云ふ言葉はその時分はまだ一般に用ゐなかつた様で、だから豊島君も黒い緋鯉と云つた。

五六寸の大きさで、一匹二十円だと云ふ。随分高いけれど、あまり姿がいいので、買つちやつた、と云つた。

どんなにいいのかと聞くと、池や川にゐる鯉の様に、どたどたしてゐない。しごいた様で、すつきりした姿が何とも云はれないのだ。一度見に来たまへ、と自慢した。

その後間もない或る日、私は本郷千駄木の彼の家にその鯉を見に行つた。

池ではなく畳一畳敷ぐらゐの混凝土《コンクリート》製の水槽に水を張つて、上から目の荒い蒲鉾型の大きな金網がかぶせてあつた。水の深さはせいぜい一尺ぐらゐしかない。その中に黒い緋鯉が泳いでゐた。外にも余り大きくない緋鯉が幾つかゐたが、黒い鯉はその中で一きは目立つ程立派であつた。水槽の傍にしやがみ、暫らく目が離せなかつた。黒と云つても野生の鯉の黒い色とは丸で違ふ。色に深みがあり、光線の工合で紺の様にも見え、紫がかつてゐるかとも思はれた。さうして彼が云ふ通り、しごいた様な姿態で狭い水槽の中を、すいすいと泳ぎ廻つた。

私が感心したので、彼は一層得意になつた様であつた。毎日自分の手でバケツに一杯づつ新らしい水を差してやるのだと云つた。

私は今の家の庭に池を掘つて、緋鯉や錦鯉を飼つてゐる。その中に黒いのが大分ゐる。野生の真鯉でない黒い鯉を見る楽しみは、私は豊島君に教はつたのである。

豊島君は黒い緋鯉の外に、まだ私に教へてくれた事がある。それは金貸しから金を借りる事であつて、私の借金修行の最初の高利貸を紹介してくれたのは豊島君であつた。

市ヶ谷の丘の上にある今の亜米利加の極東軍司令部の前は東京裁判、その前は戦時中の大本営、陸軍省、そのもう一つ前が陸軍士官学校で、同じ丘の上に境を接して陸軍中央幼年学校があつた。だから豊島君とは、陸軍教授としてもお隣り同志にゐたわけである。

その中央幼年学校と士官学校の丁度境目あたりの見当の、往来を越した向う側の横町の奥に村松と云ふ金貸しがゐた。豊島君はその村松を私に推挙した。勿論私がお金に困る話をしたから、云ひ出したのだが、村松は金貸しの中でも実に紳士的だから、あすこへ行つて見たまへ。何、すぐ貸すよ、と云つた。豊島は借金の道で、恐らく私の先行者だつたのだらう。すでに幾人かとの取引があつて、その中から村松を選んでくれたものと思はれる。村松は陸軍の軍属の上がりらしく、行つて見たら鼻下にぴんと八ノ字髭を生やしてゐた。切り口上で礼儀正しく、書類作製の指示その他の手順もてきぱきして、利子は後に知つた外の金貸しにくらべると高くはなかつた。

払つたり又借りたり、それを繰り返して随分永い間厄介になつたが、後に村松は加減が悪くて逗子に転地してゐると云ふ話を聞いた。或る晩、期限の来てゐる元利を返しに行つて綺麗に済ました後、応対の細君に、御主人はその後いかがです、もう大分およろしいかと尋ねると、

「いえ」と云つて一寸言葉を切り、「主人はなくなりまして御座います」と張り切つた調子で云つた。

驚くと同時に、細君の心事を壮とし、後で「喪を秘して証書を守る金貸しの妻」と云ふ旧稿を書いた。

村松の訃は私から豊島君に伝へ、二人で彼の冥福を祈つた。「いい男だつたね」と豊島は云つた。

五

大正十二年の夏休みが過ぎれば、九月の新学期から又毎週一緒になる筈であつたが、その九月一日に関東大地震が起こり、横須賀は全滅した。機関学校も潰れて焼けてしまつた。大分後に、汽車が通じる様になつてから私は一人で白浜の機関学校の焼跡を見に行き、荒寥《くわうれう》たる校門の跡に起つた。まだ後片附けも済んでゐない広つぱの向うに、美

しい色の海波が光つてゐた。

機関学校は横須賀を引き払ひ、そつくり江田島に移つて兵学校の中に居候する事になつた。私共は機関学校が横須賀にあるから、毎週一日東京から兼務で出掛ける事が出来たので、広島の方へ行つてしまつたのでは、もう手が届かない。こつちを止めて行けば、或は迎へてくれたかも知れないが、そんなつもりは勿論なく、豊島だつてさうだつたに違ひないから、大地震を機会に、機関学校との縁は自然に切れた。

週に一日豊島君と会ふ事もなくなつたけれど、彼とはもともと知り合つてゐるのだから、その後も時時会つた。大地震から三四年後の或る日、何しに出掛けたのか忘れたが、丁度彼の家の前に起つた時、向うから山の様に紙を積んだリヤカアが一台来て、豊島の門前に停まつた。新潮社の車で、円本世界文学全集の豊島訳レ・ミゼラブルの検印用紙であつた。

当時はまだ検印に今の様な小型の印紙を使はないで、その本の奥附を一枚づつ持つて来たからそんな大袈裟な事になつた。リヤカアについて来た者と前後して玄関に這入ると、玄関の間の正面の壁際には、すでに人の脊丈ぐらゐの高さに五六尺の幅で検印用の奥附が積み重ねてあつた。今のリヤカアは何遍目かの車らしく、さうやつて矢来の新潮社と本郷千駄木の豊島の家との間を行つたり来たりしたのであらう。自動車やトラックが今の様にはなかつた時分だからそれは止むを得ない。

何となく家の中がごたごたしてゐる様だと思つたら、階下の座敷は大変な騒ぎであつた。近所のおかみさん達を駆り集め、中にはうひうひしい丸髷も混じつて、総勢十人ぐらゐゐたかも知れない。手に手に同じ様な木の認印を持つて、とんとん、とんとんと手分けで検印を捺してゐる。町内の親方の様なのが出張して、縁側に腰を掛け、彼女等の仕事振りを監督し、又庭から持ち込んだお八つの蕎麦を手際よく配つたりした。

その光景を見てから、二階の彼の部屋に通つたが、御本人はこの騒ぎも止むを得ないと云ふ様な片づいた顔をして澄ましてゐるけれど、お八つの時間が済んだと思ふ頃、又下からとんとん、とんとんと云ふせはしない音が聞こえて来て、関係のない私の方が落ちつかない様であつた。

レ・ミゼラブルは五十何万部とか出たと云ふ話だから、さう云ふ騒ぎになるのも当然だが、その結果として大変なお金が這入り、却つて豊島の友人達が心配し出した。

親しかつた友人の話では、豊島は浪費者であつたさうだが、その面は私にはよく解らない。ただ、五六寸の真黒い鯉を二十円も出して買つたと云ふ事しか知らないけれど、しかし考へて見ると、彼を浪費者と見る人の目には、その一事を以つてしても証左になるかも知れない。私共は二人とも機関学校の給与は年俸千円で、月額にすると八十何円であつた。その四分の一の二十円の鯉は、けちけちした勘定高い者には買へなかつたであらう。

豊島君はレ・ミゼラブルがさう云ふ事になる前、方方の金貸しの口が大分詰まつてゐた様であつた。そこへ大金が這入つて来たので、取引のある高利貸共は一斉によろこんだに違ひない。彼等は取引のある債務者の身の上にいい事があるのを、その本人に先んじてよろこぶ。つまりそれ丈自分達の商売がよくなるからで、私も或る年の暑中休暇中に一人の高利貸を訪ねたら、この度は御昇進で結構でした、お目出度う御座います、と云ふ。私は何も知らないから、わからない。休みで学校には出ないし、従つて辞令も受けてゐないが、高利貸は官報に出てゐたと云ふから、間違ひはない。彼等はさう云ふ事の事情、消息に通ずる為に、いつも官報を見て、取引のある人名を探してゐるのである。

豊島君自身より先に金貸しがよろこんでゐると云ふ所まで、豊島の友人が心配したかどうかは知らないが、何しろその大金をその儘にしておけば彼はぢきに使つてしまふだらうと云ふ事は、或はさうだつたかも知れない。心配した友人数氏の計らひで、印税のお金は預金管理と云ふ様な事になり、それが信託預金と云ふのかどうか、私にはわからないが、要するに豊島君一箇の考へでは、そのお金を引き出して使ふ事は出来ない、つまり手がつけられない様な形にして、豊島の為に安全を計つた。

折角のお金が使へないと云つて、こぼしてゐるのを一二度聞いた事がある。しかし表向きの形式は、友人の老婆心からさう云ふ事になつてゐるにしろ、現実に豊島君が大金を擁してゐる事実に変りはなく、彼一箇の自由にならないとか、引き出す手続が面倒だとか云ふのは、寧ろそのお金の修飾の様なものである。豊島君が金持になつたと云ふ事を金貸し共は知つてゐる。その間《かん》に処する道を豊島君は、私などよりも古くからの経験で知らないわけはない。一体金貸しに金を借りて、それを一たん返した後の信用は大したもので、その為に段段深みに落ち込む事になるのだが、豊島君は厖大《ぼうだい》な印税の束を銀行の管理に任せる前に、先づ差し当たつて六づかしくなつてゐた債権者の方へその一部を廻し、関係をきれいにしたに違ひない。その後の豊島君の顔のよかつた事は想像に余りある。況んや更に莫大なお金が彼のうしろに寝てゐる。すぐに引き出せるか否かは別として、金融業者たるものが、豊島君に不自由させると云ふ法はなかつたと思はれる。

豊島君は、預けた金はその儘として、手をつける事なく、しかし別途で、高い利子はつくけれど所望のお金の調達には事を欠かない、と云ふ面で印税の恩恵に浴した。その為に預金はもとの儘そつくりあつても、その預金を普通に使つたよりはもつと沢山使つてしまつた、と云ふ事になつたのではないかと、私はかう云ふ話が馬鹿に気になる性分なのでつい彼の為に思ひめぐらした迄であつて、一部始終を直接に本人の彼から聞いたわけではない。丸つきり聞かなかつたわけでもない。何しろお金をいぢくると云ふ事は随分六づかしい。

六

「豊島は貧乏だから、早く法政へ入れてやりたまへ」と云ふ同じ事を、何度も芥川君の口から聞いた。

何年からだつたか忘れたが、私の推挙で豊島君は法政大学の先生になつた。だからその後は法政大学に於いても同僚であつた。昭和九年の学校騒動で私はやめたけれど、豊島は何となく残り、仕舞ひには名誉教授と云ふ事になつてゐた様である。

今度の戦争の始まる直前であつたか、もう始まつてゐたか、はつきりしないが、文芸春秋から頼まれて豊島君と対談した事がある。話題は海軍機関学校の事で、二人の教官時分の思ひ出を聞きたいと云ふのであつた。暫らく会はなかつた彼と同座する上に、もうすでにひどく不自由であつたお酒も十分に用意すると云ふので、よろこんで出掛けたが、どこへ行つたのか、いくら考へてもわからない。日比谷のあたりのどこか裏道の様な所を歩いたかも知れないし、さうではなかつた様な気もする。あの時分は外が暗く、足もとが悪く、いつも何か外の事に気を取られてゐて、うはの空であつたから、物事を記憶するなぞと云ふ事は出来なかつたのだらう。

行つた先は料理屋ではなく、どこかの寮の様なものではなかつたかと思ふ。灯火を遮蔽した薄暗い座敷に豊島君と膝を突き合はせる様に坐つて、お酒を飲んだ。さうして頻りに話し合つたが、機関学校の事はお互になつかしいから、話しの種は尽きない。お酒も廻つてますます饒舌になつた事と思ふ。

しかしその晩の速記は結局日の目を見なかつた。検閲の八釜しかつた当時、私や豊島の話した海軍の一面は到底雑誌の原稿としては扱へなかつたさうである。何も悪い事を云つた覚えはない。私共は機関学校は好きだつたのだが、好きでも嫌ひでも、何も云つてはいけない時勢だつたのだらう。

その席を起つて帰つて来る事になつたが、私は足もとがぐらつき、豊島も薄暗い廊下でふらふらしてゐたのを思ひ出す。文芸春秋社の自動車で送られるなぞと云ふ事は思ひも寄らず、自分でタクシーを拾ふ事も叶はず、と云ふのはタクシーなぞなかつたのだから止むを得ない、真暗がりの道を市電まで辿りついて一人で帰つて来る外はない。

勿論来る前からその覚悟はしてゐる。そのつもりで玄関を出て、二足三足歩いたら、忽ち庭先の防空壕の盛り土に躓いて顚倒した。しかし怪我はしなかつた。土をはたいて暗い道を探り探り電車道に出た。

後で聞くと、豊島君はその時もう先に出て歩いてゐた様だが、私は壕の縁に躓いたのだけれど、彼はその先の無蓋の防空壕の底に落ち込んださうである。

（『小説新潮』昭和三十年十一月）

草平さんの幽霊

牛込矢来の坂の上の交番を背《うしろ》にして向うを見ると、坂を下り切つた先に江戸川橋があり、その先の音羽の通の突き当りには護国寺がある。

右へ行けば坂がまだ登りになつて、上がり切つた辺り一帯が矢来の丘である。そのもつと先は牛込肴町でそれから神楽坂になる。矢来の丘の外れ、神楽坂に近い崖の上に昔森田草平さんが住んでゐた。

左へ行くと榎町で、もつと行けば漱石先生の漱石山房のあつた早稲田南町が近くなる。その道順の右側の家並みの、交番の正面になる角から五六軒目に本屋があつて、間口は狭いけれど、店の中に這入ると黒い土間が広く、その四辺に高い本棚が列んでゐて、本がぎつしり詰まつてゐる。

私はその土間に起《た》つて、何か本を探してゐたかも知れない。本がなかつたのか、探すのを止めたのか解らないが、店の入口の所にぼんやり起つてゐた。いいお天気の朝の内で、外は明かるい。並びの家並みに沿つて歩いて草平さんが近づいて来た。

入口に起つてゐる私の前をすり抜けて、会釈もせずに土間へ這入り掛けた。五分刈り頭が白髪で真白で、顎鬚《あごひげ》も同じくらゐ伸びてゐて白い。白つぽい地の著物《きもの》を著て、袴を穿いてゐる。昔見馴れたセル地の袴らしい。

「幽霊だ」と思つた。非常に恐ろしくて、身体が竦《すく》んだ。頭の毛が一本立ちになつた。

ひとりでに声が出て、「わつ」と云つた。草平さんの幽霊は一足二足土間へ這入り掛けた。その時私が「わつ」と云つたのだらう。途端に草平さんの姿は黒い土の上で消えて、無くなつてしまつた。

矢つ張り幽霊だと思つたら一層恐ろしくなつて、立て続けに声を立てた。

お勝手で朝の用事をしてゐた家内が驚いて飛んで来て、魘《うな》されてゐる私を揺り起こした。目がさめてもまだ、草平さんが消えた黒い土の肌がそこに見える様で、覚めてから更《あらた》めて顔から頸に鳥肌が立つた。

それからまだ何度でも、こはくなつた。

夢に死んだ人を見るのは珍らしくない。しかし普通は、死んだ人が夢の中では生きてゐるのであつて、だから覚めた後でなつかしかつたり、悲しかつたり、気味が悪かつたりする事はあつても、いきなり恐ろしくなると云ふ事はない。死んだ人に夢の中でまた会はうと思ふ事すらある。草平さんの幽霊の様に、夢の中で実在の幽霊の様にはつきりしてゐる、と云つても幽霊は実在しないとすればなほ更こはい。

その夢の前の日に、何かしてゐてふと森田草平選集の事を思つた。選集は全六巻の予定である。その内の既刊三冊が手許にある。第三回配本の後が暫らくとだえてゐる様であつて、六づかしい仕事だらうから遅れるのも止むを得ないし、又かう云ふ刊行物は遅れ勝ちのものである。今に第四回配本が来るとは思ふけれど、私は草平さんの選集の完結を祈念してゐるので、少しく心配した。それが夢になつたのかも知れない。それならいいが、私の心配の為でなく、草平さん御本人が心配してゐるので私の夢の中へ這入つて来たのだとすると、又こはくなる。

（『小説新潮』昭和三十二年五月）

青葉しげれる

一

尾崎士郎さんが亡くなる前の病床で、お嬢さんに「青葉しげれる」を歌はせたと云ふ新聞記事を読み、その事が頭のどこかにこびりついて、いつ迄も離れない。

尾崎さんには縁薄く、会合の席で二三度お会ひしただけであるが、その事に就いても尾崎さんの歿後しきりに気に掛かり、残念な事をしたと云ふだけでなく、申し訳ないと思ふ気持が消えない。

尾崎さんの訃を聞いた晩、或は明け方だつたかも知れない、綺麗な明かるい庭を歩いてゐると、広い坂のある所へ出た。坂には短かい青草が一面に生えてゐて、坂の上から眺める向うの空はきらきら光り、思はず息が深くなる程美しい。

その空の下に、庭の立ち樹が映り、梢の青い葉が一枚一枚はつきりした輪郭で輝いてゐる。

　そつちの方へ行き度いと思ふ。しかし青草の坂はその傾斜がほぼ垂直に近い程急で、しかも高さは二三丈、或はもつとあるかも知れない。到底足を立てて、歩いて坂の下へ降りる事は出来ない。

　思ひ切つて馳け下りる姿勢になつて見たが、矢張り駄目で、結局上から下へ落ちた様な事になり、坂の裾の所で尻もちから起《た》ち上がつた。

　坂の下の道を向うへ歩いて行つた。何しろ辺りが明かるく、すがすがしく、燦燦と輝いてゐるかと思はれる片側の、左側の矢張り青草におほはれた屏風の様な崖の前に、尾崎さんが起つてゐた。

　何をしてゐるのか、なぜこんな所へ来たのか、それはお互にわからないが、私がその前まで行くと一緒に歩き出して、向うの方へ並んで行つた。

　樹の蔭になつた所に小屋があつて、柱がつるつる光つてゐる。その小屋の中へ這入つた様でもあり、ただその外側のまはりを廻つた様でもあり、よくわからない内に、尾崎さんがゐなくなり、私自身も曖昧になつて、それでその夢は切れてしまつた。

　夢が切れて目がさめたのではなく、その続きでまた寝たらしい。

　後で本当に目がさめた時、少し間をおいてよみがへつた記憶の様な味で思ひ出した。その時尾崎さんと口を利いたか、どうかはつきりしない。目がさめた途端に忘れたと云ふのではない様に思はれる。

お目出度い披露の席に招かれて行つた隣席に尾崎さんがゐた。メンテーブルのこつち側で、私と尾崎さんのゐる前の盛り花の向うに新郎新婦が並んでゐる。

まだ宴は始まらない。手持ち不沙汰で所在がないが、お隣りの尾崎さんと話しをする話題もない。

真白いテーブル・クロースの上に、木の根つこの様な物が、不様《ぶざま》に不行儀に這ひ廻つて、その端がこつちへ伸びてゐる。

何ですかね、これは。

独り言の様に私が云つたのに応へて、尾崎さんが云つた。

草月流と云ふのでせう。この頃方方でよく見掛けますよ。

それきりで話しの後が続かず、途切れてしまつたが、草月と云ふのは、武蔵野の草の中から出た月が、また草の中へ沈んで行くと云ふあの月の事か知ら。照る月の磨いた様な表に茅の葉が映つてゐる。いやさうではなく、化けそこねた狸の尻尾の影がさしてゐるのか。

その内に宴が始まり、お隣りの尾崎さんが祝辞に起つた。

誠にお目出度い事で、お祝ひ申上げます、と云ふ挨拶から、「私も女房が居りまして、居りますけれど、この様な結婚披露をした事はありませんので」と云ひ出した。

そのお祝ひ言葉の味のよさ、聞いてゐてつくづくお目出度い気持になつた。

私も時にはかう云ふ席で起たされる事がある。お祝ひのテーブル・スピーチと云ふものは六づかしい。前以つてその打合せを受けてゐる時は、済ませる迄は気が重く、お目出度い席がちつとも面白くない。

戦前戦中の数年間、日本郵船の嘱託をしてゐた当時の或る日に、社長が呼んでゐると云ふので社長室へ行つた。

社長は大谷さん、大谷社長が云ふには、自分はしよつちゆう結婚披露の席によばれる。この節は馬鹿に結婚が多い様だ。行けば大概お祝ひのテーブル・スピーチを頼まれる。その度にその場は何とか取りつくろつてゐるが、あまり度度なので、言ふ事も種が尽きて、いつも同じ事を繰り返す結果になる。なほいけない事には、さう云ふ時に顔を合はす出席者は、業界の関係で大概同じ連中だから、止むを得ず繰り返してゐるその同じ事を、聞かされる側も同じ顔ぶれと云ふ事になつて、招待を受ける度に屈託する。さう云ふ席のテーブル・スピーチの案文を、幾通りか作つておいてくれないか、と云ふ御下命であつた。

私の嘱託としての役目は、会社で作つた文書を見て直す事であつて、こちらで起案する事はしないと云ふ約束になつてゐる。だから社長の註文はその協定に違反するのだが、まあいい事にして引き受けた。

数日後に四つか五つかの短かい草案を纏めて社長に渡した。それで役に立つたかどうか、後の事は知らないが、控へを取つておかなかつたので、自分で書いた事を忘れてしまつた。しかし今尾崎さんが述べた様な、味のある文案がその中になかつた事は確かである。

二

場所はちがふが、矢張り同じ様なお目出度い席で、又尾崎さんと隣り合はせになつた。前の時から二三年経つてゐる。

今度は私は年役《としやく》で、乾杯の音頭取りを引き受けてゐる。だから一通りの礼服を著用《ちやくよう》して来たが、借り物なのでよく合つてゐないから、からだの方が工合が悪い。

隣りの尾崎さんは何となくおとなしい。病気で手術を受けたが、その後の経過は良く、もう何ともないさうである。

しかしお酒は余り飲まない様にしてゐる。或は、もとの様には飲めないと云つたか。それに続けて、自分は外に楽しみもないので、矢張り淋しいと云つた。

お酒を楽しみに飲む、と尾崎さんは云つたのではないだらう。お酒を飲めば楽しい、それはだれだつてさうだが、隣りの尾崎さんは、道楽に酒を飲む様な事を云つた、と解してこちらで面白がつた。

「外に楽しみもないので」と仰しやるが、僕なぞ天道様の言ひ附けに従つて、その命令の通りお酒を飲んでゐるので、あだやおろそかに杯を取り上げてはゐない。楽しみに、又は道楽にお酒を飲むなど、飛んでもない不心得である。お酒と云ふ物は、或はお酒を飲むと云ふ事は、そんなどうでもいい話ではない。

尾崎さんが云ふには、もう何年も前から僕を先生の所へ連れてつてくれと、椰子さんに頼んであるのですが、いまだに連れてつてくれません。

椰子さんは私も尾崎さんも世話になつてゐる編輯者で、現に今晩のこの宴にも列席してゐる。その事は今初めて聞いたのではない、もとから知つてゐるので、だから誠に申し訳ない。それで明かるい庭の、青草の生えた垂直の坂の下に、尾崎さんが待つてゐたのかどうか、それはわからないが、そこへ私が坂を降りて行く様な事になつたのだらう。

結局また病気がぶり返して、到頭取り返しのつかぬ事になつた。

残念だが、止むを得なければ仕方がない。古来死ななかつた人はゐない。死なないのは、まだ生きてゐる者ばかりである。

三

尾崎さんは最後の病床の枕頭で、他家へお嫁に行つてゐるお嬢さんの歌ふ「青葉しげれる」を聴いたと云ふ。

それが私には気にかかる。

「青葉しげれる」の湊川の歌は大分長いが、私は大体仕舞まで覚えてゐる。湊川の合戦で敵味方切り結ぶ辺りに少しあやふやな所があるが、何とかつながる事はつながる。久保田万太郎さんは全曲を覚えてゐたさうだし、ついこなひだ亡くなつた辰野隆さんも矢張り仕舞まで歌へたのではなかつたかと思ふ。

私の郷里、備前岡山の県立師範学校の教頭奥山朝恭先生の作曲に成るもので、さう云ふ縁故から、この歌には特に馴染みが深い。

奥山先生は、岡山は学都であつて、父母の膝下を離れた若い学生生徒が沢山来てゐる。彼等に健全な休息所を造つてやらなければならぬと思ひ立ち教職を退いた後、市内可真町に浩養軒と云ふ西洋料理屋を始めた。

以前は岡山ホテルと云つた建物を改造したのだが、古い事なので岡山ホテルはどんな営業をしてゐたのか、よく知らない。

その後に出来た浩養軒には第六高等学校の生徒だつた当時、何度も行つたからよく覚えてゐる。

入り口の前にどぶの流れてゐる木造二階建の洋館で、這入るとすぐ取つつきに狭い階段があつて、その上が食堂であつた。

学校の委員会などよく浩養軒で開いたので、六高の生徒はお得意であつたが、しかし外に専門学校もあり、又一般の大人も行つたかも知れない。一時は大分景気がよかつた様である。

私共の会合で、時には麦酒など飲む事もあつて、がやがや騒いで少し遅くなる。切り上げて降りて来ると、階段の下に天神鬚《てんじんひげ》を垂らした奥山先生がゐる。小柄の奥さんと並んで、そこに脱ぎすてた我我の穿き物、朴歯《ほほば》や板草履を揃へてゐる。全く恐縮し、私は奥山先生に学校の生徒としての敬礼をした。友達にそんな気持がないのは当然で、浩養軒のあごひげを垂らしたおやぢが、「青葉しげれる」の奥山先生とは知らないだらう。

「青葉しげれる」が刊行されたのは明治三十二年ださうで、私共がその浩養軒にフリクエントしたのは、ハレー彗星が出た年の一年ぐらゐ前の事である。「青葉しげれる」刊行後、すでに十年をけみし、その歌は恐らく全国の津津浦浦に流布したものと思ふ。岡山には吉備楽《きびがく》と云ふ雅楽に擬した舞楽があつて、黒住教、金光教《こんくわうけう》の式楽になつてゐる。その吉備楽で桜井ノ駅の子別れ、湊川の討死、即ち「青葉しげれる」の舞楽を何度も観た。

又道ばたで遊ぶ女の子の手まり歌にも歌はれた。子供のなまりで、「青葉しげれる、さくらゐの」と歌つた。

岡山ホテル跡に開業した奥山先生の浩養軒は、うまく行つてゐる様であつたが、矢つ張り士族の商売の譬《たと》へに洩れなかつたのか、間もなく経営が行き詰まつた様で、最初の浩養軒の建物は人手に渡り、もとの士族町の中山下《なかさんげ》に移つて、しかし浩養軒の看板はその儘に商売を続けた。

話を聞いたから、浩養軒贔屓《びいき》の気持で友達とその店を探し当てた。二階の食堂は今度は畳敷きである。畳の上にテーブルや椅子がおいてある。

おいしく御馳走を食べて、腹は一ぱい、それに麦酒も飲んだから、だるくなつた。畳敷きなので、椅子から下りて椅子の脚もとに、どたりと伸びた。いい心持で寝た儘友達と話してゐる時、ふと変な物が目についた。

今までその上で御馳走をつつ突いてゐたテーブルの裏側に、小さな細長い紙片が貼りつけてある。人目につかぬ様、わからない様に計らつた差押への封印である。私の生家の造り酒屋もその時から数年前、酒税の滞納で税務署の差押へを受けた事があつたので、まだ中学生の時分の事だが、さう云ふ封印札の事は知つてゐる。

中山下《なかさんげ》の浩養軒は差押へをどう切り抜けたか、あれからどうなつたのか、奥山先生はどうされたか、その後の事は知らなかつたが、何しろ立派な看板なので、跡かたもなく消えてしまふ事はなかつた様で、私自身は丸で岡山を省《かへりみ》ないからこの目で見たわけではないが、出張で岡山へ行つた友人から、今、招待を受けて浩養軒へ来てゐると云ふ葉書を貰つた事がある。

場所は後楽園の正門に近く、昔、物産陳列館の建物があつた見当ではないかと思ふ。入り口の前に、日清戦争の時の朝鮮安城川の「勇敢なる喇叭卒」の歌曲碑が立つてゐる事は、いつか郷里の新聞で読んだが、その同じ場所、即ち今の浩養軒の前に「青葉しげれる」の湊川歌曲碑もあるのではないかと想像する。

四

最後の病床の尾崎さんは、「青葉しげれる」をどの辺まで聞いたのか知らないが、或はお嬢さんはその仕舞まで歌つたかも知れないが、その時のさう云ふ御病人に、それでは少し長過ぎるだらう。しかし、今の尾崎さんには、もう長過ぎるなどの懸念はいらない。いつまで掛かつてもいいだらうから、ゆつくりお相手にならう。寧ろこつちの方が先に制限があるかも知れない。

それにつけても、残念であり、繰り返し済まないと思ふのは、何年も前からさう云つてゐたと云ふのに、到頭尾崎さんを迎へる折がなかつた事で、そんなに「青葉しげれる」がいいのだつたら、うちへ呼んで来て、「清き心は湊川」の最後まで歌つて上げればよかつた。

青葉しげれる桜井の
里のあたりの夕まぐれ

京都から大阪に向かふ東海道本線の進行方向の左側の畑の中に、小高くなつた一郭の壇地があつて、桜井の駅の跡と書いた杭が打つてある。

楠木正成が我が子正行を呼び寄せて、

父は兵庫におもむかん
かなたの浦にて討死せん
いましは此処まで来たれども
とくとく帰れよ古里へ

正行が父上の死出の旅路のお供をすると云ふのを諭《さと》して、

いましを此処より帰さんは
我がわたくしの為ならず

自分が討死すれば、世は尊氏の思ふ儘になる。早く生長して大君に仕へよと云ふ。それで正行が帰つて行くのを、

共に見送り見返りて
別れを惜しむ折からに
又も降り来るさみだれの
空に聞こゆるほととぎす
たれか哀れと聞かざらん
あはれ血に啼くその声を

それから湊川の合戦になり、九州から攻めのぼつて来た尊氏の大軍を邀撃《えうげき》するが、衆寡敵せず、

遠く沖べを見渡せば
寄せ来る敵のその数は
幾千万とも白浪の
こなたをさして寄せて来ぬ
陸はいかにと眺むれば
味方は早く破られて

須磨と明石の浦づたひで散り散りになり、敵の旗ばかりが吹き靡いてゐる。

君の御為《みため》と昨日今日
あまたの敵に当たりしが

時到らぬをいかにせん
心ばかりははやれども
やいばは折れぬ矢は尽きぬ
馬は倒れぬつはものも

そこいらの家にたどり著《つ》いて、弟の正季《まさすゑ》と共に腹を切らうと刀を杖にして起ち上がった。家の中に入り、お互に鎧を脱ぐと、

緋縅《ひをどし》ならでくれなゐの
血汐たばしる籠手《こて》の上
心残りはあらずやと
兄の言葉に弟は
これ皆かねての覚悟なり
何か嘆かん今更に

さは言へくやし願はくは
七たびこの世に生まれ来て
憎き敵をば亡ぼさん
さなりさなりと頷《うなづ》きて

水泡《みなわ》と消えし兄弟の
　清き心は湊川
尾崎さん、青葉しげれるはこれでお仕舞です。よかつたら又青草の美しい、急な坂の下で会ひませう。

（『小説新潮』昭和三十九年六月）

薤露蒿里の歌

一

さていよいよ、時は迫りて、キ印のキの字の喜寿の祝が近づいた。止むを得ない。お目出度いのだが、目出度くもあり目出度くもなし。縁起でもない、もうぢきだなどとだれも云つてやしないけれど、こちらでさう思ふ。未練たらしくまアだ、まアだと云つてゐる内に十七年過ぎた摩阿陀会、その長過ぎた摩阿陀会の縁起なほしに、お葬式の話をしよう。

薤露《かいろ》も蒿里《かうり》もお葬式の歌である。

らつきようの葉に置いた露は
ぢきに乾いてしまふ
——薤上ノ露何ゾ晞《カワ》キ易キ

しかし露はかわいても
明日の朝になればまた結ぶ
――露ハ晞《カワ》キテ明朝更ニ復《マタ》落ツ
人が一たん死んで行つたなら
もう帰つては来ない
――人死シテ一タビ去レバ何《イツレ》ノ時カ帰ラン

長い思ひ出の中に、いろんな人の葬式の事が浮かんで来る。その中から左記を取り上げて綴つて見ようと思ふ。つまり私の心づもりの葬式目録である。

一　漱石先生の葬式
二　芥川龍之介君の葬式
三　猫クルツの葬式
四　杉山元帥の葬式
五　柳家小さんの葬式

二

漱石先生の葬式と云ふと、何となく語呂が合つてゐて妙である。「猫」の中のどの辺だつたかには、「送籍と云ふ男が云云」と云ふくだりがあつた。

十二月九日に亡くなられてから、何日目にお葬ひはあつたか、はつきり思ひ出せない。青山斎場に人人が集まり、すでにお経が始まつてゐる。

一両日前から当日のお葬ひの段取り等に就き、みんなの間で相談があつた。その項目の一つに、代表が霊前で弔辞を捧げる事。小宮豊隆さんがその事を主張した。いや、いかん、反対だ。それは先生が一番きらひな事だ、と言ひ張つて譲らないのが鈴木三重吉さんであつた。

言ひ出し目の小宮さんも後へ引かない。同座の者、みんながやがや二派に別れて収拾《しうしふ》がつかなくなつた。

それでは僕達は有志としてやる。みんなの代表でなく、有志と云ふなら文句はないだらう。

それならいいよ。いい事にしよう。おれ達は無志だ。

しかし同座のだれだれが「有志」派で、だれとだれが「無志」派に廻つたなどと云ふ、そんな角立つた区分などはない。あまねく皆《みんな》がやがやで畧《けり》がついた。

斎場の中では小宮さんの弔辞が終つた所である。後方の席にゐたけれど、堪らなくなつて私は場外に出た。入り口の太い柱に抱きつく様につかまり、声をあげて泣いた。こなひだ内からの何日間、殆んど涙を流さなかつたが、その堰《せき》が一どきに切れたらしい。

降つたり止んだりする寒雨で、斎場の前の広場にところどころ水溜りが出来てゐる。私の目から流れ出る涙で、その水溜りが溢れる様な気持を実感した。外界の水と自分の涙とのけぢめが立たなくなつた。

私共が斎場に入る前からそこにゐた変な男が、まだもとの所に突つ起《た》つて、何かがなり立ててゐる。気違ひなのだらう。それとも何かわけがあるのか、わからない。時時、夏目漱石と云ふ言葉を口走る。しかし言つてゐる事のその前後の関聯は明らかでない。

ひどく昂奮してゐて、激越な口調で、何を論じてゐるのか、訴へようとしてゐるのか、わからないが、さつきは辺りにまだ人がゐたけれど、今はみんな中に這入つて受附の係などほんの二三人しかゐないのに、同じ緊張をゆるめず、目を光らし、手を振り上げて怒号してゐる。口髭を生やし、頤鬚《あごひげ》を垂らし、肩から幅の広い白布を片襷に掛けて、自分の起つてゐるまはりを、ほんの一足か半足ぐらゐづつ前後左右に歩き廻る。その様子が実に威風堂堂としてゐる。

きたない犬が一匹、その男の前から顔を見上げる様にして、頻りに吠え立てて止めない。犬に負けずに所信を貫いてゐると云ふ風に見える。

今、生誕百年、歿後五十年を迎へてその日の事を顧ると、漱石、夏目漱石、とわめき立てたその行者らしい、気違ひの様な男の口占《くちうら》に、すでに今日の予見があつた様な気もする。

三

芥川龍之介君自殺の報を聞いて、田端のお家へ行つた。小高い丘の上に在る芥川家の下の狭い道路に、自動車が長い列を造つて、ぎつしり詰まつてゐる。道ばたに出た近所の人の起ち話に、数へ見てたら、何と、七十五台あるよ、と云つてるのが聞こえた。

お悔みに来たのだが、どうしてそんな事になつたか、私などにはわからない。何しろ大変な暑さが幾日も続き、その日は七月二十四日であつたが、いろいろの事情があつたにせよ、その決行を迫つたのはこの暑さだと私は思つた。

一両日後にお葬式があつた。式場の中も大変な暑さで、椅子に掛けたなり目がくらみさうであつた。

その中で緋の衣をまとつた坊さんは、さらりとした、涼しさうな顔をしてゐたのが目に残つてゐる。其者《それしや》と見られる若い婦人が三人、横に一列に並んで、霊前にぬかづいた儘いつ迄経つてもその前を離れなかつた。

式が終つて座を起ち、斎場の外へ出て帰つて来たが、その時も、途中の道道でも、行く時は突いて行つて、式の間座席の椅子に寄せ掛けておいた竹のステッキを、置き忘れて来た事に気がつかなかつた。

暑いからぼんやりしてゐただけではない。何か自分のしくじりに心を打たれた様な感じがした。その竹のステッキは少し前に神田須田町で人に買つて貰つた物で、何の飾りも細工もしてなくて、ただ一本の竹の棒が五円であつた。当時の五円はおろそかなお金ではない。又当時でも今でも、いいステッキには飾りなぞついてゐない。私は大事にしてゐたのだが、それを置いて来てしまつた。

人にその話をしたら、「芥川さんが突いて行つたでせう」と云つたので、そのステッキに思ひを残す事をやめた。

四

猫クルツの葬式と云ふのは、実は埋葬式であつて、葬式としての会葬者は私と家内と女中の三人だけであつた。

クルツはその前にゐなくなつた家猫ノラの身代り、跡継ぎとして家に這入つて来て、その儘ゐついた野良猫である。或はもとはどこかに飼はれてゐたのかも知れないが、私の所に落ちつく前はどこにゐたのか、どこからやつて来たのか、落ちつき払つた顔をしてゐて、もともとここが自分の家であると云ふ風に振舞つた。

何年かゐる間、時時病気したり、怪我をしたりして、隣り町の猫病院のお世話になつたが、今度は入院させるのも適当でないと思はれる風に弱つて来た。夏八月の暑い盛り、一日一日と衰弱して行くらしいので、心配で堪らず、十一日間、毎日その猫病院の院長さんの来診を請ひ、治療を受けさした。

しかし薬石効を奏せず、暑い八月十九日の午後、一家号泣の中に息を引き取つた。

そこでお葬ひと云ふ事になる。邸内に埋めていいか、どうかと云ふ事で議論もあつたが、結局庭の一隅に葬る事にした。

亡きがらを蜜柑箱に納め、一夜を過ごさせた後、植木屋を頼んで立ち樹の根本に埋めて貰つた。

植木屋が行つてしまつた後、颱風の前触れらしい通り雨が頻りに枝をたたき、クルッを眠らせた根もとの土塊《つちくれ》を濡らして行つた。

後後までも、その場所の事が念頭を去らない。時候が進んで秋風が立ち、夕暮れが淋しくなつた頃、庭のその辺から猫の鈴の様な声をする松虫が出て来て、庭先をあつちこつち鳴いて廻つた。

五

日本の降伏が発表されるとぢきに、杉山元帥が自刃した。

杉山元帥に何のゆかりもない、と一先づ考へた。

しかし、さうではなかつた。ゆかりと云ふ程の事ではないが、元帥が少将で軍務局長の時、陸軍省の軍務局長室にお訪ねした事がある。

私が法政大学にゐて、学生の航空研究会の会長に推され、彼等の餓鬼大将となつて我国最初の学生航空の発会式を行はうとするに際し、軍部の関係で杉山局長に御列席を願ひ度いと云ふ趣旨の訪問であつた。

杉山少将は受諾され、当日立川飛行場へ来る事を約束した。

昭和四年の確か二月四日であつたと思ふ。日附けが少し確かでないが。

法政大学の松室学長は枢密顧問官であつた。当日は学長がその発会式に出席した。さうすると、学長が学生航空の発会式を主催した恰好になる。

約の如く杉山少将が来た。松室学長の前で挨拶する。その様子が、丸で聯隊長の前に出た軍曹の様で、学長が何か云ふのに答へて、ハイ、ハイと受ける切り口上の歯切れのよさ、その直立不動の姿勢の好《この》もしさ。はたで見てゐて杉山閣下が好きになつた。杉山さんは少しすが目である。松室学長の頤《あご》は片つ方にねぢれて曲がつてゐる。怪我の所為か、手術の結果か、それとも生れつきか、そんな事は知らない。

学生航空研究会の餓鬼大将として、杉山少将と学長の出合ひをいい思ひ出として忘れないのは、当然であつて、宜《むべ》なる哉《かな》と思つて貰ひたい。

何年か後、杉山さんがもう大変えらくなつた頃、当時私がゐた市ケ谷合羽坂上の仲之町の町内に杉山閣下が引つ越して来た。幾つもある横町のその一つにある門構へのお屋敷の前を通る時、ここに杉山さんがゐるんだなと思ふ事は思ふけれど、ただそれ丈の話で、それがどうしたと云ふ事はない。

もと私が勤務してゐた市ケ谷の士官学校が後に陸軍省になり、更に大本営になつた。もう参謀総長になつてゐられたかと思ふが、杉山さんはその広庭で馬から落ちたと云ふ話を聞いた様である。

敗戦の敗軍の参謀総長である。ろくな事はない。ただでは済まされない。済むわけがない。

自刃されたと云ふ。奥様も御一緒だと云ふ。止むを得ない。

ゆかりと云ふ程の事はないが、一すぢの思ひ出がない事もない。

築地本願寺のお葬ひに出掛けた。一片のお香の煙を捧げたいと思ふ。

高い石の段段を上がつた。段段に足を掛ける前から、いや、門を這入る前のそこいらの往来の気配からして、ただならぬものがあつた。後から後からやつて来る会葬者を道ばたに起つて眺めてゐる人人のたたずまひ、その目つき、門内の石段のわきに列んで会葬者を迎へるその関係の人らしい列の深刻にして感動的な表情。

どんなお葬ひだつて、ちやらちやらして、浮《うは》ついたのなんかある筈がないが、こんなに身のまはりが引き締められる様なのはない。その気配の中にゐて、こちらは絶えずそこいらのだれかに目で追はれてゐる様な気がした。

六

名人と云はれた三代目柳家小さんだが、晩年は少しく頭の中がうつすらして来たらしい。家を出てその日も翌くる日も帰つて来ない。だから家人も周囲の人も心配して探したが、家へも帰らず外で何をしてゐたかと云ふに、小さんのおぢいさんは道ばたにゐるよその家の子供達と遊びほうけて、自分の所へ帰つて来られなくなつたのだと云ふ。

そんな事があつたより前に、老小さんの引退高座が帝劇で催された。当時の帝国劇場は檜舞台であつて、切符は確か五円であつた。当時としては大変な入場料である。私は気に掛かつてゐたが、行かれなかつたけれど、後で行かない方がよかつたかとも思ふ。

小さんは高座、つまり帝劇の舞台に上がつて、何であつたか昔からの十八番の話を始めたが、話してゐながら、何時までたつてもちつとも先へ進まない。同じ所を行つたり来たりして到頭楽屋から助け舟を出したと云ふ。

尊敬と云ふより寧ろ崇拝してゐた小さんの、そんな所へ居合はせなくてよかつたと思ふ。しかし、いやさう云ふ所へこそ行つてゐる可きだつたかとも思ふけれど、後になつては、らつきようの葉つぱの上に置いた露がかわいたのでなく、もう二度と露を結ぶ事のない小さんの最後を迎へたのでは、諦めるより外はない。

小さんが亡くなつたと云ふ通知を受けたわけではないが、新聞で知つた。必ずお葬ひには行かうと思ふ。兼ねてから、さう思つてゐる。小さんが死んだら。

それは私の学生時代からの念願であつた。人が死んだら、と云ふ念願は怪しからんが、必ず、是非お葬ひに行くと云ふ若き日の誓ひである。

郷里の中学時代からの同窓太宰施門君と一緒に、神田の立花、本郷の若竹その他で小さんを聞いた度に、いつも必ず感激して、その感激の持つて行き場所がないから、小さんが死んだら一緒に葬式に行かう、きつとだよと約束した。

学校を出てから、太宰君は京都帝大に迎へられて教授となり、赴任した。

小さんが亡くなつたので、私は往年の約束に従ひ、一緒にお葬ひに行かうと思ふ。京都の太宰に小さんの訃を報じ、葬式の日時を知らせる電報を打つた。

その晩どこかの旗亭で教授達の会合があり、その席へ太宰の家から電話を廻した。

小さんが亡くなつたと云ふ電文を、同席の先生達は、太宰教授の昔のいい人だつた美人が死んだのかと解釈したさうである。小さんなどと云ふ名前だから間違はれる。

残念ながら会葬出来ぬと云ふ返電をよこした。

当日私は単身小さんの葬儀に列した。

場所は度度小さんを聴いた寄席の神田の立花亭である。

私が会長をしてゐる法政大学の航空研究会は発足後順当に練習を重ねて、一回の事故もなく、近い内に学生操縦の軽飛行機を羅馬に飛ばせようと計画してゐた。

その訪欧飛行計画の準備、打ち合せがいろいろと忙しく、小さんのお葬式の当日も協議会で人が集まつてゐた。

私は当の責任者としてその席を外す事は出来ない。その会合の途中、皆さんを待たせておいて、そつと脱け出し、学校からは遠くない神田須田町の立花亭へ馳けつけた。

いつもの高座が掛かつてゐる寄席とは違ひ、あたりが何となく物物しい。

高座が斎壇になつてゐて、そのわきに数人の関係者がこつちを向いて著座《ちやくざ》し、おごそかに居流れてゐる。

その中で一きは尤もらしいのは三枡家小勝老であつた。フロツク・コートに威儀を正して、その膝を折つて端坐し、膝の前に白手套をきちんと重ねて置いてゐる。

「歳の順で死んで堪るかい」と云ふ老小勝が、しかしながら正に歳の順で死んで行つた小さんの霊側に控へてゐた。

老小勝なれども、小さんの全盛期にはまだ若手の部であつた。

小さんの霊前にぬかづき、香華《かうげ》を捧げて退出した。

学校に帰つて来て、また訪欧飛行の協議会に列したが、若い学生を軽飛行機で羅馬へ飛ばせる、古い名人の落語家の霊にお別れして来た、その二つが錯綜して気分が中中纏まらない。

（『小説新潮』昭和四十一年七月）

舞台の幽霊〔新続残夢三昧〕

一

その晩帝劇の本興行が終つた後、特別追加の幕で幽霊を上演すると云ふ。

私は幽霊好きとか、幽霊ファンなどと云ふ者ではないつもりだが、さう云はれて見れば見て見たい。あまり気が進まないらしい家内をそそのかして幽霊を見に出かけた。

舞台の中空に仕掛けがあるのだらう。昔風のドンドロドロの幽霊が一体、左から右へ、つまり舞台の上手に向かつて流れて行く。風に吹かれ、水中を泳ぐ様な恰好ですうッと消えてしまふ。その気味わるさ、恐ろしさ、身の毛もよだつばかりなり。

これは何だらうと思ふ。舞台の天井裏から針がねか何かで、マネキンの様な幽霊を吊るし、それを横に流したに違ひない。舞台の上手で消えてしまふところの効果が大変よろしいが、消えたからよかつたけれど、そこで消えなかつたら芝居にならない。

私の今の、押すな押すなの忙しい残夢の中に、なぜ幽霊などが出て来たかと云ふに、東京から余り遠くない東北の田舎の、国鉄ではない会社線の電車線路の、警報機のない踏切りですでに八人電車に轢かれて死んでゐると云ふ。篤志家がいろいろその筋へ交渉したけれど、埒《らち》があかないので、意を決し、幽霊を二体造らせて、その踏切りに置いた。電車が乗ると、ヘッドライトでそのマネキンの幽霊の目が変な色に光り、風圧で髪は乱れて流れ、裾は風になびき、運転手も起《た》ちすくむ様だと云ふ。

他意あるにあらず、皆さん気をつけろと云つてゐるだけだが、この思ひつきに腹を立てた人もゐるらしく、幽霊二体の内の一体は二三日後にどこかへ持ち去られてしまつたさうである。

篤志家は警察署へ幽霊の捜索願を出すわけにも行かず、どこかの空地で燃してしまつたか、川の流れに捨てたか、いまだにわからぬさうである。巡視船やヘリコプターで幽霊の行く方をさがす程の事でもなし。

そんな話が記憶にあつたので、帝劇の舞台の幽霊は踏切りの幽霊を横に流した事になるのだらう。

恐ろしくこはかつたので、こはかつたから堪能《たんのう》した。幽霊の流れる下の平の舞台では、華やかな振り袖の踊りがあつて、賑やかな囃子《はやし》がつき、その対照が誠にあざやかであつた。

二

幽霊の幕がはねてから、外へ出て見ると、夜の空は薄曇りらしい。風があつて、あたり一面に砂ほこりが立ちこめてゐる。同行の家内をうながして薄明かりの砂風の中へ出た。

十年くらゐ前に死んだ筈の久米正雄君が、後になり先になり、私共と一緒に歩いて来る。いつとはなしに話し出して、大変なつかしい。久米君曰く、ケブな晩ですなあ。

全く以つてその通り、あたり一面薄い砂の幕がかかつてゐる。帝劇から出て来て、日比谷の方へ歩いたのだが、濛濛と云ふ程ではないけれど、一帯に砂の幕が垂れ込め、行く手も定かならず。ひとりでに祝田橋のあたりから足が右へ曲がると、後年の空襲の焼け跡の様な空地があつて、その一端に杉だか欅《けやき》だか知らないが、亭亭たる大木の並み樹が、向う迄見遥るかす目の果てに続いてゐる。

並み樹の終つたあたりが、少し薄明かるくなつてゐる。方角から云つてあすこは神田だらうと思ふ。

久米君はよく話す。アリストファネスがどうしたのですか。

私は帝大に這入つてから、最初の一年は休学したので、二年目から学校の経歴が始まる。しかし休学した第一年目にも始めの内学校に顔を出した事はあるので、その時の同期生にも知り合ひはある。古いなつかしい友達もゐるけれど、第二年目からが本ものであり、その学年の最終のクラスに芥川龍之介がゐたのですよ。

芥川がどうしました。

芥川は制服の事もあつたが、目に残つてゐるのは紺がすりの和服姿で、例の通りひよろひよろしてゐました。

先生は仏人のコットさんで、そのコットさんが英語で講義をする。だから he と云ふのを、仏蘭西風にイーと発音したり、he comes がイー・コムになつたり、聴き取りにくかつた。何年か続いた講義の中の、丁度私共が授業を受けたのは希臘羅馬《ギリシヤ・ローマ》文学史の中の希臘喜劇のところで、その一年は主としてアリストファネスの喜劇であつた。

仏人コット講師が胡瓜《きうり》の様な長い顔をして、頻りに芥川君に当てる。ミスタ・アキユタガーワ。芥川は紺がすりにて起ち上がり、先生から渡されてゐる英語のプリントのガリ版を読む。その字句に就いて別にパラフレーズするわけでもないが、読んで行けば本人に解つてゐると云ふ事は先生にも受け取れるのだらう。聴講生一同文句なくそれでその授業は済む、と云ふわけなんだよ、久米さん。

さつきから、帝劇を出て来た途端、砂風の中に這入つて暫らくすると、馬鹿に咽喉が乾いて、珈琲かアイスクリームが欲しいなと思つた。家内も同じ事を云ふ。しかしその後の続き、進行でさうも行かず、その儘になつてゐたが、見遥かす向うの神田の明かりを見るにつけ、何とか咽喉をうるほしたいものと思ふ。咽喉がかわくと云ふのは、我儘、贅沢ではない。もつと必然のものであると、のどをからからさせながら考へて歩いてゐる。

久米君が云ふ。あすこいらで一杯やりませうか。

三

あそことは、どこです。

向うの明かるくなつてる所は麻布でせう。

丸ノ内から言つて、神田と麻布は前と後ろで、逆で、丸で見当がちがふ。

久米さん、変だね。それはをかしいよ。

いいんだよ、あすこに支那料理屋がある。そこで一杯やらう。咽喉がかわいてゐるんでせう。

咽喉はかわいてゐるけれど、それでは方角が逆で、矢つ張りケブな晩だな。

久米君の云ふ麻布に向かつた左側の店に這入つた。もうつとしたいきれの中で、若い女の子がキイキイ云つてると思つたら、手に手に胡弓《こきゅう》を弾いてゐるのであつた。

椅子に腰を下ろすと、いきなり一人の支那服の娘が私の膝に乗り、その上でキユウキユウ胡弓を鳴らして、わけの解らぬ歌を歌ひ出す。どうしていいのか、戸惑《とまど》つてゐる私の鼻の先で、何となく支那風の嬌態《コケツトリー》をして見せる。

ほとほと当惑してゐると向うの卓子では、家内と久米君が何か飲んだり食べたりしてゐるらしい。あたりに胡麻のにほひがして、何となくうまさうな気配である。

久米君の指図らしい。何かの皿を私の前へ運んで来た。支那の娘が、さあ食へと云ふ。ぺらぺらした掻き餅か煎餅を揚げた様な物で、別にうまさうでもない。これは何だと云ふと、娘はよく解る我我の言葉で、御存知ないの、家鴨《あひる》の水掻きよと云ふ。

そんな物は食ひ度くもない。君達は変な物を食べるんだね、と云つたら、あらこの唐《たう》変木《へんぼく》、おいしいの何のつて、珍中の珍よと云つた。

家鴨が水を游ぐ時、この膜がなければ水を掻く事が出来ない。大切な力になる物で、そこに何とも言はれない味が宿つてゐる。これを知らないか、唐変木と云ふのである。別に無気味でもないから、口に入れて見たら、ただポリポリするだけで、うまくもまづくも、何ともない。

方角違ひのケブな麻布の支那料理屋で、残夢のなごりは段段に薄れ掛かつて来た。それに連れ、家鴨の水掻きは昔、何日間か台湾へ渡つた時、台北で食べた事があるのを思ひ出す。現実の記憶と夢が縺れ出せば、もうお仕舞である。

もう目をさまさうと、夢の中で思つてゐるらしい。そこへかぶさつて来る黒雲の様な物がはびこり、起きる事が出来ない。芝だか麻布だかに、二本榎《えのき》と云ふ所があつて、一度か二度電車でその前を通つた事がある。

二本榎の家に猫がゐて、頻りに天井近く、鴨居のあたりを飛び廻る。この猫を殺してやらうと考へてゐる内に、その家の主人を殺してしまつた。私のした事か、だれかがした事をさう考へたのか判然しないが、その後が大変である。世間の評判になり、刑事が来たり、ルビイの珠を隠したり、持ち出したり、息苦しくなつた途端に到頭目がさめたと思つた。

四

残夢と云ふ物はこんなもので、起きたつもりの目の裏がまだ熱く、眼の玉の白眼が真赤になつてゐる様な気がする。そこへ又別の人物が出て来る。切りがない。もうよしたいと思ふ。亡くなつた辰野隆さんらしい。料理屋で私とお膳を並べてゐる。お座敷から眺められる向うの空を区切つて、なだらかな山が見える。あまり高くはないけれど、その真中に富士山の恰好をした小さな峯がある。辰野さんとそこを見てゐた。富士山の峯のこちらから見て右手に、傾斜があつて、急な斜面で、あすこを辷つたら、あぶないなと思ふ。そんなに高くはなく、遠い景色でもないが、何となく目が離せない。辰野さんは漢や唐の古事になぞらへて、後庭に菊花をめづるとか、怪しげな事を言ふ。男色の話であつて面白い。向うの小さな富士山の富士びたひもそんな風に見えない事はない。もうしかし夢でくたびれた。早く目をさましたい。峯の中の富士山の隣りの傾斜はどう考へても、足を立てて辷れる斜面ではない。ところがそこを降りて行つた。だから必然的に前にのめり、あつと思ふ。もう駄目だ。冷汗を掻き、やつと本当に目がさめたが、まだ瞼の裏に富士山の形が残つてゐる。

（『小説新潮』昭和四十四年六月）

追悼句集（『俳句全作品季題別總覧』より）

鈴木三重吉氏霊前

大久保や遅き梅雨降りしぶく宵　昭11〔三重吉忌・六月二十九日〕

（芥川龍之介忌を修す）膳景

河童忌に食ひ残したる魚骨かな　昭7〔七月二十四日自笑軒にて〕

芥川龍之介祥月命日（七月二十四日）

〔『百鬼園俳句』に「芥川龍之介忌六句」と前書あり〕

河童忌の夜風鳴りたる端居かな　昭9

芥川龍之介八回忌
河童忌の庭石暗き雨夜かな　昭9

芥川龍之介九回忌
河童忌や棟に鳴き入る夜の蟬　昭10

芥川龍之介十回忌
歳々や河童忌戻る夜の道　昭11

芥川龍之介十一回忌
河童忌や夏仔の雀庭に遊べる　昭12

芥川龍之介祥月命日
河童忌の夕明りに乱鶯啼けり　昭13〔天然自笑軒ニテ〕
（乱鶯ヤ夕明リスル河童忌ノ庭）　同
（乱鶯ヤ河童忌ノ庭ノ夕明リ）　同

漱石忌

漱石忌戻れば屋根の暗さ哉　昭9

漱石先生納骨ノ宵　漱石山房ニテ　大正五年十二月二十八日

火桶夜馬の嘶くを聞けり　大5

II

朝雨

上

宮城さんがあんな事で亡くなつてから百日が近く、もう秋のお彼岸である。疑ふわけではないが、又疑ふ筋もないが、しかしどうも納得しにくい。生きてゐるとは思はないけれど、ぴつたりしない。

お家から生前の写真を貰つて額に入れた。掲げておくつもりであつたが、見てゐると駄目である。額縁に入れたまま紙に包んで隠してしまつた。お通夜にもお葬ひにも私は行かなかつた。宮城の家の近くの表通をタクシーで通るのもいやである。

だからその後のお家の人にも会つてゐなかつたが、ついこなひだ、あの節はいろいろお疲れ様でしたと云ふ、ただそれだけの御挨拶を申し上げると云ふ事で、お家の人を呼び出して一献した。あの事は一切お互に話さないと云ふ事前の打合せがしてあるので気がらくである。一献したと云つても、お家の人はだれもお酒を飲まない。だから、それだからこの席に撿挍がゐればいいのにと、さう云ふ事を思ふのもいけない。なんにも思はず、なんにも話さず、一切触れずにただお酒を飲んで、こちらだけ酔つ払つた。曖昧になつて来ると、ついそこいらにゐさうな気がするのを払ひのけて、お家の人を送り出した。

六月二十五日は一日ぢゆう雨が降つた。だから朝も暗かつた。六時少し前に猫のノラが、襖を向うからがりがり引つ搔く音で目がさめた。人を起こさうとするのである。家内が出て行つて猫をなだめて又寝かした。

おとなしくなつたらしいので、こちらも寝なほした。いい心持で眠つてゐると、飛んでもない大きな音で電話のベルが鳴り出した。寝入りばなを驚かされて、胸がどきどきする。今頃掛かつて来るのは間違ひにきまつてゐる。多くは時間外の長距離電話で、間違つて掛かれば先方は困るに違ひないが、こちらも大変迷惑する。電話を受けてゐる家内に、寝たまま後ろから、早く切つてしまへとどなつた。「はい、左様で御座います」と云つてゐる。間違ひではないのか。こんな時間に、だれだと腹を立てた。「えつ、宮城さんが」

寝床の上に起きなほつた。「宮城がどうしたと云ふのだ」

私がすぐに代つて電話を受けた。電話の相手は放送局の人である。驚く方が先で、事の前後がよく解らない。宮城さんが刈谷駅の附近で進行中の列車から落ちた。病院に運ばれた時、意識はあつた。しかし大変な怪我をしてゐられる様で、こんな早朝にいかがかと思つたが御親交がお有りだつた先生にお知らせする。今日のお午まへ頃が峠だらうと云ふ事です。御一緒だつた牧瀬喜代子さんは米原から引き返されました。

大変だ、と云ふ事だけわかつて、何がどうなつてゐるのか筋道が立たない。刈谷の附近で落ちたと聞いた時、何の根拠もなく私は東京へ帰つて来る途中だと思つた。喜代さんが米原から引き返すと云ふのが腑に落ちないので、問ひ返して大阪へ行くところであつた事がわかつた。前晩東京を立つたのを私は丸で知らなかつた。

ふだん放送局とは何のかかり合ひもないのに、から云ふ事をすぐに知らしてくれて難有い。格別の好意にお礼を云つて電話の前を離れた。

寝床に戻つて布団の上に坐り込んだ。舟が揺れてゐる様にくらくらする。さうして頭の奥の方の蕊のどこかが一点、きらきらと鋭く光り出した様な気がする。

次の茶の間の中床に小さな水晶の観音像がある。お目出度い事でも不祝儀でも、どつちでも構はずその前に清水を供へて念ずる。家内がその水を新らしくして、をがんで、何とか取りとめる様に祈つた。

足許が、膝がしらが、がくがくして、起《た》つてゐられないと云つた。

下

布団の上に坐つて雨の音を聞いてゐた。段段雨脚が繁くなる様である。障子の色は夕方の様に暗い。大きな電話の音がした。法政大学の多田君がうちから掛けて来たのである。宮城先生が七時十五分にお亡くなりになりました。お知らせしなければならぬと思つたので、早過ぎるけれどお掛けしたと云つた。

放送局からも知らしてくれたのか、どうだつたか、気持がぼんやりしてゐて思ひ出せない。少し後になつて米川文子さんからも同じ知らせを受けた。

止むを得なければ止むを得ない。仕方がなければ仕方がない。大きな欠伸が出て来た。済んだかと思ふと又出て来る。後から後から少し味がある様な欠伸が出て、いくらでも出て切りがない。

お午頃になつて、今迄した欠伸の数を始めに溯つて勘定して見た。その時もう五六十位はしてゐた様である。それが午後に続き、晩になつても、夜のお膳に坐つてもまだ出て来たから、その日の内に百以上の欠伸をしたのだらうと思ふ。なぜさうなのかと云ふ様な事は考へたくない。

から云ふ事になつたら、どこかから電話が掛かつたり玄関に人が来たりするだらうと覚悟した。それはどうも止むを得ない。電話には出たくないし、況んや人には会ひたくないけれど、さうも行かないだらう。

果して電話が鳴り出した。それを受けてゐる内に、もう玄関に人が来た。玄関に出てことわつてゐると、又電話が鳴る。ふだんの朝の内の電話は一切おことわりと云ふのは今日は通用しない。玄関の壁に掲げた「午前中ト夕刻以後ハドナタ様ニモオ目ニ掛カリマセヌ」の色紙も役に立たない。

朝の内に続け様に来たから、これでもう一仕切りかと思つたが、午後も同じ様に入り代り立ち代りやつて来て、晩になつても、暗くなつてからもまだ来る。電話も次から次へと途切れない。段段、味がにがくなる欠伸を押さへて応対した。

何を云つて来るかと云ふに、みんな申し合はせた様にきまつてゐて、宮城さんがかう云ふ事で亡くなられた。もとから御親交がお有りだつたさうだから、それに就いての感想を述べてくれ。一言でいいから何か云へ。古いお附き合ひの様であるが、思ひ出を談つてくれ。簡単でもいいから是非頼む。誠に思ひ掛けない残念な事でありました。それに就いて哀悼の辞を述べてくれ。

玄関へ来るのは大概二人連れか三人連れかで、箱をさげてゐる。録音の道具なのだらう。中には今晩の追憶座談会に出席しろと云ふのもあつた。

その申し入れを全部ことわつて、だれにも一言も応じなかつた。何も話したくないと云ふのを諒解してくれた相手もあるが、ほんの一言でいいと云ふのに、なぜ応じないかと追窮するのもある。「話したくないのだ」「なぜ話したくないのです」「なぜつて、話したくないからおことわりするのだ」「ははあ、すると云ふと、話したくないから、それで話したくない、とかう云ふのですか。さうですか。失礼しました」と云つて箱をさげて帰つたのもある。

思ひ浮かぶ限りの新聞社、地方紙の支局も加へて、それに放送関係の恐らく全部に私は失礼した様である。同じ所から重ねて来たのもあり、電話と玄関とを合はせると延べの度数は二十回を越した。

話す事があるのに話さなかつたのでなく、私の頭の中は霧の様な物が流れてゐるだけで、時時そのどこかがきらりきらりと光る様である。九時近くなつてから、もうだれも来ない。門を閉ざし、お膳の前に坐つて欠伸の続きをした。家の者とも余り口を利かない。黙つてお酒を飲み始めた所へ、門の格子の間から手を入れて、門をきしませてゐる音が聞こえた。

ぞつとした気持の鼻の先へ思ひ掛けない甘木が現はれて、自分の庭になつた枇杷の実を、私の歳の数だけちぎつて来たと云つて差し出した。

相手が出来たら急に淋しくなり、そのはずみでお酒を飲み過ぎた。

（『東京新聞』昭和三十一年九月二十五日〜二十六日）

臨時停車

一　肖像画

初めに肖像画はどうだと云ふ話があつたが、肖像画も悪くはない、描いて貰へば難有いけれど、今まで自分で考へて見た事もないので、さう切り出されると少し面喰ふ。小宮豊隆さんにも安倍能成さんにも立派な肖像画がある。どちらも安井曽太郎さんが描いたので、出来上がつた画面を見れば、あんなのが自分にもあればいいと、さう思ひ詰めたわけではないが、有れば有つたに越した事はない。

しかしその出来上がる迄の話を聞くと滅多に肖像画を描いて貰はうなどと思ひ立つわけには行かない。長い期間、毎日時間をきめてその画家のアトリエに現はれなければならない。光線の都合なぞもあるだらうから、その時間は八釜しいに違ひない。或は画家の家に何週間も泊まり込んで、都合のいい時間に画家の前に起ち、画家が絵筆を運ぶに任せる。

　その間、一時間だか二時間だか知らないが、こちらは何もする事はないだらう。又何もしてはいけないだらう。ただぢつとして、石の如くに静まり返つてゐなければならぬ。らくな姿勢で、と画家が云ふかも知れないが、らくな姿勢を一時間も二時間も持続させるのはらくではない。私などはさうしてゐる内にきつと脈搏の結滞を起こしてしまふ。

　結滞に一番いけないのはぢつとして何かを待つてゐる事である。人を待つのも物事の順序を待つのもいけない。人が約束通りに私の前に現はれない、或はまだ約束の時間にはならなくても、こちらの都合が早くつき過ぎて、その時間になる迄をぢつと待つてゐなければならない、さう云ふ時にだれが悪いと云ふ責任問題などではなく、どつちにしても待つてゐればじりじりして来る。手の平に汗がにじむ。人が相手でなくても、思つた通りに事が運ばなければ矢張り同じ事で、何となく胸の中が不安になり、結滞が起こる。

　気持が我儘だからそんな事になるのだらうと思ふ。しかし今更その我儘から直して掛かるわけにも行かない。同じ條件が揃へば同じ結果の結滞誘発に落ちつく事は大体わかつてゐる。肖像画を描いて貰ふ為に画家の前にぢつとしてゐて、画家の方では今日はこれ迄にしておくと云ふまで便便と待つなぞじれつたくて到底我慢が出来ない。

　又仮りに何とかつき合つて肖像画が出来たとしても、私の顔は小宮さんや安倍さんの様な六づかしい顔ではないから、画面に面白味がなく、つまらないだらう。私の父は四十五でなくなったが、その数年前に郷里の日本画家に描いて貰つた肖像画があつた。掛け軸に表装して、暫らくの間座敷の床の間に掲げてあつたが、その内に片づけてしまつた。父自身がそれを見るのは気味が悪かつたのだらう。私なぞもその掛け物の掛かつてゐる床の間の方は余り見たくなかつた。父はもつと若い時は藪睨みであつたが、後に眼科の病院に入院して直して貰つたから肖像画の父は人並みの目つきである。しかしどことなく癇走《かんばし》つた顔で、台湾の生蕃を聯想させる様なところがあつた。

　後に家が貧乏して酒税の差押へを受けた。その時父の肖像画も押さへられて、持つて行かれた。父の在世中の事なので、父は自分の顔の絵を持つて行かれて変な気持がした事だらうと思ふ。押さへた方も押さへた方で、生蕃めいた父の顔なぞ持つて行つて、そんな軸を床の間に掛ける物好きがゐたのか知ら。

　今度の私の肖像画の話は、九年前から毎年五月二十九日にやつて貰つてゐる摩阿陀《まあだ》会《くわい》の申し出なのである。摩阿陀会は私の昔の教室の学生、学生航空の会長をしてゐた当時の飛行場の学生、その他その後に知り合つた若い諸君と昔からの友人などが会員で、今年の当夜の出席者は五十五人であつた。彼等は十年前の五月二十九日、私の誕生日に還暦を祝つてくれて、それから一年経つた翌年の五月二十九日に摩阿陀会が出来た。還暦を祝つてやつたのに、まだ片づかないか、まアだかい、と云ふので摩阿陀会と称する。

貰つたのであるから、近日中に出掛けてこの中身のお金をつかつて来なければならない。さうでなければ旅行なぞ止めて、これだけのお金を身辺の用に充てる。暫らくの間、随分いい目が見られるだらう。丸つきり旅行を止めなくても行く先をもつと近い所に変へ、幾晩も泊りを重ねるのを一晩か二晩に端折ればお金が残る。それを遣つて古稀の頤《あご》を撫でてゐるのも妙ならずとしないが、それでは話が違ふから行つて来る。

二　出発

今頃は天気予報によると早い梅雨の走りで、しとしと雨が降つてゐる筈なのに、毎日晴れ上がつた上天気が続き、照りつけるから気温が上がつて連日三十度を越してゐる。

摩阿陀会の晩から三日目の六月一日、今日も快晴で暑い。午後一時半東京駅発の三九列車急行「西海」で立つつもりである。

そのつもりで昨夜寝に就いたが、どう云ふわけだか丸で寝つかれない。汽車に乗るのがうれしくて眠られないなどと云ふのではない。何も考へ込んでゐる事はなく、頭に引つ掛かつてゐる事もないのに、どうしても寝つく事が出来ない。夜半過ぎ一時半に床についいて朝八時を過ぎてからやつと眠つた。

それからいつもの通りにゆつくり寝続けては汽車に間に合はない。十時にはもう起きた。二時間しか寝てゐない。寝不足が一番こたへるたちなので、起き直つて一服しようとすると、頭がくらくらする。

同行の山系君が来て、お互に必要な物を鞄に詰めた。度度の事なので馴れてゐるから、簡単に旅具が纏まる。

少し早目に、十二時半に家を出た。歩くと足許がふらふらする様である。

行く先は肥後の国八代《やつしろ》、昭和二十六年以来今度で九へん目である。八代まで行くには、東京駅で乗つた儘、乗り換へなしで直行する急行が二本あるけれど、いづれもC寝台ばかりでコムパアトがないから、大名旅行には適しない。コムパアトに寝て行くには博多で乗り継ぎしなければならない。

乗り継ぎの都合はその時時のダイアグラムによつて違ふけれど、今は大変便利になつてゐる。夕方六時半に東京を出る博多行特別急行「あさかぜ」に乗れば、博多ですぐに八代鹿児島行の急行「さくらじま」に乗り継ぐ事が出来る。「あさかぜ」の著から「さくらじま」の発まで四分間しか間がない。用事があつて汽車に乗り八代へ出向くのであつたらこれに限る。

なぜその便利な接続を避けて、「あさかぜ」より五時間も早く発車する「西海」に乗るかと云ふに、夕方出る「あさかぜ」はこの頃の様に日の永い時でもぢきに窓の外が暗くなつてしまふ。又丁度その時間なので発車と同時に食堂車で一献始めると云ふ事になる。それは悪くないが走り出すとすぐに外の景色が暗闇に沈んでしまふのでは、汽車に乗つた楽しみは半分に減る。一時半の「西海」なら暗くなる迄何時間も外が眺められるし、早目に食堂車へ這入つても、お酒が廻るのと沿線に夕暮が流れるのとの兼ね合ひが一層旅情を深めるだらう。その上「西海」は普通急行なので、「あさかぜ」より五時間先に東京を出ても、東海道山陽道を走る間に段段に追ひ詰められて、博多に著いた時は時間の間隔は一時間足らずになつてゐる。つまり博多で一時間足らず待てば八代鹿児島へ行く「さくらじま」に乗り継ぐ事が出来る。だから私は「あさかぜ」を避けて「西海」を選んだ。

早くからホームに出て「西海」の這入るのを待ち、三十分ぐらゐ前に乗り込んだ。ゆつくり座席に落ちついて、眠れるものなら居眠りがしたい。居眠りでなくコムパアトに這入れば長長と寝る事も出来る。しかし洋服を著て横になるのは面白くない。又昼間のコムパアトは陰気だから寧ろ座席とテーブルのある隣室の窓際でくつろいだ方がいい。

かうして乗つてしまへばもう何も気に掛かる事はないし、いつも一緒の山系君はゐるし、山系と云ふ人はゐるのか、ゐないのか判然しない様な人だから、そのどちらでも御本人のお心まかせに振舞つて貰ふとして、走り出したらすぐにも居眠りを始めたい。しかし暑いので閉口する。車内の柱の寒暖計は三十二度を示してゐる。

ボイが来て挨拶する。暑くて困ると云つたら、発車と同時に冷房が通りますからそれ迄の御辛抱と云ふ。思ひも寄らなかつた事で難有い。しかし列車の冷房は六月十五日からと云ふ事になつてゐる筈で、半月も早いではないかと云ふと、規定はさうなつて居りますけれど、冷房は暑いから通すので、暦の上の何日からと云ふのは意味はありません。寒暖計の何度からと云ふ方が本当で御座いませう、と大分自慢らしい口調であつた。

全くお蔭で助かつた。このサアギスは難有い。コムパアトのあるA寝台B寝台の車室には扇風機が取り附けてない。隣りのC寝台や二等の車室には扇風機が廻つてゐる筈で、網戸もついてゐる。こちらの窓は二重窓で、一寸開けるのも容易でない。冷房の為にさうなつてゐて、それで冷房が来てゐない儘三十何度の暑さを閉ぢ込めたのでは堪つたものではない。今はまだ暑いけれど、走り出せば涼しくなるとわかつてゐれば我慢する。

窓の外に、嘉例の見送亭夢袋氏の外二三人の見送りの顔がある。見送られる程の旅立ちではないが、今日は日曜日ではあるし、又今度の旅行に就いては摩阿陀会の席上大体の心づもり、スケヂユウルを諸君に話したから、ひまな人は物好きにふらりとやつて来たのだらう。

定刻になつて、するすると動き出し、それ等の顔をホームに残して窓を閉めた。さてこれからぢつとかうしてゐればいい。外の景色をぼんやり眺めてゐる内に眠くなるだらう。静岡で蝙蝠傘君が駅に出ると云つてゐたさうだが、それはまだ大分先の事である。

三　刈谷

今度の旅程は、今日はこのまま夜になればコムパアトで寝る。明日の晩は八代《やつしろ》の松浜軒に泊まる。明後日ももう一晩泊まる。その次の日、六月四日に八代を立ち、博多で又この「西海」の上リに乗り換へて車中で寝る。

さうして車中に五日の朝を迎へる。朝の十時十四分、この「西海」は東海道刈谷《かりや》に一分停車をする。刈谷駅に停まる急行は三本しかない。「西海」はその一つである。

刈谷には駅の構内、遠方信号のこつちに宮城道雄遭難の遺跡がある。遺跡と云ふにはまだ生ま生ましい、宮城さんが列車から落ちた線路の傍を、私は自分の足で歩いて来たいと思ひ立つてゐる。五日の朝は刈谷駅で下車して駅の人を煩はし、案内して貰つてその地点へ行つて見ようと思ふ。今度の旅行のつもりを立てた初めから、刈谷へ下車する事を予定してゐる。しかし刈谷駅へは汽車を降りてお邪魔するまで黙つてゐようと思ふ。忙しい人人に私の思ひつきを前前から予告する様な事になるのも大袈裟だし、第一、さう思つてはゐるが或は寄らないかも知れない。寄らない事にしたらその儘「西海」にぢつと乗つてゐれば夕方早く東京へ帰り著《つ》く。

なぜ寄らないかも知れないと云ふ事を考へるか。宮城さんがああ云ふ奇禍で刈谷の線路際を終焉《しゆうえん》の地としてから、すでに丸二年経つてゐるが、私がそこへ行つて自分でその場所を歩いて来ると云ふのは、或はまだ早過ぎるかも知れない。私はいい歳をしてゐながら、つらい事に堪性《こらへしやう》がない。それに堪《た》へられないのを知つてゐるから、宮城のお葬ひにも行かなかつたし、お家の人を弔問もしなかつたし、あれ以来まだ一度も宮城のうちへ足を踏み入れた事がない。寄らずに帰るかも知れない。今度もさう思つてゐても、或はその場になつて勇気が挫けるかも知れない。

しかしもう二年経つてゐる。宮城家への御無沙汰は勘弁して貰ふとして、遭難の場所を弔ふぐらゐはしてもいいのではないか。私が行つてもそこいらに風が吹いて草の葉が動いてゐるだけで、宮城は何も云はないから大丈夫だらう、とも思ふ。

四　夕空

発車する迄三十二度あつた車中の温度が、走り出して暫らくするといい気持に涼しくなつて来た。起《た》つて行つて柱の寒暖計を見ると二十五度に下がつてゐる。肌がさらさらして気が落ちついて眠れさうだが、中中寝られない。どうも居眠りは余り得手《えて》でない。藤沢から先はいつか敷き換へた継ぎ目無しの長尺レールださうで、丸で滑る様な速さで走つて行く。ステーションホテルの石崎が会社の用事で小田原まで行くと云ふので、急行券を買ひ足してこの汽車に乗つてゐる。後部の車室にゐて時時こつちへ話しに来る。相手になつてゐる山系君はお蔭で寝られないだらう。尤も寝る必要はないので、私が黙つてゐれば寝ると云ふだけの事だから、相手があつて寝なければそれ迄の話、お気の毒などと云ふ筋はない。

小田原に著いて石崎が降りて行つた。その前後から私の方が少しうつらうつらしてゐたらしいが、はつきりしない。寝た様な気持はしないけれど、寝たのかも知れない。

丹那を越して沼津を出て富士を出て、馴染みの由比が近くなつた。浜辺の防波堤が段段に完成して波打際を眺める邪魔になる。天気がよく波が綺麗で、繁《し》吹《ぶ》きをかぶる渚の黒い岩が防波堤の切れた所から隠見する。

食堂車の女の子が来て、お茶でも飲みに来いと案内する。私や山系君を知つてゐる様である。いつかの阿房列車で覚えられたかも知れない。今は行かないが、後で静岡を出たらすぐに行くから、二人席の小さいテーブルを一つ予約にしておいてくれと頼んだ。静岡は四時半で夕食にはまだ早いが、寝不足の不安な気持を拭ふには一献を始めるに限る。早過ぎると云ふ事で山系君に異存はない。

静岡でホームに出て蝙蝠傘君に会ひ、その足でホーム伝ひに食堂車へ行つた。間もなく発車してから、今度のこの目出度い旅行の為に杯を挙げたが、昨夜の寝不足が変な工合に祟つてゐる様でお酒がうまくない。味がないと云ふよりは胸の中が受けつけない様である。こんな時強ひて飲むと後がいけないにきまつてゐる。お酒をあきらめてその方は山系君に一任し、スタウトを少し許りとジヨニヲーカーのハイボールとホツトを一杯づつ飲んでそれで止めた。食慾は丸でない。誂へたお皿を目の前に置いた儘でバナナを半本ケーキを半顆やつと食べて、それでお仕舞にした。

廻らないなりにまだ食卓の前にゐる時、窓の外には薄《うつす》らと夕暮れの色が流れて来た。六時五十五分の刈谷駅著《ちやく》の一寸前に、山系君が不意に手を挙げて窓の外を指しながら、「あつ、あれです」と云つた。

私は進行方向に向かつて坐つてゐた。だから私と向き合つてゐる山系君は、その前を汽車が通り過ぎてから指差したのである。何だと思つて振り返つた私の目に線路際に立つた白木の太い柱が映り、宮城道雄と云ふ字が読めた。その上にも下にもまだ外の字があつたけれど、気がついたのが遅かつたので走り過ぎる窓からは読み取れなかつた。

ああ、ここだつたのかと思つた。そこはすでに刈谷駅の構内なので、さうしてこの「西海」は刈谷に停車するので徐行しかけてゐる。それから停まつて、すぐに出たのだらう。その前後の事を丸で知らない。覚えてゐないのでなく初めから頭に這入つてゐない。ただ、今見た白い柱が目先にちらつき、あすこなのか、あすこだつたのかと思ふ。涙が止めどなく流れ出して、拭いても拭いても切りがない。前にゐる山系君はわけを知つてゐるからまあいいとして、テーブルの傍を行つたり来たり、こつちへサアギスに顔を出したりする給仕の女の子に恥づかしい思ひをした。

この旅行の帰りに刈谷へ降りようと思ひ立つて来たが、まだ早過ぎたかも知れない。立つ前のつもりでは、刈谷のその線路のわきを歩き、供養塔に供養した後、その晩は刈谷の宿屋へ泊まつて、お経を上げて貰つたお坊さんと、駅のその時世話になつた人をよんで御馳走しようと思つた。それ等の人人と一晩の酒盛りをする。興到れば或は宮城さんもその座に加はるかも知れない。さう云ふ事の好きだつた故人への回向《ゑかう》であり供養であり頓證菩提の為だと思つて来たが、さつきの遭難の柱を見た今ではそれは飛んでもない思ひつきで、到底私に出来る事ではない。

帰りに刈谷へ寄るのはよさうかと思ひ出した。線路際の夕空の下に起つた柱の悲しさ、わざわざ汽車から降りて、そのまはりをうろつく勇気は私にはないだらう。

五　二夜

朝九時半の下ノ関まで寝た。夜中に何度も目がさめたが又寝続けて、結局昨日の寝不足の不安は綺麗になくなつた。

博多で一時間許り待ち合はせて、京都発鹿児島行二〇三列車急行「さくらじま」に乗り継いだ。走り出してから暫らく行くと、向うの山の上に白い雲が出たが、明かるいから大丈夫かと思つたけれど、三時七分八代著と同時にホームで雷鳴を聞いた。いつも改札の外に起つて待つてゐる御当地さんが、珍らしくホームに出迎へた。雷に伴なつて降り出した、雨の音を聞きながら、先程も一雨ありました、こなひだ内ずつとお天気続きだつたのに、山系様がお見えになると云へばすぐに降つてまゐりました、と雨男山系の顔を立てる様な挨拶をした。

馴染みの道筋を通つて松浜軒に落ちついた。松浜軒の門の前の道は、その門に入るだけの行き止まりであつたのが、今度見ると向うまで延びて普通の道路になつてゐる。家の中にゐて、その道を自動車が通り過ぎる音を聞くと不思議な気がしますと御当地さんが云つた。

庭にかこまれたいつものお座敷にくつろぐ。畳替への後の新だたみである。畳廊下の畳も新らしい。お庭の手入れも行き届いてすがすがしい。池は満水ではないけれど、去年来た時よりは水位が高い。来たいと思つた所へ来て、これで今日明日何もする事がなく、のうのうしてゐればいい。欠伸が出れば出せばいい。しかし去年の時の様に、余り痛烈な欠伸を続けると苦しくなるから、その加減をしよう。飛んでもなく大きな脇息《けふそく》に靠《もた》れて一服した煙を長く筋にして吹く。

駅で二つ聞いた雷の続きが、この上にかぶさつて来たらしい。本式の雷雨になつた。万事申し分なくいい境涯を楽しんでゐる所へ、雷は困る。きらひなのではなく、こはいのだから、ごろごろ鳴り響くと段段に不安になつて来る。

お池の食用蛙が頻りに鳴き立てる。いつも聞けばおよそ馬鹿馬鹿しい声が、雷気を帯びた中では凄味があつて気味が悪い。お池の水の中から雷を呼んでゐる様に思はれる。

お庭が広いので空が広いから、雷の轟くのが一層こはい。次が鳴るのをひやひやした気持で息を詰めてゐると、薄暗くかぶつた雲の裏に昼の稲光が走つた。ここへ来て、夜寝てゐる時に雷が鳴つた事はあるが、かうして昼間脇息に靠れた儘で雷様と向かひ合ふのは今日が初めてである。四時半から五時頃までで一先づ止み、薄雲の裏で雲雀が啼き出した。八代鴉《やつしろがらす》が吹上げの松の木の枝に来て、三声目を著しく下げる妙な節で鳴き続ける。

一たん止んだ雷雨が又盛り返し、前よりはひどく鳴り出した。しかしその内に不知火《しらぬひ》の海の方へ行つてしまつて、夕空が軽くなつたのがわかる様な気がすると同時に、御馳走の膳の上が鮮やかに明かるくなつて、昨夜の列車食堂に引きかへお酒の味がよく、いい心持に廻つて来た。

その後ぐつすり寝込んで寝続けて、お午まへ十一時頃目をさました。起きてもいつもの通り何も食べないけれど山系君は向うの座敷で朝の食事を済まし、新聞でも読んでゐるのだらう。

食べたくないから食べないので我慢してゐるわけではない。私は食べなくていいが、人が何を食つたかは興味がある。ふらりとこちらへ戻つて来た山系君に何を食べたかを尋ねる。事こまかに、根掘り葉掘り問ひ質してゐると、聞いてゐる内に口の中がすつかり濡れて来て、つい唾を呑み込む。しかし欲しがつてゐるのではない。山系君の話を聞いただけで私の朝の御飯は済んだ事になる。夏蜜柑の絞り汁と炭酸水と、それから薄茶を立ててくれたのをお目ざにして、後は口を拭つて知らん顔をしてゐる。

午後いつも来る度に呼ぶ床屋を呼んで貰つてひげを剃らせた。それからお屋敷内の向うの方にあるお住ひの中庭に案内されて、鵯《ひよどり》、黒鶫《くろつぐみ》、緋連雀《ひれんじゃく》、大瑠璃《おほるり》、懸巣《かけす》、啄木鳥《きつつき》その他二十余種の小鳥と、浅い泉水に放つた黒い緋鯉を見せて貰つた。

その時、塀際から往来を越えた向うの空に、又昨日の様な雷雲が出てゐる様に思はれて気になつた。一たんこちらのお座敷に帰つた後、もう一度その雲の様子をよく見て確かめたいと思ひ、門の外へ出て空を眺めるつもりで玄関へ降りた。幅の広い大きな硝子戸を開けようとすると鍵が掛かつてゐる。昼日中から正面の玄関が締め切りになつてゐる。今は休業中なので人を入れないと云ふのだらう。私共はその中へ特別に請《しやう》ぜられて昨日も今日も勝手な我儘をしてゐる。

六　松浜軒

翌くる日、六月四日のお午十二時半に松浜軒を立つた。

立つ前、北の広い空で雲雀が頻りに啼き、お庭の木の枝に八代鴉《やつしろがらす》が何羽も来て鳴き立てた。

今度が九へん目であつたけれど、また来たいと思ふ。しかし今までの様に出掛けて来るのは或は困難であるかも知れない。今年の早春御当地さんが東京へよこした便りに、今年一ぱいで松浜軒の旅館営業はおやめになるかも知れないとあつた。今日立つ前の支配人の挨拶にもその話があつて、しかしお気が向いたら又お出掛け下さい。営業はやめてゐても、当家のお客様としてお迎へ申すと云つてくれたが、さうなると旅館の玄関を這入るよりは敷居が高く、跨ぎにくいだらう。又それを強ひて跨ぎ越していいものか、どうか、それは今からわからない。

松浜軒は昭和二十四年九州御巡幸の時の行宮《あんぐう》になつた後、二十六年から旅館営業を始めた。営業と云つても士族の商売どころか殿様の商売なので埒はあかなかつたに違ひない。国有鉄道監修の時刻表に載つてゐる交通公社協定旅館のリストにすら一度も名前を出した事がない。威張つてゐるわけではないのだらう、しかし何となく普通の様ではない。使用人、出入りの職人、床屋写真屋にいたる迄すべて昔の御家来筋である。御主人を旦那様とは云はない、極く自然に軽く殿様と呼んでゐる。

お庭は熊本県指定の史蹟名園となつてゐる。建物にも、乳鋲のある門にも何百年の由緒がある。うろうろすればお手打ちになる様な気配がある。

昭和二十六年の春旅館営業を始めたそのすぐ後、初夏の「鹿児島阿房列車」の帰り途に、私と山系君は初めて八代へ降りて松浜軒に泊まつた。それが皮切りで、以来足掛け八年、丸七年の間に九回、この同じお庭に向かつた同じお座敷にお邪魔をしてゐる。

その間に初めは二本あつた吹上げの松の大木が一本は枯れた。残つた一本も怪しいと思つて来る度に心配する。しかしいつぞやの颱風で折れた大枝が、ぶら下がつたなりで青青とした新らしい葉を出した。今度来てそれを見て安心した。つながつた皮から養分が伝はるのだらう。

心配なのは松の木ばかりではない。旅館としての松浜軒がいつ迄続くのか知らと心許なく思はれた。九へんの内、外の座敷に相客のあつた事は一二度しかない。静かで我儘が出来て大変結構だが、いくら殿様の御商売とは云へ、どうも気に掛かる。

果してさうだつたので、今日の支配人の話によると、よかつたのは開業当時の半年だけ、後は商売にはなつてゐないと云ふ。この状態をいつ迄も続けるわけに行かないから、今年一ぱいで清算をつけたいと思ふ。差し当り先月以来臨時休業と云ふ事にして営業してゐないが、格別の御贔屓《ごひいき》でお越し戴くのだから、さう云ふ事に拘らずお迎へ申したと云つた。

御当地さんが駅まで送つて来た。又今度が九回目のその最初の時から、八代へ来る度にいつも頼んだ老赤帽もホームに起つて見送つてくれた。もう大分歳を取つてゐる。さうは云つてもまた来る折があるか知れないが、何しろ達者でゐろと彼の為に念じた。

一時十九分発の急行二〇四「さくらじま」で八代を離れた。間もなく窓外に千丁の柳を見た。一昨日来る時も見た。柳の根もとにお地蔵様があるわけは、その下を流れる用水路の水深が深く、線路は近い。地蔵尊を祀れば今後間違ひがない様に守つて下さるだらうと云ふので、有志が建立した、と云ふ事を今度初めて聞いた。

汽車は快晴の空の下の肥後平野を走つて博多に向かふ。思ひ直して明日は矢張り刈谷へ寄らう。但し刈谷の宿屋に一泊するのは止める。その元気はない。駅の人やお坊さんをよんで一献すれば、どうしてもその時の話に深入りする事になる。それを聞いてゐる自信は私にはない。ただ寄るだけにしよう。その場所へ行つて、その辺を歩いて、坊さんを呼んでお経を上げて貰つて、それですぐに東京へ帰らう。

博多に著いて、上リの「西海」を待ち合はせて乗り換へた。刈谷は明日の朝の十時十四分である。寝る前の一献のつもりで食堂車へ行つたが、今夜のお酒も廻らない。食事もあまり進まない。いい加減に切り上げて車室に帰り、寝る事にした。

寝台の寝心地が悪かつたわけではないが、前後不覚と云ふ風には行かない。頻りに目がさめる。目がさめて、今まで寝てゐたのかと思ふ。零時一分発の広島を出たのは知つてゐた様な気がする。上リの広島から先は、昼間通つても退屈な沿線である。窓を閉めてカーテンを下ろして寝てゐれば同じ事だが、それでも今頃は退屈な闇の中を走つてゐるのだなと思ふ。だから寝てしまへばいいが、中中寝られない。寝られないと思つてゐるのに何かの拍子で目がさめる。それでは今まで寝てゐたのかと思ひ返す。

ごうごう闇の中を走つてゐた汽車が、すうと停まつた。駅に著いた様ではない。それまでうつらうつらしてゐたかも知れないが、辺りが不意に静かになつて、ひどく静まり返つて、物音一つしなくなつたら急に気持がはつきりして来た。目が冴えてもう寝られない。どうしたのだらうと気になる。事故なのか知ら。しかし何の衝撃もなく、すうと静かに停まつたなりでゐる。ここはどこなのか、寝てゐては見当もつかない。

それがその儘の状態で二時間ぐらゐ続いた。朝になつて聞くと、広島と糸崎の中間のどこかの踏切で、この列車の前を走つてゐた貨物列車がトラックにぶつかり、その事故で後の列車が進めなくなつたのださうである。

その間私は目をさましたなりで寝てゐた。余りに静かなので、時間が経つにつれて少し不安になつて来た。人を一ぱい乗せた儘、長い列車が真夜中の山の間か畑の真中かに伸びたなりでかうしてゐると云ふのは無気味である。

（『小説新潮』昭和三十三年十月）

東海道刈谷駅

第一章

昭和三十一年六月二十四日の朝、大撿挍宮城道雄は死神の迎へを受けて東京牛込中町の自宅に目をさました。

彼の家には「撿挍の間」と呼ぶ自室があつて、座辺の諸品すべて盲目の彼の手に触れ易く配置してあつたが、当日彼が死神に呼び醒まされたのはその部屋ではなかつた。大分前から邸内に録音室を造る計画があつて、すでにその普請が始まつてゐた。以前からの「撿挍の間」は周辺の模様変への為、少しくその位置を動かす必要があつたので、その間彼は邸内の演奏場に附属した二つの控へ室の中の一つを仮りの居室に充てて、そこに寝起きした。

薄ら寒く降り続けた夜来の雨が竭んで、二十四日の朝は暗い雲の低く垂れた曇り空であつたが、外界の明暗は直接彼にはわからない。しかし生来天候気象の変化に非常に敏感であつたから、雨の音はやんでゐても雨後の曇天が屋根の上からかぶさつてゐる事は、はたの者に聞かなくてもわかつてゐたであらう。

起き出したのは八時半頃である。死神は彼から離れはしないが、まだうるさく急《せ》き立てもしない。翌二十五日の晩、大阪の松竹座を皮切りに神戸京都の演奏会で予定されてゐる関西交響楽団の管絃楽相手の「越天楽《ゑてんらく》による箏変奏曲」の練習をした。彼自身の作曲であり、又すでに幾年も手がけてゐる曲であるが、その練習を繰り返して、「どうも、うまく行かない」と家人に洩らしたと云ふ。

午後は今夜の出発にそなへて静養したり、庭を散歩したりして時を過ごした。夕方六時半頃食卓につき、常の如くお酒を楽しんだ。食後は明日の晩使ふ琴爪の手入れをしたが、中中気に入つた様に出来なかつたらしい。

矢張り今夜の出発の準備として、昨日の朝はいつも呼びつけの床屋を呼んで頭を刈らせた。その時床屋が宮城の顔を剃らうとしたが、どう云ふわけか解らないが、長いこと掛かつて少しもはかが行かない。いつ迄も顔が剃れない。手をお留守にして、宮城の顔ばかり見てゐた様だと、後になつて床屋自身でさう云つたさうである。すでに一日前から彼のまはりに変な事があつた様に思はれる。或は死神は昨日から宮城の家に這入つてゐたのかも知れない。

今夜の汽車は八時三十分東京駅発の一三列車急行「銀河」である。七時半過ぎに宮城は家を出ようとした。その支度に起《た》ち上がつた前後から彼の機嫌が悪くなつた。急に気分が鬱して来たらしい。ひどく気象に過敏な彼は遠い吹雪とか雷の気配とかで気分に影響を受ける。初夏の晩の事だから、どこかに雷が鳴つてゐたかも知れない。その所為だらうとはたの者は思つたさうである。

彼の姪で門下筆頭の高弟牧瀬喜代子が同行する。正面玄関を出て行く二人を夫人貞子は見送らうとしたが、どうしても見送りに起つ事が出来ない。度度出掛ける演奏旅行で旅馴れてゐる彼ではあるが、大阪神戸京都と幾日かにわたる出《で》立《た》ちなので、是非見送りたいと思つた。又いつだつてその門出《かどで》を見送らなかつた事はない。ただ今日は、今日に限つて先程から何となく気分が勝れない様で臥《ふ》せつた儘起ち上がる気になれない。

自動車は門外に待たせてある。その方に向かつて宮城が玄関を出ようとした。臥せつてゐた夫人は、しかし矢張りお見送りをしなければ気が済まぬと思ひ直し、無理に起き上がつて廊下の半ばまで来た。玄関を出掛かつた宮城と、廊下の夫人との間に死神が這入つて夫人の前を遮つたらしい。夫人は廊下の中途に起ち竦《すく》んだ儘、宮城の後を追つて玄関へ出る事が出来なかつた。

昼間の内やんでゐた雨が、晩暗くなつてから暫らくすると又降り出した。宮城はもう帰つて来ない自分の家の玄関を出て、冷たい雨滴がぽつぽつ落ちて来る夜空の下を門の方へ辿《たど》つて行つた。

第二章

宮城が今出て来た牛込中町の家は、もとの構へを戦火に焼かれた後に建て直した屋敷で、後に隣地に立派な演奏場を建て増しして相当に広い構へである。焼ける前の庭にあつた梅の古木を宮城は懐しがり、「古巣の梅」と題する彼の文集を遺してゐる。牛込中町の今の家は借家ではないが、それから前に彼が転転と移り住んだ家はみな借家であつた。牛込中町の前は牛込納戸町。門構への大きな家であつた。

納戸町の前は同じく牛込の市ヶ谷加賀町。彼はここで大正十二年の大地震に会つた。九月一日の後二三日目に私は小石川雑司ヶ谷町の私の家から彼の安否を尋ねに出掛けた。加賀町界隈には余り倒壊した家もなく、大丈夫だらうと思つて行つたが、その家の前の道幅の広い横町へ曲がると、向ひ側の屋敷の屏の中から枝を張つた大樹の木陰に籐椅子を置き、人通りのない道ばたで晏如《あんじよ》としてゐる宮城を認めてまあよかつたと思つた。お互に無事をよろこび合つたのを思ひ出す。

市ヶ谷加賀町の前は牛込払方町。市ヶ谷新見附のお濠端から上がつて来る幅の広い坂道を、上がり切つて右へ行けば牛込北町の電車道に出る、その坂を鰻坂と云ふ、鰻坂を上がり切つた左側の二階建の借家で、門などはない。駈け込みの小さな家で、二階一間《ま》に下が一間《ま》、それに小さな部屋がもう一つか二つついてゐたかも知れない。棟続きの横腹に向かつて左手の借家には、時代を異にしてその昔石川啄木が住んでゐたと云ふ。二階建の棟割長屋《むねわりながや》と云ふ事になるが、その同じ棟の下に二人の天才が住んだ事になる。その家は戦火で焼けて今は跡方もない。

宮城はその払方の家から前述の市ヶ谷加賀町に移つた。加賀町の時代から彼の周辺が段段に明かるくなり出した。初めて電話がついたのもその家である。加賀町の家の家賃は這入つた時三十五円であつた。払方の家の家賃は知らない。或は忘れたのか、よくわからない。

夜は宮城がその坂の上の借家の二階で寝てゐるのを知つてゐるから、私は下の往来から竹竿の先にステッキを括りつけて継ぎ足して、長くなつた棒の先で二階の雨戸をこつこつ叩いておどかした。後で宮城がくやしがるのが面白かつた。彼も若かつたが私も若かつた。

払方は何年から何年まででであつたが、宙《ちう》でははつきりしないが、大正十年よりは前である。私が宮城を知つたのはこの時代である。

払方の前は日本橋浜町にゐたさうだが、その時分の事は私は知らない。余り長くはゐなかつた様で、半年ぐらゐだつたかも知れないと云ふ。

　その前は矢張り牛込の市ヶ谷田町。一度日本橋へ出たきりで後はずつと牛込の中で転転してゐる。その市ヶ谷田町に家を構へた前は、町内の田町の琴屋の二階に間借りしてゐた。それが大正六年の五月朝鮮から出て来た時の住ひであつた。

　牛込市ヶ谷田町の間借りから借家、日本橋浜町、牛込払方町、牛込市ヶ谷加賀町、牛込納戸町、それから今の牛込中町へと、長い苦難の道を歩いて来て、やつと借家でない自分の家になつたその中町の宵闇の玄関から宮城は別の所へ行つてしまつた。

第三章

「今朝先生お亡くなり遊ばした報道に接し、驚きの言葉さへ出ませんでした。
昨夜、銀河で御元気に御出発、お見送り申上げたのにと一同御話申上げて居ります。
誠に御痛はしい限りであります。
御生前中は私共色色と御厚情賜り感謝致して居ります。
右不取敢御悔み申上げます。
　六月二十五日　　東京駅赤帽一同」
宮城門下の機関誌「宮城会会報」別冊の追悼号にこの赤帽のお悔みが載つてゐる。
宮城と牧瀬喜代子を乗せた自動車が、東京駅の乗車口へ著《つ》くと、玄関前の廂の下に待機してゐる赤帽達が宮城を迎へ、そのまはりを取り巻いて挨拶した有り様が目に見える様である。それは自分達の商売上のお客としてだけでなく、宮城を迎へて如何にもなつかしさうにその元気な顔を見てよろこんでゐると云ふ風である。いつだつたか宮城を誘つて階上のステーション・ホテルへ食事に来た時、同車した自動車が車寄に著いて宮城が降り立つのを見ると、数人の赤帽が駈け寄つて口口に宮城に挨拶した。汽車に乗るのでないから、荷物は何もない。赤帽は荷物を運ばうとしたのでなく、宮城の顔を見て集まつたのである。その時の光景を見て知つてゐるので、「銀河」に乗る為にそこへ著いた彼を迎へる赤帽の様子を想像し、お悔み状の言葉が通り一片の挨拶でない事を思ふ。

宮城は改札を通り、ホームに出て、すでに這入つてゐる「銀河」の一号車に乗り込んだ。「銀河」は前後の荷物車を除いて十三輛の編成である。その一号車と二号車はもとの一等車で、当時の一等寝台が今は二等のA寝台B寝台となつてゐる。二号車はB寝台ばかり、宮城の乗つた一号車はデッキから這入つて行つた向きで奥の半車がA寝台のコムパアト、手前の半車がB寝台で片側に四つづつ〆て八つの仕切りがあり、それが上段下段に別かれてゐる。

宮城の寝台は入口から二つ目の左側下段の12号であつた。喜代子の番号は通路を隔てたその向かひ合はせの下段10号であつた。

八時三十分の発車なので、寝台は発車前からすでに降りてゐる。乗り込んだ時、通路の両側のカーテンがみな垂れてゐるので、何となく陰気な所へ這入つた様な気がしたと喜代子が云つた。内部が陰気なだけでなく、冷房の為の二重硝子の車窓は全部閉め切り、黒いカーテンで遮蔽してあるから、外のホームから見た夜の寝台車は暗い物のかたまりの様な感じがする。

「さうか、一人だけか、今夜は淋しいな」と宮城が云つたと云ふ。いつも彼が旅立つ時は、だれかしらやつて来て見送りが賑やかなのに、今夜は琴匠の鶴川喜兵衛一人だけであつた。

鶴川と赤帽に見送られて、「銀河」は発車した。

発車してから宮城は寝台の上で落ちついた。持つて来たリーダーズ・ダイジェストの点字版を読んでゐた。車中などの読書に点字版は大変便利な様である。寝台の内部には寝台灯《バアスランプ》がついてゐるが、そんな物は宮城に必要ではない。紙の表に打ち出したポツポツを指先で撫でて行けば、我我が活字を読むのと同じ様に意味が通じる。いつか宮城の主治医が往診した時、宮城は東大医学部の報告だか論文だかを点字版で読んでゐたさうで、主治医が宮城の勉強に感心した事がある。

若い時に八犬伝を読み、寝てからも読み続ける時は点字の紙を布団の中へ入れて、おなかに乗せて撫でればいい。寒い冬でも手の先が冷えると云ふ心配はありませんと自慢した事がある。

市ヶ谷加賀町の時分、私は当時の私の学生森田晉を差し向けて、一週に一度か二度彼の為にダンテ、シエクスピア、ゲーテ、トルストイなどの翻訳を読ませた。そんな事が彼の役に立つたかどうだか知らない。森田は夭折してもうゐない。

急行「銀河」は宵の口に東京を立つので、時間帯の都合で目ぼしい駅へはみな停まる。東京駅を出てから先づ品川に停まり、横浜から先は大船、小田原、熱海へ一一挨拶する。その間宮城は点字を読み続けてゐたか、考へ事をしてゐたか、それはわからないが、大分前から新らしく手をつけてゐた大作「富士の賦」の腹案を車輪の響きに乗せて練つてゐた事も考へられる。

熱海は一分停車で発車は十時三十三分であつた。それから丹那隧道に這入り、出てから沼津に向かつて勾配を走り降りる。宮城はそれ迄にも喜代子の手引きで手洗ひに立つたが、最後に十一時頃又喜代子に連れて行つて貰つた。沼津は十時五十六分著の五分停車で十一時一分の発である。だから喜代子が手引きした最後の時は沼津の前後であつたのだらう。

喜代子は、また手洗ひに来る時は私を起こして下さいよと云つた。しよつちゆう一緒に旅行してゐるので、一一そんな事を云ふ迄もない。それを沼津辺りの十一時の時は、はつきりと駄目を押す様にさう云つたさうである。

死神はそろそろじれてゐる。先づ喜代子を寝かして、宮城と向かひ合はせの寝台のカーテンを降ろさせた。その時のお休みなさいの挨拶が、十四の歳に宮城を頼つて朝鮮から出て来て以来の、彼との四十年の縁が断ち切られる訣別の言葉であつた。早天五時、米原で車掌に起こされる迄彼女は宮城の遭難を知らなかつた。次の上リで引き返した時は、すでに宮城は刈谷の病院で息を引き取つてゐた。

喜代子が寝台のカーテンを降ろした沼津から先の停車駅は、静岡十一時五十五分著三分停車、浜松一時十九分著六分停車、豊橋、岡崎は通過で、三時二十一分に名古屋に著く。しかし名古屋に著いた時はこの急行「銀河」の中にもう宮城はゐなかつた。

沼津を出て静岡に停まる間に喜代子が向ひ側の寝台のカーテンを降ろした後、宮城は自分の寝台の中で何をしてゐたか、それはわからないが、暗闇の中を走り続ける「銀河」が、丁度富士山の麓の近くを過ぎてゐると云ふ事は、彼にも見当がつくに違ひない。前述の新作「富士の賦」に聯想がつながり、その想を練り或は何かの順序を組み立ててゐたかも知れない。彼はいつもの仕来りで魔法罎を持つて来てゐる。中にお酒が二合足らず這入つてゐる。夜が更けて、彼もそろそろ寝ようかと思つたであらう。その前に手酌で一献する。それが宮城の楽しみの一つである。

昭和十五年に私は宮城を誘つて、日本郵船の新造豪華船新田丸の披露航海に乗つた。今日東京駅で見送つた琴屋の鶴川喜兵衛が彼の手引きとして随行したが、晩になると宮城は鶴川を別室にしりぞけ、豪奢な一等船室を一人で独占してにこにこしてゐた。船室の中はどこを撫で廻しても、とげの刺さる心配はないし、若しころがつても分厚《ぶあつ》な絨氈が敷き詰めてあるから大した事はない。寝る時になつて宮城は船室のボイに向かひ、寝酒にするのだからお燗をした酒を魔法罎に入れて来てくれと命じた。

晩餐の席ですでにいい御機嫌になる程聞召《きこしめ》した上での話である。ボイが気を利かして、或は大撿挍の人柄を尊敬して、たつぷり、三合ぐらゐ詰めて来たのを宮城は後で一人になつてから、ちびりちびりみんな飲んでしまつた。

飲み始めてから、少し飲んだところの見当でこれは多過ぎると思つたさうである。いつもの寝酒の分量の倍はあるらしい。これでは多過ぎると思ひながら、さう思ひ思ひ結局きれいに空けてから、いい御機嫌で寝たと云ふ。

新田丸の一等船室の魔法罎は楽しい目出度い思ひ出になつた。急行「銀河」のB寝台の魔法罎は死神がお酌を買つてゐる。夕方出掛ける前に家で少少傾けて来た下地がある。汽車に乗つてゐれば絶えず身体に震動が伝はつて来る。廻りが早い様で、いい心持にうつらうつらして来た。

「オットツトツトツト。こぼれます」

「大丈夫です。馴れたものだ」

「あんな事を、お膝に垂れてるぢやありませんか」

「うるさいな」

「私がお注ぎしませう」

「あなたはだれだ」

「先生、寝台灯《バアスランプ》を消しませうか」

「ともつてゐますか」

「ボイさんが気を利かしたのでせう」

「どう云ふ風に」

「あれ、あんな事を仰しやるけれど見えるでせう」

「明かりがですか」

「私だつて先生には見えてゐるくせに」

宮城はぼんやりして、よくわからないけれど、さう云はれればそんな気もする。魔法罎をそこに置き、猪口を罎の口にかぶせて、膝を伸ばして足許のスリッパをさぐつた。

「私がお連れしませう」

宮城は空《くう》に手を出す様な恰好をした。

宮城の寝台から通路を入口の方へ、つまり進行方向の反対の方へ行くと、並んだ隣りの寝台の前を過ぎた所に第一の扉がある。それがこの車室の出入口である。

その扉を開けて出ると、左側にカーテンの下がつた洗面所があり、右側に戸の閉まつた手洗ひがある。その晩の「銀河」の手洗ひの戸は、引き戸でなく扉になつてゐた。

洗面所と手洗ひの間の通路の突き当たりは第二の扉であつて、それを開ければ次の二号車との連結のデッキに出る。デッキの左右に各ドアがある。その外は車外である。

「銀河」は深夜の安城駅を通過して、安城刈谷間の直線線路に乗り、スピードを増して雨風《あまかぜ》の中を驀進した。

宮城は列車の動揺でよろめきながら、一足づつに通路を踏んで手洗ひへ行かうとした。喜代子に連れて来て貰つてゐるから、勝手はわかつて居り、扉の開けたての順序も覚えてゐる。折角寝込んでゐる彼女を起こすがものはない。ひよろひよろしながら第一の扉の所まで来たが、閉まつてゐる筈のその扉が開いたなりになつてゐた。

扉が開いてゐると云ふ事は宮城には見えない。まだその第一の扉まで来ないと彼は思つた。

車掌やボイが後を閉め忘れて行くと云ふ事はない。彼等は必ず閉める。その後で起き出した深夜の寝台客が、手洗ひの帰りにでも閉め忘れたかも知れない。しかしただ閉め忘れただけなら、扉の握りをよく引いてなかつたと云ふだけなら、その内に列車の動揺で大概はひとりでに閉まる。それでも開いてゐたとすれば、閉まらない様に死神が押さへてゐて宮城を通したのだらう。

宮城は通路を伝つて、手洗ひの前を素通りして、第二の扉まで来た。それを第一の扉だと思ひ込み、開けてデッキへ出てしまつた。手洗ひは右側にあつた事を覚えてゐる。

右側の方を手さぐりして、少し離れ過ぎてゐたがやつとドアの握りをさぐり当てた。手洗ひに這入るつもりで押したが開かない。手洗ひの扉は通路の邪魔にならぬ様に向うへ、中へ押す様になつてゐる。をかしいなと思つてこつちへ引いて見たら開いた。

烈しい夜風が吹き込み、轟轟と鳴る車輪の響を押さへて、そこいら一面の水田で鳴いてゐる蛙の合唱が、いきなり耳を打つた。「富士の賦」のどこかの段落に入れる合唱を思ひ掛けた時、驀進する列車の外側へ廻つた死神が、宙《ちう》に浮いた宮城の片手を力一ぱい引つ張つた。

「銀河」ノ発著時刻ハ昭和三十一年夏ノダイアグラムニヨル。後ニ改正変更ガアツテ今日ノ現行トハチガフ。

第四章

午前二時五十三分、全編成の前半分《まへはんぶん》が真暗で後半分《あとはんぶん》が明かるい「銀河」は、安城からの直線コースに乗つたスピイドで一瞬の轟音を残したまま、深夜の刈谷駅の明かりを衝いて大府方向の闇の中へ、赤い尾灯を光らせながら消えて行つた。

二十分後に同じく下ﾘの二一列車急行「安芸」が刈谷を通過した。

その後で下ﾘ貨物列車一一八九が三時半頃刈谷を通過してから間もなく、午前三時四十六分、下りの次駅大府から刈谷駅に電話の聯絡があつた。その貨物列車の機関士が大府駅通過の際、通告票を投下したのである。

「刈谷駅東ガードの所に轢死体らしきものを見た」

刈谷駅の東方約五百米の所に、会社線名古屋鉄道の三河線のガードがあつて、国鉄東海道線と立体交叉をなしてゐる。

夜明け前の淋しい駅の本屋の中を、雨気《あまけ》を含んだ重たい風が吹き抜けてゐる。駅長事務室で当務駅長である助役から、

「三河線のガードのところに轢死体があるらしい。君達御苦労さんだが見て来てくれ給へ」

と云はれた四人の駅員がランプを手に、初夏の未明のうすら寒いホームへ出た。

四人はホームの端から線路に降りて、線路伝ひに三河線ガードに向かつた。不気味な物を探しに行く足は重たい。四日前の六月二十一日が夏至であつたが、曇つた空はまだ暗い。足許のレールだけが青黒い光りの筋になつて向うへ伸びてゐる。

「君達は上り線を見てくれ、僕達は下り線を見て行くから」

四人が二手に分かれて気味わるく線路を伝つた。

やがて目の前にガードの陰が黒黒とかぶさつて来た。

すると、その陰の外れの下り線の横に、ぼんやり白い物が見える。

「あれだ」と一人が心の中でつぶやいて、それに近づかうとした時、足と思はれる見当の所がむくむくと動いた。

死んでゐる筈の人間が動く程こはいものはないと云ふ。

「や、生きてゐる」と叫んで傍へ駈け寄ると、その白い物が、

「どこかへ連れて行つて下さい」とはつきり口を利いた。

二度びつくりした四人は担架を取りに駅へ駈け戻つた。線路わきに転がつてゐるその白い物が我我の大事な大事な宮城道雄であらうとは、未だだれも知らない。「白い物」の白いわけは、列車から落ちる前に寝るつもりで、列車寝台備へつけの浴衣の寝巻に著かへてゐたからである。

もう東の空は紫がかつて来てゐたが、足許は暗く足場も悪く、その間七八分はかかつたと思はれるが、担架を持ち出し新たに二人が加はつて総勢六人で再びその場へ駈けつけて、三度びつくりした。

先程は確かに煉瓦で築いたガードの橋脚と、それに直角に接する線路際の石垣との間の隅になつた所に頭を向け、線路の横のシグナルケーブル線の暗渠の辺に足がある様な姿勢で仰向けになつてゐた筈なのに、今引き返して来て見ると暗渠に腰を下ろして線路の方に向かひ、膝を抱きかかへる様にして、右手で頭を支へた恰好に変つてゐるのである。

膝をかかへて腰を下ろした恰好は、ふだんからくつろいだ時や落ちついた時に宮城がよくしたなつかしい姿である。

六人が担架を持つて再び駈けつける迄、宮城はどうしてゐたのであらうか。「銀河」のデッキから線路際に顚落した後、二十分おいて急行「安芸」が通つてゐるけれど、その時は発見されなかつた。前述の貨物列車一一八九の機関士が、線路わきに「轢死体」を認める迄、約四十分経過してゐる。その知らせを受けて刈谷駅の駅員が駈けつけ、担架に載せたのが午前四時十分頃と推定されてゐるところから、彼は約一時間二十分程、線路の横に一人で倒れてゐた事になる。

負傷の状態から判断するに、「銀河」のデッキからはふり出された宮城は、からだの左側を下にして地面に落ちたと思はれる。それは左の肋骨が三本程折れてゐる事実からの推定であるが、次いでそのはずみで石垣やガードの橋脚の煉瓦柱に頭を打ちつけた為に、合計二十五針の六箇所の裂傷を負つたものと考へる事が出来る。石垣に二ヶ所、煉瓦柱の角に一ヶ所と都合三ヶ所に頭髪と血痕が認められた。但し、若し石垣或は煉瓦柱に直接頭をぶつけたとすれば、その辺りの「銀河」の時速約九十粁のスピイドで衝突する事になり、先づ即死は免れなかつたと考へるのが常識である。しかし宮城は重傷のなり生きてゐる。

思ふに、その瞬間、宮城は「しまつた」と思つたであらう。さうしてその儘意識を失つたものと考へられる。

約五寸の裂傷が二ヶ所、その他四ヶ所、大まかに縫合して二十五針と云ふ大怪我であり、レントゲン検査の結果、頭蓋骨底に罅《ひび》や骨折が認められた。人事不省に陥つたのは当然である。

それが夜明けの冷気に打たれて、ふと意識を恢復したと思はれる。その時刻は刈谷駅から四人が出掛けた直前であらうと推定される。若しずつと意識があつたとすれば、もう少しそこいらで動いたかも知れないと考へられるが、血痕から見て煉瓦柱と石垣との隅になつた所が半米平方ほどべつとりしてゐて、その他に認められる血痕は何れも僅かである点から、落ちた儘の位置が動いてゐない事を裏書きすると考へられる。

冷気でふつと我に返つた宮城は、全身に痛みを感じたであらう。そこへかすかに砂利を踏む足音と人の話し声が近づくのを聞いた。朦朧とした意識の中で、その人声をたよりにし、「どこかへ連れて行つて下さい」と云つたのであらう。

四人の駅員達が担架を取りに走り去つた後、急速に意識を恢復して、兎も角も起き上がらうとした。しかしあれだけの怪我であるから、思ふ様に身体を動かす事は出来ない。先づ怪我の少い右の手で煉瓦柱につかまらうとしたに違ひない。

その為に血痕のつく筈がないと思はれる位置に血痕が認められると判断する。やがて漸く這ふ事が出来さうな姿勢まで起き直れたのであらう。さうして危険な事に、線路の方向へ移動したと思はれる。

それは前記不審な煉瓦柱の血痕のある所から線路に寄つた暗渠に若干の血痕があり、又線路沿ひの砂利が乱れてゐた事実から推定出来る。

或はもつと進んで前に出て、線路にさはつてゐるかも知れない。宮城が果してレールの形態を知つてゐたかは疑問であるが、急速な意識恢復と記憶の呼び戻しとによつて、又は丁度その時刻に上下線どちらかに貨物列車の通過もあつたか知れないが、宮城は何か乗り物から落ちたらしい、と既に考へてゐたのではあるまいか。それに勘も手伝つて自分のゐる場所に危険を感じ、再び暗渠の位置まで退いて安全を期したものと思はれる。その時は既に出血は少くなつてゐた様で、腰を下ろしてゐた位置には全然血痕は見当らなかつた。

担架と共に六人が駈けつけて、手分けで肩を、頭を、胴を、足を持ち上げ支へて、そつと担架に載せようとする。驚いた事に宮城は自分から乗らうとして、どちらかの手は担架の棒を握り、足は自分で載せた。

現場出発は前述の如く四時十分頃と推定される。空が漸く白みかけてゐる。

線路伝ひに構内を約二百米進んだ頃、突然担架から尋ねた。

「私は汽車から落ちたのだらうか、電車から落ちたのだらうか」

段段記憶を取り戻して来た事を証明してゐるが、まだ本当ではない。

一人が、「汽車から落ちられたのでせう」と答へると、「ああさうか」とうなづいた。担架に揺られながら、一生懸命記憶を辿つてゐた事であらう。なぜ汽車に乗つてゐたのだらう。どこへ行くのだつたか知ら。だれと。何しに。

さうして又尋ねた。

「ここはどこですか」

さつきの一人が「刈谷ですよ」と答へると、「名古屋はすぐですね」と云つた。愈《いよいよ》はつきりして来た様である。

やがて刈谷駅のホームで六人の一部が交替して、更に六百米許り離れた豊田病院へ向かつた。

非常に重いので担架を肩に載せて見たと云ふ。宮城は痩せてゐるので、何の目方が担架に掛かつたのかわからない。

すると宮城が「痛い」と云つた。揺れるのを避ける為、再び手で提げて漸く明かるくなつた道を病院へ急いだ。

宮城は身体をくねらせる様にして、数回「痛い」と云つたさうである。

一方駅では寝巻によつて二等の寝台客である事が判明したので、昨夜の寝台車のある急行に聯絡してゐたが中中わからなかつた。

担架は病院の手前三百米程まで進んだ。

担架の宮城が、「病院はまだですか」と聞いた。

一人が「もうすぐです」と答へたが、暫らくしてまた「病院はまだですか」と聞いた。病院の門はすぐ近くに見えてゐる。少しでも不安を除いて上げようと思ひ、「もう病院の庭へ這入つてゐますから、しつかりして下さい」と力をつける様に答へた。

病院著は午前四時四十分乃至五十分頃となつてゐるので、約三四十分担架で揺られた事になる。意識ははつきりしてゐたので、色色云ひたい事もあつたであらう。

病院では看護婦二人が当直をしてゐた。駅から予め電話がしてあつたので、応急の用意を整へてはゐたが、負傷の程度がひどいので、急いで病院長に聯絡した。院長宅は病院の向ひ側である。

さうして宮城は手術台に載つた。二人の看護婦が早速応急の処置に取り掛かつたが、受附けの必要上、住所氏名を明かにしようとした。

患者の全身は血と泥と砂で顔もよくわからない。瘡口にはすでに血餅が出来て泥や砂が食ひ込み、洗ひ落とすのが一苦労であつたが、その処置をしながら看護婦の一人が、

「お名前は」と尋ねた。

すると患者は極めてはつきりと、しかも一気に、

「ミヤギミチヲ」と云つた。

次いで、「どう云ふ字を書きますか」と尋ねると、「ミヤはお宮の宮、ギはお城の城、

ミチは道路の道、ヲはをすめすの雄です」とこれ亦極めて明確に答へたさうである。普通の人が冷静な時でも、自分の氏名の文字をこんなに簡単にすらすらと説明出来るものではないだらうと、聞く者が驚歎したと云ふ。

続いて今度は宮城の方から、

「ここはどこですか」と聞いた。

看護婦が「刈谷の豊田病院です」と答へると、

「刈谷でしたら名古屋は近いですね」と云つた。

担架の上でも聞いた。さうして又病院でも尋ねた。自分が今どこにゐるのかを確かめたい気持がよくわかる。

看護婦が住所を尋ねた。

「お所は」

しかしそれに答へる宮城の声は次第に力が薄れて行つた。「東京、うしごめ」まではどうやら聴き取れたが、仕舞ひの「ごめ」ははつきりしなかつた。

丁度居合はせた駅員の一人と、知らせを受けて立ち合つた刈谷署の巡査部長は、ミヤギミチヲ、東京、をつなぎ合はせて、さてはと直感した。

それは朝の五時頃だと云ふ。直ちにその聯絡が刈谷駅へ、名古屋公安室へ、東京駅へと飛び、数分を出でずして留守宅へ通じた。

貞子夫人はその飛電を受けたのが丁度五時と記憶してゐると云ふ。

身許が判明してからの通知聯絡は非常に速く行つた様である。

看護婦の知らせで駈けつけた院長は直ちに処置にかかつた。泊り込みの看護婦も全員起きて、総掛りとなつて万全を期した。消毒を済まして二十五針の縫合を行ふ。時時「痛い」とは云つたが、格別苦しんだ様子はなかつたと云ふ。

処置の終つた時は五時を余程廻り、六時が近かつた。

その場で、血液型の同じだつた巡査部長の好意の申し出により、二〇〇ccの輸血をした。脈も強くなり、元気も出た様子が見受けられた。

瘡口以外の汚れは全部洗ひ清められたが、全身にわたる打撲傷、擦過傷があり、到るところ点点と紫色になつてゐる。

左の肋骨が三本程折れてゐる事が認められたが、一応頭部の手当のみに止め、肋骨骨折の処置はその経過を見てからと診断されて、レントゲン室で頭骨の写真を撮つた後、五号室に運ばれた。

宮城は寝台に横になつてからは暫らく静かにしてゐた。しかし院長はもう一度の輸血を発言し、駅員の一人が自分の血液型が同型である事を記憶してゐて、提供を申し出てくれた。

二度目の輸血の直前に、宮城は「溲瓶《しびん》、溲瓶《しびん》」と尿意を訴へた。列車内の手洗ひに行きそこねた儘なので溜まつてゐたのであらう。その時の声は余程しつかりしてゐた様で、後の方にゐる巡査部長の耳にまで聞こえたさうである。しかし結局は遺尿したのが一五〇ccぐらゐだつたと云ふ。

第二回の輸血は困難であつた。腕の静脈がうまく出ないのである。終に足の方まで調べたが駄目、細い針に取りかへて、細い血管を探し当てて実施したが、一八〇cc程しか這入らなかつた。無意識ではあらうが、よく動いた。

その後暫らく静かにしてゐた。院長は一たん院長室へ引き取つた。看護婦二人が傍についてゐて容態を警戒してゐた。

宮城は突然、「腰が」とつぶやく様に云つた。

二人で「腰がどうなさいました」と聞くと、「痛いからさすつて下さい」と云ふので、痛くない程度にさすつてゐると、その内にまた突然、

「坐らせて下さい」と云つた。

「今看護婦は二人しかゐませんし、お起こしする時に痛いといけないですから、皆が来るまで待つて下さい」

とても起こす事は出来ないし、無理に起こす事はよくないのを承知してゐるので、慰めるつもりでさう云つた。

するとまた途切れ途切れに、

「二人でもよいから起こして下さい、看護婦さん、起こして下さい」と哀願する。両看護婦は気の毒で途方に暮れたが、交互に「皆が来るまで辛抱して下さいね」と胸を掻きむしられる思ひで宥めたが、宮城の呼吸は、起こしてくれと云ふ言葉を最後に、次第に静かに浅くなつて行つた。

看護婦は危険状態と見て取り、鼻孔の所に細い糸を垂らして呼吸の状態に注意を払つてゐたが、それからは刻一刻と呼吸は浅くなり、脈搏も微弱となり、全くの危篤の状態に陥つたのである。

静かな時間が流れる。病室の前から廊下にかけて、容態を気遣ふ入院患者や、聞きつけて集まつた市民が息を詰める様にして佇んでゐる。

突然病室の戸が開いて、看護婦が廊下の薄暗がりを院長室へ走つた。人人の不安な目の中をあたふたと院長が病室に這入つた。

昭和三十一年西暦一九五六年六月二十五日午前七時十五分、宮城の鼻の前の糸は動かなくなつた。

本稿ノコノ章ニ記述シタ事実ハスベテ岡崎市高瀬忠三氏ノ調査ニ拠ル。又文中各所ニ氏ノ記述ヲソノ儘踏襲シタ。高瀬氏ハ宮城遭難ノ直後、刈谷駅豊田病院等デ、実際ノ模様ヲ調査シテソノ結果ヲ記録シ、急遽上京シテ貞子未亡人ニ手交シタ。ソノ全文ハ宮城会会報別冊ノ追悼号ニ載ツテヰル。カケガヘノ無イコノ貴重ナ記録ヲ纏メラレタ高瀬忠三氏ニ、私モ心カラノ御礼ヲ申上ゲル。

第五章

二年後の昭和三十三年六月五日の夕方、私は九州八代《やつしろ》からの帰りの汽車を博多駅で上リ急行四〇列車「西海」に乗り換へた。

博多を出てから同行の平山三郎君と食堂車に這入つて、寝る前の一献を試ようとしたが、杯を重ねてもお酒が少しも廻らない。

この急行は今夜暗い間に山陽道を走り抜けて、明日の朝十時十四分東海道刈谷駅に一分停車する。

今度の旅行に立つ前からの心づもりに従ひ、刈谷で降りて宮城遭難のその地点へ行つて見ようと思つてゐる。明朝の予定のその事が気に掛かり、何となく鬱して面白くない。さう思つて来たのだから、行きたいと思ふ。しかし行きたくない様な気もする。

出発前に東京で最初に思ひ立つた時は、刈谷で降りたらその晩は刈谷の宿屋に泊まり、二年前のその時お世話になつた人人とお坊さんをよんで、宮城の為に供養の酒盛りをしよう。興到れば或は座間に宮城が加はる事もあらうと考へたりした。

数日前、九州へ行きがけの下リ列車が薄暮の刈谷に近づいた時、夕空の下に立つた白木の柱が宮城の顛落した地点を教へてゐるのを車窓から見て、一時に私は昏乱した。刈谷に泊まつて、その時の話を人人の口から聞く勇気はない。刈谷へ立ち寄るだけでも気が進まなくなつた。一たびは、帰りは真直ぐに東京へ帰つてしまはうかと考へた。

しかし折角思ひ立つた事であるから、長居をせず、その事に深入りしない気持で、寄るだけは寄つて来ようと思ひ直した。今乗つてゐる汽車はその刈谷へ向かつて走つてゐる。

片づかない気持の儘で杯を伏せて寝台車に帰り、起きてゐても仕様がないから、まだ早いけれども寝た。

よく眠れなかつたが、丸つきり寝てゐないわけでもなかつたのだらう。うとうとしたり薄目になつたりしてゐる内に汽車が走つて夜が更けた。広島を午前零時一分に出た筈だが、その時ははつきりしてゐない。

その後どの位経つたのかよくわからないが、気持のいいスピイドで走り続けてゐた震動が急にゆるやかになり、段段静まつて、すうつと停まつてしまつた。どこかの駅に著いたのではない気配である。

静かになつたので、すつかり目がさめてしまつた。

水の底に沈んだ様で、物音一つしない。

その儘で、しんとした儘で、二時間近く経過した。

前を走つてゐた貨物列車が、どこかの踏切りでトラックにぶつかつた事故だと云ふ。それは朝になつてから教はつて初めて知つた。

随分長い臨時停車で、全列車の中の眠つてゐない人達は、その間何をして何を考へてゐたのだらうと思ふ。

時間が経つにつれて段段目が冴えて来て、もうこの儘朝まで眠られないのではないかと思つたが、その内に何のきつかけもなく、ことりと軽く揺れて、そうつと動き始めた。横になつた儘、ほつとした気持がした。次第に速くなり、寝てゐる下から震動が伝わつて来て、規則正しい響を耳で繰り返してゐると次第に眠たくなつて来た。

明かるくなつてから起き出した。まだ早いと思つたけれど、刈谷の事が気になつてもう寝てゐられない。

停車駅の発著の時刻は、すつかり滅茶滅茶に乱れてゐて、丸で見当がつかず、心づもりを立てる事が出来ない。名古屋に近づく前、車掌が来て、二時間弱遅れてゐたのを、ここ迄の間に約三十分取り戻した。只今の遅延は大体一時間半ぐらゐだと云つた。

刈谷へは行く、しかし泊まる事はしない、名古屋へ引き返して、午後の第四列車「はと」で東京へ帰る事にする。さうときめた上は鞄その他、刈谷へ持つて行つても用のない手廻りの荷物を、行つたり来たりに持ち歩く必要はないと云ふ事になつて、平山君が名古屋のホームで会ふ事になつてゐる友人に預け、刈谷から引き返して来る迄ホームの事務室に置いといて貰ふ事にした。

刈谷は名古屋から六つ目の駅である。刈谷駅へは私が宮城の事でお邪魔すると云ふ前触れなどしたくない。いきなり黙つて下車するつもりであつたが、右の名古屋駅ホームの手荷物の一件ですつかり筒抜けになつてしまつた。

十時十四分著の筈の刈谷へ著いたのは十一時半を廻つてゐた。ホームに駅長が待ち受けてゐて恐縮した。

駅長室にお邪魔して小憩する。二年前のその時の駅長ではないさうである。しかし宮城の事に関しては非常に気を配つて居られる。その好意に甘えて、事務の忙しい中に色色御無理を願つた。

供養塔にお経をあげる坊さんを呼んで貰ふ様に頼んだ。暫らくして老僧が二人駅へ来た。

供養塔のあるその地点は刈谷駅の構内に接してゐるので、二年前駅員が駈けつけたり担架を運んだりした線路伝ひで行けば近いが、私共やお坊さんがそんな所をふらふら歩く事は出来ない。駅の玄関から自動車で、初めは反対の方角へ走り出す廻り道をして、供養塔の境内の前へ来た。少し高みになつてゐるすぐ下を、安城刈谷間の複線の線路が走つてゐる。

一緒に来てくれた駅長とその地点へ行かうと思ふ。線路際へ降りる前の、石垣の崖の上に農家が一軒ある。そこで飼つてゐる雞の糞を蓆にひろげて日なたで乾かしてある。今日はお天気がよく、日が照りつけて暑い。雞の糞がむらした様なにほひを発して辺りが臭い。

宮城が落ちた所はすぐこの下である。そこへ自分の足で行つて見ようと思ふ。今日はいいお天気で、空が綺麗に晴れて、大変暑い。雞の糞が乾きかけてゐる。乾きかけだから臭い。

駈け降りる様にして線路際へ降りた。駈け出したのではないが、足場が悪いからひとりでにさうなる。線路際から右を見ると、きらきら光る線路が安城の方へ一直線に走つてゐる。左のすぐ目の前に三河線のガードがある。ガードの橋脚に積み上げた煉瓦が一つづつ、ばらばらになつてはつきり目に映る。前にガードがあつてその横に石垣がある。石垣とガードの煉瓦の橋脚が接する所は隅になつてゐるから、少し薄暗い。何となくじめじめしてゐる様でもある。煉瓦の橋脚に一ヶ所、石垣に二ヶ所、宮城の頭髪と血痕がついてゐたと云ふ。その隅になつた所にたたずみ、一寸その場所へ寝て見ようかと云ふ気がする。しかし石垣の上の雞の糞は臭かつた。あれはまだよく乾いてゐないから臭い。この隅になつた所は変に薄暗いが目をあげて空を見れば綺麗な空がよく晴れて、日が照るから暑い。どうも今日は大変暑い。

傍にゐる駅長に、「今日は暑いですな」と云つてその線路際を離れた。

供養塔の前に戻り、お坊さんの読経を聴き、お線香を上げて、をがんで引き揚げた。
もう帰らう。早く帰らう。長居は無用で、日蔭がないから暑い。

第六章

供養塔のある場所は線路が走つてゐる地面からは一寸高くなつてゐる。辺り一帯が低い丘なのだらう。だから宮城が落ちた箇所はその断面の石垣になつてゐる。

しかしその丘は上リの次駅安城に向かふ方向でぢきに尽きて、その先は一面の水田である。生え揃つた稲の葉が風にそよいで青い波を寄せてゐる。

死神に引き落とされたものなら仕方がないが、又さうだとすれば死神は最も効果的な地点と条件を選んで、石崖とガードの橋脚が屛風を立てた様な隅になつてゐる所へ引つ張つたのは当然かも知れないが、下リで安城を通過して刈谷の構内へ入る前の左側、つまり宮城が落ちた側は、線路がその低い丘の陰に入るまで一帯の水田が展け、座席に腰を下ろした儘で見える車窓のすぐ下の稲の葉は、汽車が通る為に起こる風に乗つて戦いでゐる。

落ちるならほんの二三秒前、一二秒前、その水田が車窓の下まで迫つてゐる所で落ちればよかつた。小田の蛙を潰したかも知れないが、又御本人も擦《す》り疵《きず》掠《かす》り傷《きず》、腰の骨ぐらゐは打つたかも知れないが、田の水で溺れる事はないだらう。ばちやばちややつてゐる内に、泥まびれの撿挍が救ひ上げられて病院へ運ばれて、大した事もなければ太平楽をならべ出したであらう。昔昔、彼と一献して話しがもつれた。「いえいえ、わつしの眼の白い内はそんな事はさせません」と云つた。汽車から落ちて田の中から這ひ上がつて来たりしたら又何を云ひ出すか、ついそんな事を想像してほんのちよつと先の、二三秒後の、煉瓦の橋脚と石崖とで出来た薄暗い隅を思ふ。

第七章

肥後の熊本から豊後の大分へ、九州の胴中を横断して走る豊肥線の中程に豊後竹田の駅がある。

先年の九州大水災の折、私はその雨に追はれる様に熊本を立つて大分へ向かつた。途中山雨に濡れた豊後竹田に汽車が停まつた時、ホームの向うの空いてゐる線路に、脚の長い明かるい雨が降り灑いでゐるのが見えるのに、ホームの地面はさらさらした様に乾いてゐる。軽い砂埃を立てながら、長い竹帚を使つてゐた若い駅員が、掃くのを止めて、帚に靠れた様な姿勢になつてぢつとしてゐる。

ホームの拡声機から「荒城の月」が流れてゐる。若い駅員は歌が区切りになるまで動かなかつた。車中の子供を連れた若いお母さんが小さい声で合唱してゐる。歌が終つたら山雨の中に汽笛の音が流れて、汽車が動き出した。

豊後の竹田が「荒城の月」の作曲者滝廉太郎のゆかりの地である事を知らなかつた。その時の感銘を思ひ出し、東海道刈谷駅と宮城道雄を聯想した。

宮城は奇禍に遭つたのである。刈谷は遭難の地である。しかし歳月の流れは急行「銀河」よりも速い。「ほんに昔の昔の事よ」となるのはすぐである。天才は生きられないものときまつてゐるなら仕方がない。もう過ぎた事として、彼がその地で眠つた刈谷をゆかりの駅とし、豊後竹田の「荒城の月」に倣《なら》つて、通り過ぎる旅客に宮城道雄の琴の音を聴かせたいと思ひ立つた。

刈谷を通る汽車がホームに停まつたら、拡声機を使つて彼の作曲を放送する。短かい停車時間を利用するのだから、一つの曲を初めから仕舞までと云ふ事は困難であり、又その必要もない。名曲とか傑作代表作を選ぶ必要もない。寧ろ人の聴き馴れた、耳に馴染みのある曲の方がいい。或は宮城の作曲でなくてもいい。「六段の調」「千鳥の曲」の様なよく人が知つてゐる物を宮城が自分で演奏してゐるのでもいい。

刈谷に汽車が停まるとホームから琴の音が流れる。宮城道雄を思ひ出す人もゐるだらう。特に上りの場合は、その後で発車するとぢきに供養塔のある傍を汽車が通る。線路際の低い丘の上の柱に気がつく人もゐるだらう。下りの場合は窓外にその柱を見て刈谷駅に入り、停まつたらホームから琴の音が聞こえると云ふのも感慨を誘ふだらう。

刈谷駅の旅客列車の発著は、今夏の現在上下合計六十六本である。その外に上下各十九本の通過列車があつて、特別急行を始め「銀河」などもその一つであるが、停まらない汽車を相手にする事は出来ない。又停まつても夜更け、深夜、早朝はいけないだらう。「荒城の月」の豊後竹田の発著は、同じく今夏の現在で上下合計二十二本である。但しその中には竹田止まり、竹田仕立ても幾本かあるから、全部が竹田駅を通過するわけではない。その中をどう云ふ風に選んで放送してゐるのか、それは知らないが、竹田駅に比べて刈谷の発著数は三倍である。一つは九州の山の中であり、一つは東海道の表筋である。発著が頻繁であれば駅の事務は忙しい。私の考へた事が実行に移せるか否か、心許ない様でもある。

先づ国鉄本社の許可を得る事が先決である。その係りの見当をつけて、旅客課へ申し入れた。

数日後に課長の意嚮《いかう》を伝へて次の様な返事があつた。かねがね必要以外のことを放送するなと指導してゐるのに、この事に就いてだけは例外として放送するやう本社から指示するのは困る。しかし折角のお話だから本社は知らない事にして現地の駅、管理局へ話して見たらどうか。

この返事を貰つて安心した。「本社は知らない事にして」と云ふのは大変好意のある計らひである。それでは近い内にその所轄の名古屋管理局へ行つて来ようと思つた。

さう思つた儘、まだ腰を上げない内に私がそんな事をもくろんでゐると云ふ記事が、鉄道関係の新聞や週刊雑誌、その他一二の印刷物に載つた。名古屋へ行つて、御無理でもお聴き済みを願ふ様に頼まうと思つてゐるところへ、先にその願ひの筋が洩れてしまつて困つたと思つた。洩れた上は、先方で却下するつもりになつたら、そのつもりを固めて待ち受けるから、押し返すのが困難になる。

ところが実際は私がまだ起ち上がらない前に、それ等の記事で話がすらすらと進み出し、数月後私が名古屋管理局へ行つた時は、まだいろいろ頼む事もあつたが、半ばは御礼言上に出頭した様な形になつてゐた。現に私の乗つた下リ「西海」が名古屋に著く前、刈谷に一分停車した時は、ホームの人人の頭の上に宮城の琴の調べが流れてゐた。「荒城の月」の豊後竹田に次いで、これからは東海道刈谷駅で旅客は宮城道雄の琴の調べを聞くであらう。

もう一つ私は考へてゐる事がある。宮城の遭難を昔の事とした気持で、線路際の供養塔のある場所にお縁日が立つ様になればいいと思ふ。いろんな露店が並んだり見世物が掛かつたりする事を想像する。しかしお縁日にお詣りすれば、何かちやんとした御《ご》利益《りやく》がなければならない。どう云ふ御利益を授ける可きか、私も考へて見るが御本尊の宮城はもう忙しくはないだらうからとつくり考へておきなさい。

（『小説新潮』昭和三十三年十一月）

阿里山の霧雨 (「つはぶきの花」より)

昭和三十一年六月末の深夜、宮城道雄が東海道刈谷駅を通過する急行列車「銀河」から落ちて不帰の人となつてからすでに三年半になる。

宮城道雄は昭和九年の夏、招かれて台湾に渡つた。各地の演奏会を終つて、最後に塩水港から嘉義に出て阿里山森林鉄道に乗り、八千尺の阿里山に登つた。営林署の人達が宮城さんに伐木の音を聞かせようといふので案内したのである。

山の上は雨が降つたり止んだりしてゐたさうである。

止んでも細かい霧の様なものが降つて来るのを宮城さんは感じた。いよいよ木を伐り倒す事になり、大木の根もとが段段に伐られて、木の葉の揺れる音、擦れ合ふ音がし出した。

宮城さんはその音を聞いてゐて、次第に悲しくなつて来たと云ふ。

今伐られてゐるのは三百年以上経つた大木であると聞き、嘗つてはその木の傍で人間の知らぬ獣などの間に、長年朝夕いろいろな事があつたに違ひないと云ふ事を思ひ、それが今倒れかけてゐる。宮城さんはその場に起《た》つてゐられない気持になつた。たうとう根もとをすつかり伐られた木が倒れて、遠い谷底へ辷つて落ち出した。大木の幹がその辺に生えてゐる小さな木を折りながら辷つて行き、岩角にぶつかつて自分の枝を折りながら下へ落ちて行く凄まじい音が、谷や山に響き返つて、壮大ではあるが非常に大きな悲しい声に聞こえた。

宮城さんは堪らなくなり、そこに起ちすくんだ儘涙を流して泣き出した。営林署の人がその様子を見て、今の木は中がうつろであつた、どうせ枯れる木であるから、そんなに気になさらぬ様にと慰めたと云ふ。

三年半前のさみだれの夜、墨の様な空の下を驀進した急行「銀河」が、安城駅を通過した後の直線コースに乗り、ひどいスピードの轟音を立てて次駅の刈谷の構内に入りかけた所で、宮城さんは寝台車のデッキから転落して、線路際のシグナルケーブル線の暗渠のわきに投げ出された。

その後で刈谷駅を通過した下リ貨物列車の機関士が、東海道線と立体交叉をしてゐる会社線のガードの傍に轢死体らしき物を見たと云ふ通告票を刈谷の次ぎの大府駅通過の際ホームに投下して行つたので、大府から刈谷への電話連絡により、宮城さんが明け方の小雨のけぶる線路際にころがつてゐる事がわかつた。

刈谷駅から馳けつけた駅員の手で担架に乗せられ、病院に運ばれた。

左の肋骨が三本折れてゐる外に、裂傷が六ヶ所、又全身に打撲傷、擦過傷があり、レントゲン検査の結果、頭蓋底骨に罅《ひび》や骨折が認められた。

昭和三十一年六月二十五日午前七時十五分、宮城道雄はその病院のベッドから帰らぬ所へ行つてしまつた。

宮城さんが亡くなつてから、私はまだ一度もその遺宅へ行かない。お悔みも、お通夜も、お葬ひもみな失礼してしまつた。宮城さんの琴の演奏を、レコードやテープで聞くのも困る。聞いてゐる内に駄目になつてしまふ。御本人の彼の演奏でなく、その作曲をお弟子が弾くのでも、うまく上手に行つてゐると矢張り途中から聞いてゐられなくなる。

亡くなつた後間もなく、お家の人に頼んで、私の見覚えのあるいい写真を届けて貰つた。額縁に這入つてゐて、すぐ掲げられる様になつてゐる。それも包み紙に包み込んだ儘、出して見る気になれない。その位なら貰はなければよかつた様なものだが、彼の写真は欲しい。

しかし人には思ひ切りと云ふ事が肝心である。少しは宮城に見習つたらよからうとも思ふ。宮城さんは御自分が盲目であると云ふ人生の不幸を自分から切り離して、丸でひと事の様な事を云つた。

晩年に葉山の別荘で、誤つて書架の角に目をぶつけて、潰れた目を更に潰した事があつた。ひどい怪我で、昔からの潰れてゐる目を眼窠から取り出す処置をしなければならなかつた。

だからそれから後は目の様子が以前よりさつぱりして綺麗になつたが、それ迄は片方の眼球が瞼の間から白く飛び出してゐた。それを宮城さんは面白がり、私にこんな話をして聞かせた。

「眠つてもこれは出た儘ですから、夏は蚊が来てここへとまつて吸ひますよ」

何かの話のはずみで「いやいや、わつしの目の白い内はそんな事をさせやしません」と云つた。

その他、めくら滅法、闇鉄砲なぞ、普通は遠慮して盲人に向かつては使はない言葉を、宮城さんは平気で向うから使つて澄ましてゐた。

近年テレビが普及し始めた頃、彼は私の所にテレビはあるかと尋ねた。私があんなちらちら、うるさい物はいらないと云ふと、さうではない、大変面白いから是非取れとすすめた。

人にすすめるのはいいが、御自分は見えもしない癖にどうしてゐるのかと思つたら、宮城さんは他人の目を自分の用にあてて、それで事を済ましてゐる。家の人達がテレビを見てゐる中に御自分も坐り込み、みんながああだ、かうだと云ふのを聞いて、自分で画面の景色を作り上げて楽しむ。こなひだの世界一周のテレビなど非常に面白かつた。是非お取りなさい、と盲人が目あきに勧告した。

　テレビが出来る前の話に、近い内テレビが見られる様になると云ふのが宮城さんの気に掛かり、従来のラヂオでは盲人も目あきもその前に坐れば同資格であつたが、テレビと云ふ物が出来ると、盲人はまた一歩後へ下がらなければならない。そんな物は無い方がいい、と宮城さんは自分の文章の中でさう云つてゐたが、いよいよ出来てしまへば矢張りその物に順応して楽しむ。人の目で間に合はせて、それで用を弁じて事を欠かない。

（『讀賣新聞』昭和三十五年一月三日）

比良の虹　（「つはぶきの花」より）

上方《かみがた》の演奏旅行の帰りの宮城さんが乗つてゐる汽車に、大津を過ぎた膳所《ぜぜ》、石山の辺から村雨が降りかかつて来た。

汽車の窓に近い線路際の畠にゐた大きな真黒い牛が雨に濡れてゐる。もう少し行くと、雨雲が切れたのか、汽車が走つて雨雲の下から出たのか、雫の流れる窓に日が射して来たと思ふと、琵琶湖の上の空から向うに連なる比良の山巓に大きな虹が懸かつた。

その時の情景を宮城さんは自分の紀行文に書き記してゐる。同車したお弟子達が、「あれあれ、真黒い大きな牛が」とか、「あつ、虹が」とか、窓外の景色に感嘆の声を発するのを聞いて、つまり彼等の目であたりの景色を眺めて、それを自分の感懐とする。

いつぞや、戦後のまだ自動車が不自由だつた時分、お弟子に手を引かれて飯田橋駅から中央線の電車に乗つた。東京駅の方へ行つたのだらう。

線路際の電線に鴉が三羽とまつてゐた。

電車が近づくとその中の一羽が飛び立つた。続いて又一羽が飛び立ち、後のもう一羽もどこかへ行つてしまつた。大きな鴉だつたと云ふ。

左側の川向うの飯田橋から水道橋へ行く道には自動車が幾つも走つてゐる。をわい屋の車が一台その中に交ざつて、のろのろ動いて行く。黄いろい痩せた牛が曳いてゐる。馬鹿に貧弱な牛で、歩いて行くのが退儀さうに見える。

そんな事を宮城さんは手引きのお弟子の目で見て、事こまかに心にとめる。自分が不自由であることに屈託する様子はない。

もとのお家がまだ空襲で焼けなかつた以前の或る晩、宮城さんは遅くまで独りで仕事をしてゐて何か飲みたくなり、二階から手さぐりで降りて来て勝手を知つた廊下を伝ひ、台所戸棚の戸を開けて何だかわからないが罎を一本取り出した。

栓のところが妙な工合になつて針金が掛かつてゐるから、そこをいい加減にいぢくつてゐたら、突然ピストルの様な音がして栓が開いた。

到来物の三鞭酒《シャムパン》だつたのである。びつくりしただけでその晩はその儘にし、翌くる日私に飲みに来いと云つて来た。

寒い晩で炬燵の上のお膳で御馳走になつた。気が抜けてゐるだらうと思つたが、後で家の人がすぐに栓をしておいたさうだから、矢つ張りうまい事はうまい。私はがぶがぶ飲み、撿挍もうまい、うまいと云つて杯を重ねた。しかし炬燵の上のお酒は三鞭一色ではない。すでにその前にお銚子で相当這入つてゐる。そこへ三鞭が流れ込み、おまけに足の先は炬燵の火で温まつて来てゐるので、暫らくすると撿挍が口を利かなくなつたと思つたら、その場でシャムパンのげろを吐いた。

そのしくじりを宮城さんは後になつて頻りに面白がつてゐたが、少し経つてから日本橋のどこかのお座敷洋食で撿挍相手に一献してゐると、何かの拍子で、多分お酒と麦酒が一緒になつたのがいけなかつたのだらう、撿挍は又簡単にげろを吐いた。

私がお相手してゐて悪かつたと思つたが、御本人はけろりとして、何となく面白いらしい。その次にまた一緒の食事の席へ行く為、自動車に同車してゐたら、隣りの席から更まつた口調で、

「先日はどうも、げろげろ失礼致しました」

「先日はどうも」と云つた。

私も昔は若かつたので、いろいろないたづらをして撿挍に構つた。シャムパンのげろなどよりまだずつと前の宮城さんも若かつた頃、彼の家は牛込新見附の近くから登つて行く鰻坂の上がり切つた所にあつた。二階建ての借家で、その同じ棟続きの家にそれよりまだ前、石川啄木が住んでゐた事があると云ふ。宮城さんはその二階に寝てゐる。夜遅く当時の私の学生を引き具して行つて、玄関前の廂の裏から旗竿だか物干し竿だかを取り出し、その先にステツキを継ぎ足して、二階の雨戸に届く様にした。さうして下では声を出さない様に静かにしてゐて、竿の先のステツキで二階の雨戸をこつ、こつとノ

ツクした。

軒灯の電気の玉を捩ぢてゆるめて消しておいたり、ごみ箱を動かして向うの家の前へ持つて行つたり、次から次へと思ひついた悪戯を実行した。

そんな事はみんな私の仕業だと云ふ事を彼は知つてゐて、その次に会つた時には知らん顔をしてゐる。くやしがつて私の裏を掻いてゐるのである。こちらがじれつたくなつて口を切るから、私の負けになつてしまふ。

その時分、一緒にお酒を飲むと私は必ず昔教はつた読本の一節を暗誦して聞かせた。尋常小学校一年生の教科書で、帝国読本巻ノ一に載つてゐる。

こんにちは、うぢ神さまのお祭りで、
たくさん人がとほります。
さぞにぎやかでありませうから、
早くお宮へまゐりませう。

これを一ぺん暗誦した後、次に各《おのおの》の句節の頭韻を任意な別の音に変へる。

けんにちは、けぢ神さまの毛祭りで、
けくさんけとがけえります。
けぞけぎやかでけりませうから、
けやく毛宮へけえりませう。

さうして後で一度は撿挍の為に、「め」で云つて見ないと気が済まない。

めんにちは、目ぢ神さまの目祭りで、
めくさんめとがめえります。

めぞめぎやかでめりませうから、
めやく目宮へめえりませう。

宮城さんが急行「銀河」から転落した東海道刈谷駅構内の境目の所に、撿挍の碑が立つてゐる。

碑は立ち木の木蔭にあつて、周囲を生け垣で区切り、一区劃を成してゐる。

そのうちに、ここで御縁日が立つ様にならないかと思ふ。

　こんにちは、宮城撿挍の目祭りで、
　たくさん人がめえります。

と云ふ事になつて、宮城道雄の奇禍の話なぞ、「ほんに昔の昔の事よ」と云ふ風に、早くさうならないものか。


（『讀賣新聞』昭和三十五年一月十日）

宮城会演奏プログラム口上一束

この一年

宮城さんの奇禍からもう一年経つた。親しい大事な人が亡くなつた後の月日は早く流れ去る様に思はれる。今の私とその時の思ひ出との間のいろんな事は、外へそれてしまつて、どこへ行つたかよく解らない。

今日のプログラムを見れば今迄と大体変らない。ただ宮城さんの新らしい物が加はつてゐないので、宮城さんはもうゐないのだと云ふ事を更《あらた》めて思ふ。

（昭和三十二年六月二十三日　宮城道雄一周忌追善演奏会）

私共ハ宮城道雄ト時代ヲ同ジクスル事ヲ有リ難ク思ツタ。アア云フ人ト共ニ生キルノハ何百年ニ一度ノ僥倖デアル。宮城サンハ若クシテ朝鮮カラ出テ来タ時、一方デハ琴ノ邪道ト罵ラレ、一方デハ希世ノ天才ダト謳ハレタ。邪道呼バハリハ構ハナイガ、天才ト呼バレルノハ一層迷惑ナ様ニ私ナド宮城傾倒者ハ反撥シタ。ソノ宮城サンハモウヰナイ。刈谷ノ一瞬ヲ過去ニシタ今日デハ天才ト云フ外ニ何ノ言葉デ彼ヲ考ヘルカ。シカシ天才ハ生キラレヌノカ。三周忌ノ今デモクヤシイ。

（昭和三十三年六月二十二日　第三回忌追善演奏会）

○

大正八年五月、本郷中央会堂ノ第一回宮城道雄作曲発表演奏会ニ喜代子サンハ舞台ニ出テ童謡ヲ歌ツタト云フ。私ハソノ演奏会ヲ聴キニ行ツタノダガ、当時ノ少女喜代子サンノ俤《オモカゲ》ハ私ノ記憶ノ中デボヤケテ、ハツキリシナイ。

ソレカラ星霜四十年、宮城道雄ハ次第ニソノ不群ノ鋒鋩ヲアラハシ、数数ノ不滅ノ作品ヲ遺シタガ、私ハ或ル時宮城サンニ云ツタ。アナタガ作ツタ物ヲアナタガ弾クノヲ聴カシテ貰フノハ、同時代ニ生キテヰル我我ノ幸運デアル。シカシドレモコレモミンナ六ヅカシイ物バカリデ、御自身デナケレバ弾ケナイノデハ仕様ガナイデハアリマセンカ。トコロガサウ思ツタノハ私ノ誤リデアツタ。自分デ歯ガ立タナイカラソンナ事ヲ考ヘタダケノ事デ、現ニ喜代子サンハ門下筆頭ノ後継者トシテ、宮城サンノ遺シタ作品全部ヲ手懸ケテヰル。驚ク可キ演奏力ダト思フ。シカシソレハ即チ四十年ノ練磨ノタマモノデアリ今日ノ演奏四十年ノ記念会ハソノ道筋ニタテタ一本ノ柱ニ過ギナイ。柱カラ先モ道ノ行ク手ハ遠イ。今日ノ御祝ヲ申上ゲルト同時ニ今後ノ御精進ヲ願ヒ度イ。

（昭和三十四年十月　宮城喜代子音楽生活四十年記念演奏会）

その日の俤

今から四十六年前の今日、大正八年五月十六日の本郷中央会堂の演奏会を思ひ出す。宮城道雄作曲発表会の第一回であつた。若き日の宮城さんの俤がありありと瞼の裏に残つてゐる。さうして初めて聴いたその時の新鮮な調べは耳の底に消えない。それは同時に今でも今日のこの舞台から伝はつて来る。あの日の宮城さんはそこにゐる。

（昭和四十年五月十六日　宮城社六十周年全国演奏会）

ピールカマンチヤン

一

撿挍宮城道雄と私は実にしばしば一献した。お互が大分いい心持になると、彼れ撿挍はきまつて、わけのわからぬ事を口走る。片手の指先で軽くお膳の端をとんとん敲《たた》きながら、

ピールカマンチヤン
ピールカマンチヤン
ピールカマンチヤン

と云ふ。

それは何ですか、と聞いてもにやにや笑ふだけで答へない。重ねて問ふと丸で返事の様な調子で又同じ事を、

　　ピールカマンチヤン
　　ピールカマンチヤン

と繰り返す。

はたの人に尋ねても、何の事だかわからないと云ふ。私の同座しない時でも、御機嫌がよくなれば、一人でピールカマンチヤンをやるらしい。

結局何の意味だかわからないが、わからないなりに後になつて考へて見たのは、彼はをさない頃神戸の居留地で育つたので、その時分何かの物売りか、振り売りの囃し声が耳の底に残つてゐるのではないだらうか、と云ふ事である。

しかしこの推測は当てにはならない。

ふと彼のピールカマンチヤンを思ひ出すと、今でも悲しくなる。東海道本線刈谷駅の構内で、駅を通過する急行列車のデッキから顚落し、本線と立体交叉する私設会社線の高架の橋脚に頭をぶつけた。

刈谷の病院で亡くなつた後、私はその同じ場所を訪ね、少しの間を何度も行つたり来たり、去るに忍びない気持であつた。すぐそばの農家が崖になつてゐる傾斜に乾した雞糞のにほひが今でも鼻の奥に残つてゐる様である。

意味のない無駄口、同じ事を何度でも繰り返す口癖は私にもある。自制してよさうとも思はないが、さう思つても止められるものではないだらう。

矢つ張り一ぱい飲んで御機嫌がよくなると、つい出て来る。

カケーヴイ

ケケケーヴイ

カキコーキヨ

何の意味かと云ふ事は、はつきりしないが、およその見当はつく。

子供の頃、夏の午下《ひるさが》りの退屈な時に、表の往来でそんな声がした。研ぎ屋か、鋳掛《いか》け屋か、のこ切りの目立て屋か、何かそんなものの呼び声ではなかつたかと思ふ。

それを何十年も経つた今、御機嫌の工合で思ひ出すのだらう。

私は商人の子で、町家に育つたから、父は常常から云つた。この子に学問などさせるつもりはない。商人の子は「読み書きそろばん」が出来ればよろしい。英語なぞ習ふ必要はない。それでも学校で教はるなら、石炭箱の蓋に書いてある横文字ぐらゐ読める様になればそれで十分だ。

石炭箱と云ふのは石油箱の事で、当時は石油の事を石炭油《あぶら》と云つた様である。木の一箱に長方形の石油鑵が二つ宛詰めてあつた。その木箱の蓋には英語が書いてある。それが読める様になればいいと云ふのである。

ところがその蓋に書いてある英語は、父が云ふ程やさしい物ではなく、いろんなむづかしい単語があり、特に固有名詞が沢山這入つてゐるので、いつ迄たつても私には読めなかつた。

しかし「読み書きそろばん」の方は耳に胝《たこ》が出来る程聞かされたので、その語呂が耳につき、つい口癖になつた。カケーヴィの後に、「読み書き」が食つついて、

カケーヴィ

ケケケーヴィ

カキコーキヨ

ヨミカーキ

と口走る事もある。

何しろ、たわいのない無意味な口癖で、やめてもいいが、やめる様に心掛ける程の事でもない。

二

もう一つ、ふとした機《はず》みについ口をついて出る「ノラや」がある。

ノラは私のうちで育てた野良猫の子で、名前はノラでも雄である。今から十何年前の春爛漫たる三月二十七日の午後、花の咲き乱れたうちのお庭を通り抜けて南境から外へ出たまま、今日に到る迄いまだ帰つて来ない。今更帰つて来たら、猫の事だからそれこ

その私にまさるぢぢいになつてゐるに違ひないが、それでも構はないから、今日にも帰つて来ないかと待つてゐる。

ノラが失踪した時は、筆紙に尽くし難い心労をしてその行方を探したが、甲斐はなかつた。そのため方方へ心配をかけ、猫一匹の為に大袈裟ながら世間を騒がしたが、結局ノラはどうなつたのか、わからない。家を出て、どこかで死んでしまつたと云ふ確証がないので、あきらめる区切りがつかない。調べる事は随分調べた。心当りの幾ヶ所では死んだ猫を庭の隅に埋めたと云ふ話から、そこを掘り返して貰つたりした。

少し経つてから、ノラによく似たどこかの猫が、私の家につかつか這入つて来た。こちらがそんな気持の時だつたので、何だかノラのことづけを伝へて来た様に思はれて、その儘うちへ置き、クルと云ふ名前をつけてやつた。

初めはノラの弟分の様に思つてゐたが、後になつてさうではなく、ノラよりはずつと歳上だつた事が判明した。

そのクルの事、又前のノラの事に就き、おのおの一冊づつの私の覚え書がある。そんな事から私は世間の一部でいつぱしの「猫好き」のおやぢの様に思はれた事があつたが、実は私は猫が好きではない。ただノラの失踪を憐れに思ひ、それにつれてクルを可愛がつたばかりの話である。猫なるもの一般に対して格別の興味があつたわけではない。だから当時、そんなにノラの事ばかり思ひつめるなら、自分の所にゐるいい猫の子を上げませうと云つてくれた人が幾人もあつたが、みんなことわつた。

ノラは帰つて来ないなりである。しかしクルは私の所で死んだ。先年の夏八月十九日、暑いさかりの午後命数を使ひ果たした。その前の毎日、連続十一日間、区内の専門の猫医の来診を乞ひ、出来る限りの手をつくした。だからクルには思ひ残すところはない。気にかかるのはノラである。

それだからつい、不用意の口癖「ノラや」が今でも口から出る。

ノラもクルもおとなしい、礼儀正しい猫であつた。どちらも猫一流の得手勝手な事はするが、又いやにキチンキチンとした所もあつて、却つてこちらが迷惑した。

向うの都合で気の向いた時に家に帰つて来る。お勝手から土足の儘で上に上がり、新座敷の壁際に置いてある蜜柑箱の砂の中に這入つて小便をする。

足の砂を振るつて出て来たと思ふと、そのまま又お勝手口から外へ出てしまふ。ノラもクルも同じ事をした。つまり、わざわざ小便しに帰つただけの事で、それなら何も座敷の砂箱へ這入るまでもなくて、雄なのだからそこいらの外で、木の根もとにでも引つかけて来ればいいものを。濡れた砂は新らしいのと取りかへなければならない。新らしいのが無い時は、よごれた砂を水で洗つて、乾かさなければならない。何と云ふ無駄な手間を掛けるのだらうと家内はブツブツ云つた。しかし、わざわざ座敷の上まで小便しに帰ると云ふのが可愛くない事もない。

ノラやクルのその様なお行儀について、猿の話を聯想する。猿は大変「ふんし」が悪いさうである。私は猿を飼つた事もないし、飼ひたいとも思はない、どうもあの顔つきが気に入らない。好きでないと云ふだけでなく、どこか奥の方でひどく反撥するものがある。反撥するのは或はこちらに先方と何か一脈共通するものがあるからではないのか。そんな事を考へるとますますいやになつてしまふ。

つき合つてゐる人人の中に、猿が似てゐると思ふ様なのはゐないか。ゐたゐた。今はもうなくなつたが、記憶の中からそんなかすかな聯想を呼ぶ様な表情が思ひ浮かぶのがある。

しかし、実に下らない事を考へ出したもので、百害ありて一利なし。よしませう。猿に限らず、横顔の感じが牛そつくりの人。鼻つらのあたり、独逸語で云ふシユナウツエが馬その儘の顔。犬のコーリーに似た外国軍人。さう云ふお前は何に似てゐるのかと云はれればそれは自分ではわからない。しかし人さまが抜かりなく、ちやんと目当てを立ててゐるだらう。

無意味、無意識の口癖「ノラや」の話がそれてしまつたが、私のケケケーヴイ、宮城のピールカマンチヤンはそのところで述べた通り、先づ意味はないと思ふけれど、「ノラや」には、その言葉に意味はなくても、それがふと口をついて出て来る時には後ろに多少の陰翳《いんえい》がある。困つた時、弱つた時、つい「ノラや」と言ふと云ふのではないが、何か心の中にひつかかる際、割り切れない時に「ノラや」が飛び出して来る事には間違ない様である。何が割り切れないか、何が引つかかるのか、そんな事は、あんたさん、秘密だよ。

（『小説新潮』昭和四十三年四月）

宮城道雄と西欧の古典文学　（「新残夢三昧」より）

昔の私の学生に森田ススムと云ふのがゐて、ススムは普通に晋と書き、普通の普の字の頭のつのつのつのが無い形であるが、本当は晋は俗字である。晉が正しい。しかしもつと本画にすれば、簪である。何となく、くしやくしやして、カンザシ簪と云ふ字に似てゐる。

肺病型の頭のいい、よく出来る学生で、英語もよく読めたらしい。当時の学校の英語の先生森田草平さんのお目にも留まつたらしい。あいつ森田カンザシ、森田カンザシとよく噂に出た。きつと答案に本字の簪を書いたのがあつたのだらう。

私は撿挍宮城道雄が段段立派になるにつれ、早く今の内に何かと素養をつけておかなければならぬと思ひ立ち、宮城さんと相談した結果、一週に何日か、森田カンザシを宮城家に遣はして、西洋の古典文学の大要を進講させる事にした。

宮城さんは大変によろこんで、熱心に森田の講義を受けた様である。

先づシエークスピヤのハムレット、ロミオ・ジユリエツト、ヹニスの商人等。

ゲーテのファウストは六づかしくて長いから、あまり原典にこだはらず、ファウスト伝説を加味して、「ファウスト物語」風に読んで上げる様、森田に云つて置いた。トルストイの「戦争と平和」も長過ぎるから、よろしく要領を伝へる様に。又セルヴンテスのドンキホーテも読んだ筈である。

私が指図したのは大体以上の様なものであつたが、宮城さんに全然無駄な意味のないものではなかつたと今でも信じてゐる。

宮城大撿挍が殊勝な面持ちで聴き入つてゐる様子は想見する事が出来るけれど、お内の人達には、森田はあまり評判がよくはなかつたらしい。行けば茶菓は供せられ、一通りの挨拶を受けたに違ひないが、こちらはまだ学生であり、若造が尤もらしく振舞ふのは大人の目からいただけなかつたかも知れない。

当人は肺病型の神経質で、皮肉な感覚を持つてゐるから、節節《ふしぶし》気に入らぬ事も多かつた様である。帰つて来てからよく私にいろんな事を云ひつけた。

森田カンザシの家は日本スポーツ界の名家であつて、兄さんの名前は有名である。しかし彼の宿痾は段段に進み、その内に学校には出られなくなつた。鎌倉の別荘に寝ついて、私に会ひたいと云ふ。

南面の広い硝子戸に波の音を遮つた病床で寝てゐたが、その時の事は他の稿で書き綴つてゐるから今は省略する。

宮城さんはよく私の夢の中に出て来る。森田の講義に聴き入つてゐる殊勝らしい目くらさんではなく、殊にそこへ琴が出て来ると、琴を介した宮城さんは飛んでもない大入道で、こはくて仕様がない。

目くらの癖にすつくと起《た》ち上がり、そこいらを見廻す。こちらが悪い事をしたわけではないが、命ばかりはお助け下さいと云ふ様な気持になる。生前の宮城さんにどこかさう云ふ所があつて、今になつて私が夢の中でそこをさぐり当ててゐるのかも知れない。

森田晉《すすむ》よ、

君はしよつちゆう私の所へやつて来て、他の学生達と私が会合するどんな席にも、君が加はつてゐなかつた事は殆んどなかつたではないか。その君が、あれ以来、と云ふのは鎌倉の別荘で死んでから、一度も私の所へはやつて来ない。随分お見限りだね。ちとどうぢや、幸ひ私には残夢の席がある。これからは春めき、万物の発動期である。残夢の隙間にもぐり込んで来なさい。山の芋が鰻になり、竹の子も竹になる季節だよ。

（『小説新潮』昭和四十四年五月）

Ⅲ

鶏蘇仏

陽気の所為で神も気違ひになる、と云ふ句が趣味の遺伝の初めに書いてあつた。陽気の所為で神が気違ひになつて、人を屠り餓ゑたる犬を救へと命じた。呪文の中から犬が出て来て、肉を屠り、血を啜り、骨をしやぶつた。西風が吹いて、その話が伝はり、聞いた人人の気がふれ出した。町の人も御多分に漏れず、夕方の明かるい頃から、紅提灯に灯をつけて、歩き出した。偕楽園にぞろぞろと集まる。攫み合ひをして、相手を凹ました後の様に、息をきらして、眼を光らして居る。日が暮れた。二万人の気のふれた連中が、押し合ひ、へし合ひして、大道《おほみち》に下りて行く。ぶわ、ぶわ、ちんがらがつた、と楽隊が鳴つた。咽喉を搾つて万歳と絶叫する。砂が火事跡の煙の様な色をして、濛濛と立ち騰つた。気のふれた二万人は、此砂を吸ひ込んで、益《ますます》陽気になり、そら、遼陽とられて気の毒ぢや、と歌つた。川崎君と僕も此連中の中にゐた。其時偕楽園で堀野に会ひ、それから、三人が離れぬ様に気をつけながら、砂を吸つて、遼陽とられて気の毒ぢや、と歌つて行つた。国清寺の角迄来たら、三人とも非常に草臥《くたび》れた。一寸、二万人と別れて、暗い道を新地に出ると、小橋の上を黒い塊りが、ぐうと動いて居るのが見えた。紅い提灯が横にぶらぶら振れながら、ぢりぢりと前に進む。うわあつと云ふ、わけの解らぬ声が、黒い塊りの上で、伸びたり縮んだりしてゐる。三人はまた二万人の塊りの中に吸ひ込まれた。

京橋を越した頃には、如何な事にも、ついて行かれなくなつた。口がねばつて、脣はぢやりぢやりして来た。三人とも到頭二万人と別れて、水の手を内山下《うちさんげ》に這入つた。うわあと云ふ声が次第に微かになる。暗い道を僕の家に帰つた。その当時は、病院の近所に居たのだ。其時、堀野が咽喉が渇いたと云ふから、お茶を飲ましてやつたら、土瓶一杯、すつかり空にして仕舞つた。口をもごもごさして、嚙む様にして飲んだ。堀野が僕の家に来たのは、此時が始めてあつたのだから、僕は驚いた。よう飲むもんぢやなあと云つたら、土瓶に一杯やそこら何でもない、と云つて、そんな顔をして居た。その堀野が死んで仕舞つたのである。

それから如何云ふものか、次第に親しくなつて、堀野は度度僕の家へ遊びに来る。その内に、お伽噺を交へ事をして読んだ。茶縞の少し色の褪せかかつた風呂敷に、五六寸位の厚さ程づつ本を包んで、持つて来る。多くは、世界お伽噺であつた。それから僕の明治お伽噺や、日本昔噺などを持つて帰る。中学の二年の時分であつたが、別に馬鹿らしいとも思はずに読んだ。それから読んで面白いと感ずる外に、お伽噺の十冊や二十冊は、直きに平げて仕舞へるのが何となしに嬉しい様な気がしたのだ。何でも本を読まねあおへん、と堀野は何時も云つた。それから、早く読むと云ふのが自慢であつた。仰山読まうと思や、早う読めねあおへん、と堀野が口癖の様に云ふ、僕は成程と思つて、成るたけ早く読む様に稽古をした。堀野と友達になつた御蔭で、急に本を読むのが、好きになつた。お伽噺を平げて仕舞つて後も、堀野は相変はらずよく来る。堀野くらゐ度度やつて来た友達はない。甚しい時には一日に二度も三度も来た。帰るのが退儀な時には僕の家で飯を食つて遊んで、一所に散歩にでも出て、それからまた僕の家へ帰つて来る。その内に僕も堀野の家へ遊びに行く。御飯をよばれて、遊んで、一所に散歩に出てそれからまた堀野の内へ帰る。こんな事を七年間続けた。まだ続く筈の所を、七年目に堀野が死んでしまつた。

堀野は秀才であつた。中学の時は、何時も一番で通した。だから何でもよくやつたが、格別英語が得意であつた。僕は秀才でなかつたけれども、語学だけは好きであつた。小学校で三年間英語を習つて、中学に這入つたら、田舎の学校から来た英語を知らぬ生徒と一所になつたので、得意になつたのである。何でも英語が読めねやおへん、と堀野が云ふ。さうすると自分も英語が読めいでおへるもんか、と云つた。然し、数学をやらねや頭が出来ん、と堀野が云ふ時には、何とか、かんとか士農工商を列べておいた。兎に角、堀野も僕も英語が好きであつたから、何処かの塾へ通ふ事にした。当時堀野の家は西中山下《にしなかさんげ》にあつて、其近所に、服部と云ふ先生が、中国英学会と云ふ塾を開いて居たのを幸ひ、それに通ふ事に極めた。朝早く起きて、学校の始まる以前に塾へ行つて居たこともある。何時も堀野の内を誘つて、それから一所に行つた。晩に行つて居たこともある。ある晩、堀野を誘つて、門に靠《もた》れて出て来るのを待つて居たら、瓦斯灯が、がらがらと少しづつ揺れて居る。地震に違ひないと思つた。何だか薄曇りの晩であつた。大きくならねば好いが、と心配した。所がそれは僕が門に靠れて居たから、門が少しづつ動いたのであつた。安心した処へ堀野が出て来て、一所に行つた事もある。かくて中学を卒業する前迄行つたが、それで居て二人とも、少しも勉強はしなかつた。行つて、騒いで、他の塾生の穴探しをして、先生の揚げ足を取つて、講義を聴くが如き心持で聴いて、それから帰つた。勉強するには余り面白い先生であつた。或時其塾の二階で、突然何だか大きな音を聞いて、南の窓から覗いて見たら、東南の方に、大きな青い煙の団《かたま》りが、二つも三つも空に昇つて行つた。先生をはふつておいて、二人で飛び出して行つたら、下の町裏の煙硝庫が爆発したのであつた。中の町裏の溝を伝つて、近づいて見ると、煙花が縦横に飛んで居た。其時中学の佐藤先生が通りかかつて、こりや大変ぢやあなあ、と甲高い声で云はれた。余り突飛な声であつたので、二人は大いに面白がつた。帰つてから、二人して頻りにその真似をして喜んだ。堀野が死んでから、まだ一度も佐藤先生の顔を見ない。顔を見たところで、何にもなりはしないけれど。

堀野は法科をやつて居たが、文章の趣味も相当に持つて居た。中学の時には、頻りに写生文を作つた。それから又二人して俳句を作つたりした。中学の「烏城」と云ふ雑誌に出すのだと云つて、教場の中で作る。出てから、わしは十作つた、と云ふと、わしは十五作つた、と云つた事がある。堀野は特待生であつたのに、よくこんな事をやつた男だ。堀野が死んでから、此会誌に遺稿を出さうと思つて、堀野の家へ行つて集めて見たら、積んで二三寸もあつた。

堀野はそれで号を無暗につけた男である。一切では十許りもあらう。其内で金烏庵、胡角及び鶏蘇仏を一番よく用ゐて居た。

堀野はまた器用な男であつた。中学の四年級の時、英語の読本で、アントニオ・キヤノバの事を習つた後で、堀野の家へ遊びに行つて見たら、小さい蠟の塊りで、髭を生やした紳士の顔を彫つて居た。それが長い間、四角な目覚時計の上に坐つて居た。塵をかぶつて、灰色になつて、それから黄色になつて、仕舞には鼻や耳が次第にちびて来て、のめのめとした顔になつても、矢張り目覚時計の上に坐つて居た。

数学も上手であつた。僕等二三人して、堀野に高等学校へ入学したら、理科をやれと勧めた事がある位だ。所が僕はまたちつとも数学が出来なかつたので、少なからず厄介になつた。四年級以後の数学は、堀野のお蔭で及第した様なものである。学校から帰つて、晩迄に堀野が宿題をちやんとやつて置く筈である。日が暮れると、運算帖を懐にして、のこのこと相生橋を渡つて、堀野の家へ行く。その当時僕の家は古京《ふるぎやう》に帰つて居たのだ。冬の晩には随分寒かつた。荒手の藪が、凩にさあさあと鳴るのを聞いて、相生橋を渡る。内山下に出ると、道端で焼芋を買つて、半分は懐に、半分は背中に入れる。からすると非常に温くなる。芋も冷めないのである。堀野の家へ行くと、帯をほどいて、芋をころころと転がす。それを食つてから、数学を写す。解らん所は、堀野が僕に解る様に説明して呉れる。それから話をして遊ぶ。それから帰つた。

　こんな事を殆ど毎夜やつた。翌日学校に行くと、堀野の運算帖は引張り合ひに人が借りて写す。僕は至極平気である。中には、僕に運算帖をかせと云ふ者もある。僕の帖は堀野の帖と、内容が全く同じだと云ふ事を知つて居るのだ。雨天体操場へ行つて見ると、皆運算や解式の写し合ひをやつて居る。あんなに学校へ来てからあわてては駄目だ。ちやんと家で写して来た方がよく解る、と腹の中で考へた。堀野にさう云ふと、さうらしい顔をして呉れたけれども、それよりも、自分でした方がよいとは云はなかつた。それから五年になる時の試験には、落第しないかと思つて、非常に心配した。一番わるかつたのは、化学であつたが、数学もそれに次いで危険であつた。代数の試験がすんで、雨天体操場の所へ出て行つたら、堀野が、どうならな、と尋ねる。それから教場でやつた通りを云ふと、堀野が考へて、七十五点あると云つた。而して、ええ、ええ七十五点あれや大丈夫ぢや、と云つて呉れた。安心して、嬉しかつた。

それから、或冬の夜、こんな事をやつた。僕が父の二重マントを著《き》て、山高帽を被つて、堀野の家へ行く。玄関で変はつた声をする。それから、堀野がまた同じ風をして出て来る。堀野の帽子の方が恰好がよかつた。それから、二人連れ立つて、中の町の森博へ行つた。二人とも、それで此上もなく嬉しがつた。

その内に僕の父が死んだ。葬式には無論供に来て呉れた。その後、堀野が僕の家に来た時、もうあの事は云ふまい、云ふまいといきなり云つた。そしてあたり前の話をして帰つた。

堀野の家は中山下から難波町に家越をした。それから間もなく、堀野の父が死なれた。高等学校へ入学してからの事だ。高等学校へ這入つてからは、昼飯に帰るのは遠過ぎると云ふので、僕の家へ毎朝弁当を置いて行つて、昼には僕の家へ帰つて居たから、堀野が学校を休めば直ぐ解る。その時堀野が、何か浮かぬ顔をして来た。尋ねたら、おやぢが工合が悪いと云つた。その翌日は学校を休んだ。これは見舞に行かねばならんと思つて、学校から帰ると、直ぐに出掛けた。柳川筋を難波町の方へ上つて居たら、堀野の家の下女に会つた。どうか、と尋ねると、今朝お亡くなりなさいました、と云つたので、吃驚して、そのまま帰つて仕舞つた。帰つてから手紙を出した。会葬に行つたら、𧘕𧘔を著て、白い鼻緒の草履を穿いて、堀野が棺の後からついて行つた。堀野も僕と同じ経験を嘗めたな、と思つたら変な気がした。国清寺で焼香をする時、自分の病気と、新らしい悲しみの為に憔悴した堀野が、よろよろと霊前に進み出た。

それよりまだ前、中学五年の三学期に、堀野は重患に罹つた。脚気だつたとか云ふ話だ。何でもよくは解らなかつた様である。兎に角、長い間寝て居た。熱も下がつて、快方に向かつたら、足が立たなくなつて居た。それからまた長い間寝て居た。足が稍よくなつてからは、座敷の中を杖をついて歩いて居た。それから次第によくはなつたが、それでも病気以前とは歩き方が少し変であつた。血色も此時から勝れない様になつた。

それでも入学試験の結果は二番であつた。試験の前には、僕は随分心配したが、然も勉強は殆どしなかつた。仕ようにも手のつけられん様な気がしたのだ。それで居て何となしに這入れさうな気がして居た。兎に角、頻りに点数の計算ばかりやつて居た。此時には堀野も折節苦い顔をして見せた。一週間前になつたら、流石に驚いた。そこで、堀野が復習して必要だと思つた所だけ見せて貰つて、そこを覚えた。それで兎に角、僕も入学した。

或日、昼飯のあとで、堀野と水野と僕と学校へ行きしなに、僕がふと、人間は歩く時に踵から足をつけるもんぢやなあ、と云つたら、堀野が、そんな事があるもんか、足の指からつくがな、と云つた。そんな事があるもんか、踵からぢや、と僕が云ひ張つたら、水野もさうぢや、と云つた。堀野が、尤もわしの足は違ふからなあ、と云つた。ただそれだけの事であるけれども、堀野にこんな事を何で云はしたのかと今でも思ふ。その言葉を聞いた時、僕は急に淋しくなつた。

　高等学校へ這入つてから、堀野は俄に身軀の事を云ひ出した。何でも身軀が強うなけりやおへん、運動して身軀を強うせねやおへん、と口癖の様に云つた。そして庭球に熱中した。庭球は中学の時にもやつて居たが、高等学校へ這入つてから益盛にやり出した。それのに格別体格もよくならないで、死んで仕舞つた。今少し寿命があつたら、少しは体格もなほつて、ずつと長生をするのであつたかも知れんと思ふ。

　去年の秋、同窓の井上啓夫君が死ぬる前、堀野と二人で見舞に行つた。帰りに色色病人の事を話しながら、畦道を伝つた。その内に日が暮れかかつた。僕が何時も散歩する辺であるから、僕は割合平気であつた。堀野が、此辺の道案内は、一切あんたにまかしぢや、と云ふ。僕が先になつてずんずん歩く。後から堀野がてくてくとついて来る。何時の間にか、二人とも亡父の話しをして居た。しみじみと話し合つて行くと、秋草が頻りに裾に触れた。農家に灯がちらつき始めた。もうこんな話は止めよう、と堀野が云ひ出した。それから、堀野の内へ帰つて、明かるい洋灯の下で、お祭の御馳走をよばれた。

　今年の一学期の終り頃から、堀野の健康は著しく衰へて来た。度度学校を休む。終には試験も途中止めにして仕舞つた。新年になつても、中中起きられぬ。見舞に行つても、一度も会はない。余程気分が悪かつたのであらう。所が二月二十七日の土曜日に見舞つたら、久し振りに会ふと云ふから、病室に這入つて行つた。寝台の上に骨と皮ばかりに痩せて居た。

一目見て暗然とした。然し病人が痩せるのは当り前だと思ひ直した。それに痩せて居ても、案外元気が好かつたので安心した。話声にも元気があつた。室の隅の暖炉の傍に、猫が寝て居た。いつもあの傍を離れりやせんのぞな、と堀野が云つた。色色の話しをした。今頃は少し快いから、本を読んで居ると云ふ。読み度いと思ふ本が、中中本屋に無いので困ると云ふ。それから、僕に帰りに本屋へ寄つて呉れと云つたから、僕は早速其通りに運んだ。

それからまだこんな話もした。僕が帰りかけると、此次にはいつ来て呉れりやな、と堀野が云ふ。僕は何の気もなしに、此次の土曜に来らあ、と答へて帰つた。処がその土曜には、学校から帰つて、一寸と思つて昼寝をしたら、寝過ごして仕舞つた。それから、日曜の閑院宮奉迎の帰りに、三四人の友達と、堀野の家の角を通つたのに、何故か寄らなかつた。そして此次の土曜日に行くときめて、安心して居た。そしたら堀野は其土曜の暁三時に死んだのであつた。それから猶一つ、其時の話しの中で僕の耳に残つて居るのがある。色色話しをして居る内に、本学年は無論もう休学に極めて居るから、もう少し温かくなつたら、その間には病気もよくならうから、僕の家へ遊びに来ると云つた。ぬくうなつたら、またあんた方へ遊びに行かあ、と云つた。外の話しは元気のある声で云つたのに、此一言だけは何故か淋しさうな、力の無い調子の声で云つた。今でも僕の耳に残つて居る。僕は此一言が気にかかつた。ああ変な事を云つたなと思つたら、たうとう死んで仕舞つた。井上が死ぬ前の声の調子にそつくり似て居たのである。

鼠があばれて困るので、去年の秋に堀野の家から猫の子を貰つた。堀野のところへ遊びに行つて居る内に、親猫の乳房にぶら下がつて居るのを見ておいて、其中の尻尾の少し長い、一番可愛らしい奴を貰ふ事にした。或日堀野の下女が、その仔猫を小さな籠の中に入れて、持つて来て呉れた。僕は早速近所の金物屋へ行つて、小さな鈴を買つて来た。それを頸玉につけてやらうとしたら、祖母が、そんな大きな鈴をつけたら、重たうてどうなれや、と云つた。仕方がないから、煙草盆の抽斗に入れてしまつた。そんな大きな、と云つても小指の尖位の鈴であつた。玉と云ふ名で、可愛らしい猫であつた。それが春になつてから、ふと居なくなつた。みんな大騒ぎをして探したら、其内に三四日経つてから、嬉しさうな顔をして帰つて来た。それから暫らく経つてから、また居なくなつた。如何したのだらうと思ふ。色色探しても一向解らない。十日経つても帰つて来ない。十五日経つても帰つて来ない。たうとう帰つて来なかつた。そのうちに堀野が死んだ。

此頃道を歩いて居ると、嘗て僕等の興味を牽いた色色の人によく出会ふ。多くは堀野と二人で、その人の穴を探して、それを標準にして、その人を観察して、そして著著と此方の思つて居る通りの行動を執るのを見て、喜んだものだ。今でもそんな人を見ると、二人で発見しておいたその人の穴が、直ぐに心に浮かぶ。その人がその通りな動作を始めると、何となく愉快に思ふ。内内滑稽に感ずる。こんな時には何時でも、堀野に会つて、今日例のあれに会つたら、こんな事をしたぜ、とさも得意らしく話したものだ。此頃こんな人を見る毎に、僕は憮然とする。

三月十三日の晩、湯に行つて居ると、内から使が来て、早く帰れと云つた。帰つて見たら、堀野の訃報が来て居た。僕は、その端書を握つて空しく机の上を眺めた。目がうるんで来て、洋灯に後光がさした。鼻の辺がこそばゆくなつて、涙が出さうになつたから、友達の内へ遊びに行つた。

翌日は日曜であつた。堀野の家へ悔みに行く元気はない。内にぢつとして居る事は猶更出来ないから、終日方方の友達の内を飛び廻つて遊んで、夜は一夜会ののぶを君と西洋料理を食ひに行つた。

月曜日の十五日が葬式であつた。葬式に行くのはかまはないが、堀野の家へ這入つて、家族の人に悔みを云ふ元気は如何しても出ない。それかと云つて、ただ供だけして帰ると云ふわけにも行かぬから、到頭悔みには祖母に行つて貰ふ事にした。午後会葬に行く。

空には、薄灰色の雲が、刷毛でなしくつた様に流れて居た。後楽園を抜けて、未決監を左に折れて、難波町に出た。棺はもう来て居た。赤い旗や白い旗が、門の塀に靠せかけてあつた。

白い著物を著た棺舁ぎが、舁ぎ棒に腰を掛けて、煙草を吹かして居た。紋附の羽織を著た世話方らしい男が、何か紙の折つたのを握つて、うろうろして居た。僕は朝、祖母に悔みに来て貰つてあるのだから、決して内へは這入るまいと思つて、成る可く家の人の目にかからない様にして居た。

所が、其内に時間が経つて、出棺が近づいて来たら、心持が変はつて来た。堀野の棺の前に坐つて、別れの焼香がしたい様な気になつた。それから、門口をぶらぶら歩きながら、暫らく考へた上で、終に這入る事にきめた。這入つて直ぐに台所へ廻つて、手伝ひをして居るものに、お伯母様を呼んで貰つた。お伯母様が出て来られたのを見たら、咽喉が塞がつて物が言へなかつた。だから決して這入るまいと思つて居たのだ、と思つた。日が経つてから来ればよかつたと思つた。然し折角這入つた位だから、焼香する事にして、玄関の方へ廻つて、座敷に上がつた。奥の間に堀野の棺を祭つて、坊さんが其前で読経して居る。風の吹き廻しで、線香の煙がふらふらと流れて来た。変な心持になつたけれど、今度は物を云はないでもよいから大丈夫だ。ぢつと堪へて居た。其内に読経が済んで、焼香になつた。英法の山谷君が出て、弔詞を読み出した。終り迄はよう読まなかつた。そしたら、僕の前に坐つて居た池山先生が、衣嚢《ポケツト》から手巾《ハンケチ》を出された。僕は堪へ切れなくなつて、目を外らして庭を見たら、大きな黒い蝶が、風に吹かれて、流れる様に飛んで居た。皆焼香がすんで、席を起《た》つ。坊さんが、棺に釘を打ちかけた。その時、僕は棺の前に坐つた。香を摘まうと思つて、小さい箱を取つたら、それはいつか堀野が、琴平の土産に僕に呉れたのと同じ物であつた。さうと気がつくと、俄に堪へ切れなくなつて、涙が一度に流れ出した。それに、頭の中がふらふらして来て、熱病の時の様な心持になつた。手巾を出して目を被うて、棺の前を起つて、好い加減に歩いた。それから起ち止まつて、そこでぢつとして、暫らく感情を静めて、それから手巾を目から取つて見たら、次の間の壁の前に起つて居た。台所へ行つて顔を洗つて、門に出る。

棺屋が拍子木をかちりと鳴らした。棺舁ぎが棺を上げた。また、かちりと鳴らした。舁ぎ棒が、ぎちぎちと鳴つて、棺がふはりと浮いた様に動き出した。堀野の茶椀が、溝石の上にちやりんと破れた。門火が、ぼぼぼと燃え立つた。傍に起つて居た僕の裾の辺が、門の腰板に写つて、夢の様な影がさした。僕は棺の後から従つた。

東中山下を抜けて、新西大寺町から、橋本町に出た。赤い旗が、次第に京橋を上つて行く。白い旗が行く。坊さんの俥が行く。棺が行く。本来無東西と書いた紙が、風に吹かれて、千切れさうに翻る。僕等の未だ橋にかからぬ内に、赤い旗はもう橋を下りて居る。竿の下から次第に見えなくなつて、終には赤い布ばかりが翻つた。僕が橋の一番高い所に起つた時、向うを見たら、棺も、坊さんも、供も皆風に吹かれて、ふらふらと浮いて居る様に見えた。偕楽園の下の大道が留め場であつた。七年前に、堀野と川崎と僕と三人が、二万人の踏み上げる砂煙を吸ひながら、遼陽とられて気の毒ぢや、と歌つて行つた所である。雲が濃くなつて、風が寒い。留め場から猶棺に従つて行く。門田を通つて、笹山に入つた。少し行くと、旗を道傍の石塔の上にかぶせて、白い著物を著た男が煙草を吸ひ出した。棺は屋根をはづして、二人の大男が舁いで行く。さうして火葬場に入つた。今度は棺の前にお辞儀はしなかつた。ただ火葬場に這入つたのを見て、気が済んだから、其儘帰つた。笹山の森を出た時、北の野の向うの端の山裾を、小さい汽車が、曇つた空に白い煙を流して走つて居た。

其夜は油断をすると、すぐに眼が熱くなるので、早く寝た方が好いと思つたから、風呂に入つて来て、葡萄酒を飲んだ。それから箏を出して、残月をひいて、追善の心やりとし、布団をかぶつて、寝てしまつた。

これで追懐の筆を擱《お》くのである。

鶏蘇仏の遺友は、君が生前の友誼をかたみとして、若き日と分れた。これから後の年月に、蚊柱の夕、落葉の暁を数へつくして、黄壌の君が僕を忘れる時があらうとも、僕は嘗て君と共に花を踏んで惜しんだ少年の春をいつまでも偲ぶであらう。

入る月の波きれ雲に冴え返り

(『六高校友会誌』明治四十二年六月)

破軍星

此頃夜道を歩く事があつても、寒いからめつたに空を仰いだりせぬ。内へ帰つて寝る前に、縁側の簷《のき》の下から、すかす様に覘いて、小庭の上に拡がつて居る空の夜雲や星を見ておく癖もいつの間にかやめた。この頃の東京の空には星があるのか無いのか知らずに居たんだが、二三日前の夜、十時過ぎに外から帰る時、マントの襟に顔を埋めて、柴田さんの事を考へながら、白山御殿町の坂を上つて居たら、ふと空を見る気になつて、歩き歩き足もとを浮かして仰いで見た。宵月の落ちてしまつたあとの暗い空が、狭い坂の両側の樹に限られて居る中に、寒さうな星が小さく光つて居た。坂の片側を細い溝が下りて居る。坂上の風呂屋から出る夜更けの捨て湯が、生温い臭ひの湯気をほの白く立ち迷はせて、まばらな並木の根もとをぼかして居る。溝の底を這ひ落ちる湯が、小石や樹の根をかなぐつて、ぢゆびぢゆびと醒めかけた夢の様なかすかな音を残して行く。その音がはかない色の湯気の中に溶け合つて、どことなく耳に流れ込んで居る様な気がする。坂を上つてしまつたら、空が暗くひろがつて、冷たい星が彼方や此方に、幾団りも光つて居た。去年の夏に岡山へ帰つて居た時、太宰が岡山の空よりは、東京の空の方が沢山に星があると云つて、教へてくれた。さう思つて仰いで見れば、幾らか多い様な心持もする。あちらにも、こちらにも、きらきらと光つて居る。植物園の上の方には少し大きいのが光つて居た。それから、巣鴨の見当にも、まばらに大きいのが光つて居た。それから、あちらにもこちらにも、きらきらと光つて居た。あの中に、大かた破軍星と云ふ星も光つて居るんだらうと思ふけれども、どれが破軍星だかわからぬ。人間が死んだら、魂が星になつて光るんでなくても、柴田さんが死んだのだから、こんな寒い夜に、暗い空で光つて居る破軍星が見たかつた。柴田さんの生きて居る内に、破軍星はどこにあるのか聞いて置けばよかつたと思ふ。破軍星は柴田さんの号である。柴田さんは先月の二十八日の夜明けに、郷里の邑久《おく》郡で死んでしまつたのである。

柴田さんが死んだので、いろんなことが、悲しく思ひ出される。柴田さんが死んだと云ふ知らせを、和気君から電話で聞いた時に、私ははつと驚いてしまつた。柴田さんが死んだと云ふ日から二三日前の夜に私は柴田さんの夢を二つ見て居る。後楽園の鶴鳴館に絵の展覧会が開かれて、それを見に行くと、丁度今出て来たらしい様子の柴田さんに会つた。大学の帽子をかぶり、制服をつけて居た。もう一度行かうと云ふやうに誘つて、一しよに這入つて、絵を見て廻つた。いろいろな絵がならんで居た様だけれど、よく覚えられぬ。それから、しまひに何か梯子段の下の様なところへ行つて、ごたごたして居る内に、事が面倒になつて、何だかわからなくなつてしまつた。

も一つの夢は、今は何と云ふのか知らないが、昔の備前紡績の近所に、細い通の街があつて、それを歩いて行けば、海に出る様な気がした。その街で、ひよこりと柴田さんに出会つた。風がひゆうひゆうと吹いて、空にはあらしの雲が飛んで居た。柴田さんは何か堅縞の著物《きもの》をきて、空《うつろ》な様子をしてゐた。この辺に転地して来て、下宿屋に居ると云ふ様なことを、立ち話で聞いて居る内に、そこの所の湯屋の入口などが気になつて居たが、暫らくすると、何も解らなくなつてしまつた。

柴田さんの死んだ知らせを聞いた瞬間に、こんな平凡な夢が、稲妻のやうに私の心に閃き返つた。

それから何か知ら考へて居たら、遠くの昔、子供の時分に、何かが悲しくて泣いて居た時の様な心持になつて来た。柴田さんは今度死ぬに就いて、わざわざ私に会ひに来てくれたんではなかつたか知らと思ひ出した。鶴鳴館や備前紡績のそばで会つた時に、私は何も知らずに柴田さんの顔を見て居たが、柴田さんは、自分の死ぬ事を知つて居て、見をさめのつもりで、私を見て居たのではなかつたかと思ふ。私がこんな夢を見た二三日目の夜明けに、私の大事な友達の柴田さんは、友達の心に消えない悲しみを残して、死んでしまつたのである。

取りとめもない事が、夢の中のあらしの空を飛んだ雲のやうに、思ひ出される。柴田さんが生きて居た時分の事を思ひ出しても、その思ひ出にしまりがつけられぬ。柴田さんは、いつも薄笑ひをして居たやうな気がする。思ひ出した私の心の中の柴田さんも、薄く笑つてばかり居る。

いつかの秋の午後に、西片町を通つて、小石川の指ヶ谷町へ帰つて行く時、久しぶりに柴田さんの後姿を見た。柴田さんは不思議な歩きぶりをして、誠之小学校の塀とすれすれに歩いて居た。追ひついて行つて、あなたの歩きぶりは、うしろから見ると、大変に可笑しいが、何故かと尋ねて見たら、病気の所為だと柴田さんが答へた。病気の名は、その時に聞いたのだけれども、忘れてしまつた。何でも、歩いてはいけない病気なんだが、もう大分にいいから歩いて居ると柴田さんが云つた。

それから二人連れ立つて、指ヶ谷町の私の家の方へ曲がる道の角まで来たときに、久し振りだから、内へ寄つて話をしようと私が柴田さんにすすめると、柴田さんは起《た》ち止まつて、暫らく考へて居たが、少し反り身になつて、饒舌を戦はさんやと云つたなり、五六歩ほど勇敢な風に帰つて行つた。それから鼬の様に振り返つて、喉の奥でくつくつと笑つて、帽子を取つて、お辞儀をして帰つて仕舞つた。とぼけた様な柴田さんの風がなつかしくて堪らぬ。

浩養軒が可真町にあつた時分、会誌部のみんなで行つては、よく何やかやを食べた。皿の上の肉の切れを、鶏や牛の命の片われと思つて食べて居た様な気がする。そんな時には柴田さんも元気で、饒舌を戦はす。何かものを言ひさしにして置いて、卓子の上の雑誌などを、生人形のする様な手つきで、自分の前に引き寄せて、表紙をはぐると、いきなり始めの方の三四枚を翻して見て、それからぱたと閉ぢてしまつて、前に抛り出して、そのあとの手を膝の上におとなしく並べて、ふんふんと云つて笑つて居た。それが何の意味か私等にわからぬから、柴田さんを詰《なじ》つて見ると、こんどは途方もない事を云ひ出して、一たび丘に登りし時、楢の葉の笑み落つるを見ましたなどと、小さく空嘯《うそぶ》いて居た。柴田さんは楢の樹が好きであつたのか知ら、書いて残したいろいろなものの中に、よく出て来る。私が夢中で俳句会をして居た時分に、一度峠の林屋へ柴田さんを誘つた。その夜、秋の雨が淅瀝《せきれき》と降つて来て、みんな帰れなくなつてしまつた。まだ蚊の残つて居る頃で、座敷の薄暗い隅の方から、夜更けになる程、沢山に出て来て人を刺した。その藪蚊を叩いては、運座をして夜を明かした時に、柴田さんは、楢原を浅水這へる夜寒かな、と云ふのを詠んだ。ほかのは忘れてしまつた。楢原を浅水這へる夜寒かなと誦んだら悲しくなつた。

七年ばかり昔の、岡山中学校の雨天体操場に柴田さんが、五位鷺の様な恰好をして、起つて居た俤《おもかげ》が、今でも目の底にありありと残つて居る。

その時分には鶏蘇仏の堀野が生きて居て、二人で柴田さんを、びつくり羊羹が竹の筒から出た様だと陰口をたたいて居た。堀野の家は邑久郡から出て居るので、多分そのわけから堀野は柴田さんを知つて居たのだらう。私は柴田さんを知らなかつたので、堀野から教はつた。柴田さんの名前だけは、その頃の文章世界に、絵や文章が沢山出て居たので知つて居たが、同じ学校に居て柴田さんを見た事がないから、堀野が教へてくれると云ふので、生徒控所をうろうろする何百人の顔の中を物色して居た。そこを、柴田さんが、私等と大分はなれて、ずぼんのかくしに両手を入れて、私等の視野を動いて居るのを見つけて、堀野があれだと云ふから見たら、びつくり羊羹が竹の筒から出たばかりの様であつた。

私は高等学校へ這入つてから、柴田さんと友達になつた。中学の時から、柴田さんの方が一年下で、会ふ折がなかつたから、名前を知つて居ただけで、友達になれなんだ。柴田さんが高等学校の二年の時に、「野の草」を書いて会誌部に這入つてから、私は柴田さんに口を利く折りが沢山出来た。その時、私は柴田さんに、あなたは中学の時にびつくり羊羹が竹の筒から出た様であつた、死んだ堀野と私と二人でそんな名をつけて居つたのぞなと云つて教へて上げたら、柴田さんは「野の草」の中の幸田さんが「やるもんですなあ」と云ふ時の様な風をして、どうも怪しからんなんかと云つて、薄く笑つて居た。

岡山のしまひ頃に、柴田さんは、大分長い間、小橋町の森と云ふ船来屋の二階に下宿して居た。夏はじめの夜に、私は大分更けてから、柴田さんを訪ねて行つた事がある。

下には、もう蚊帳が釣つてあつて、その蚊帳をすれすれに、片手でよけよけ通つて、二階へ上がつて行つたら、八畳か十畳かの広い部屋の隅に机を置いて、その前に柴田さんが、小さく坐つて居た。私はその隅へ、表側の格子に靠《もた》れる様に、柴田さんと並んで坐つて、何でも余程遅くまで話しをした。柴田さんは煙草を吸はぬから、煙草盆も灰落しも無かつたので、柴田さんの茶椀に巻莨《たばこ》の灰を落として帰つた。何と云ふ事なしに私は、その時の事をはつきりと覚えて居る。柴田さんは、忘れて死んでしまつたかも知れない。

　柴田さんは、絵もかき、小説も作るし、新体詩も詠んで、二十四年を美しく暮して死んだ。しまひ頃には、脚本も書いて居た。それがみんな柴田さんの専門と関係のない癖に、柴田さんは生れつきに上手であつた。また柴田さんのかいた絵も、小説も、新体詩でも、その中の何一つも柴田さんの心にないことの衒ひでなくて、掬《むす》び度いやうな柴田さんの心の流れに刻んだ波の閃きばかりである。私は柴田さんが死んで悲しいけれど、この様に早く死なねばならぬ運命に生きて居たとすれば、その間に何篇の小説と詩と脚本と、それに沢山の絵とを残してくれたのは、うれしい事である。柴田さんは死んでも、私の本箱の中には、病気や運命などの手のつけられぬ柴田さんが美しく生きて居る。それが、大事な友達に死なれたこの頃の、せめてもの慰めになる。

　柴田さんが東京へ来て、医科大学の学生になつてから、私等は柴田さんから度度ノートに取つたばかりの、ほやほやのお話を聴かされた。男と女とのきまる初めの細胞の分裂の工合などを、柴田さんは膝詰めで聞かせる。柴田さんは大変に明晰な頭であつたから、よく覚えて居て、筋道を立派に立てて、聴く者がわからねばならぬ様に話してくれた。しかし私には解らなかつた。解らなくても、面白かつた。柴田さんは無口の方であつたけれど、ふと気が向くと、きりの無い程機智を出すこともあつた。私が指ケ谷町に、婆さんを傭つて、小さな家を借りて居た時分に、ある夜、柴田さんと石井君と、それから太宰と三人が落ち合つて、いろんな話しを始めた。何時の間にかみんなの気持が面白くなつて、婆さんに麦酒を取つて来さして、大根おろしや海苔で盃をあげた。私が中学の東洋地理に出て来る河の名を、十五つづけて一呼吸にならべて見ると、太宰が日本帝国の海岸線の延長をだれも知るまいと云つた。さうすると、また石井君が、新聞広告の文句でだれにも思ひ出せない事を云ひ出した。その時、柴田さんは、私はブータンの国王の名を知つて居ると云つて、何だか聞いたことの無い名前を口走つた。それに驚いて居ると、柴田さんは、土耳古《トルコ》の何とか、それから亜弗利加の何だとかいろんな事を羅列して、私等を煙に捲いた。柴田さんがそんなに面白がつた事を私は覚えて居らぬ。もうブータン国王も土耳古も何も無茶苦茶になつて、その時にあんなに面白がつた柴田さんは、真面目に死んでしまつた。

一昨年の冬の午後に、太宰とよく小石川の柳町筋を散歩して居た頃、掃除町の同じ街角で、二三度も柴田さんに会つた。その時、柴田さんは、いつも制服にオヴーコートを著て居た。私が「幸田さん」のつもりで、「やるもんですなあ」とはやしたてると、柴田さんは真面目な顔をして少し行き過ぎて、それから帽子を取つて、失敬しますなど云つては、一寸笑つて、私の心に薄笑ひの印象を残して、ずんずん帰つてしまつた。

その時分の柴田さんの元気のよかつた事が、今思ひ出す柴田さんに気の毒なやうである。けれども私は、柴田さんは病気に奪れて死んだのでも、私の思ひ出に居る柴田さんからは、成りたけ元気な、輝きのある若い俤を奪はれ度くない。こなひだ菊坂の長泉寺で、もと会誌部に居たものと、それに柴田さんの極く懇意であつた人の二三人を加へて、柴田さんの追悼会をした。

その時に坊さんの読んだお経が訓読で、耳に聞こえて来る言葉の意味がよく解つた為に、私等の心は惻惻として新たに悲しんだ。私等はかうして集まつて、死んだ友達の追憶に耽る。死んだ人は始めから、私等とちがつた運命をもつて居て、その為にまだこれから何年も何十年も一所に手を握つて居たい私等と別れて、一人で淋しいところへ行つてしまつた。その人の運命だけが、私等のと違つてゐた筈なのに、私は、何だか私一人が生き残つて居るやうに思はれ出した。生きて居る者の方が余つ程たよりなく思はれる。小学校の時に、西崎の元さんと云ふ友達があつて、元さんと云ふ名前だから、百舌鳥《もず》と云ふ綽名をつけて居た。死んだ林の憲さんなどと、遊歩の時に、元さんを追ひかけては、百舌鳥は死んでも声だけあ、のうこると云つて、はやしたてて、遊んだ。その元さんが、ぢきに死んでしまつたので、私等は百舌鳥は死んでもと云ふ相手なしに、ただその口癖を淋しく口誦んだ。後になつて、その林の憲さんも死んで仕舞ふし、それから高等学校の時に、私の家で毎日、昼の御飯を一しよに食べて居た井上啓夫君が死ぬし、しまひには、たうとう鶏蘇仏の堀野まで死んでしまつて、私の身のまはりは、次第に淋しくなつた。それのに今度はまた柴田さんまでが死んだ。私の大事に思つて居た友達は、みんなして死んでしまつて、私を一人取り残して行く様な気がする。

今夜は日暮れから雨が降つて居る。寝静まつた町の屋根を濡らして、友達の死なぬ仕合せな人人の夢をしめらして居る。簷《ひさし》から落ちる雨垂れが、ぢよび、ぢよびと友雫を呼んで居る音の中に、もう春が来た。ぢきに花が咲いて、雲雀が啼き出す。邑久郡の広い田圃の上に、雲雀が啼いて、柴田さんのお墓のそばに、花が咲き出す。柴田さんは、その下におとなしく眠つてしまふ。月あかりがして、薄白い雨空が、今夜は私を星から遮る。あの薄明りの雨雲のも一つ上に、沢山な星がきらきら光つて居る。その中で破軍星と云ふ星も、大方きらきら光つて居るんだらう。

（『六高校友会誌』大正二年三月）

空中分解

一

昭和三十五年十一月十六日、夕方五時前に国鉄本社の平山三郎君の所へ電話を掛けた。今度出す私の文集「つはぶきの花」の事でいろいろ相談したり頼んだりしてゐる間に時間が経ち、話してゐる内に五時を廻つた。国鉄の退庁時間は、今は退社と云ふのかも知れないが、五時である。尤も彼は大概それから後もまだ暫らくは居残つてゐる様だから構はないが、しかし長話しは人の邪魔になる。いい加減の所でよろしく頼んで電話を切つた。

間もなく今度は平山君から電話が掛かつて来て、中野さんが亡くなつた様だが、知つてゐるかと云ふ。向うの云つてゐる意味がよくわからないので問ひ返すと、中野勝義さんです。今日午後、その乗つてゐる飛行機が北海道で墜落したらしいのです。

さつき私が電話で話してゐる時、傍の机でトランジスターのラヂオを聞いてゐた中村武志君が、五時のニュースでその事を知り、私との電話を終つた平山君に伝へたので、彼から私に知らせて来たのである。

非常に驚いたが、誤報でないとすれば取り返しはつかない。すぐに法政大学の理事室に電話を掛けて、多田基君に実否を確めた。向うでもまだラヂオのニュースを聞いたばかりなので、なほよく調べて、わかつた事は後からお知らせすると云つた。

又同じく法政大学の清水清兵衛君からもその事を伝へて来た。多田、清水は中野と同学であり、中村、平山も同学の出身であるばかりでなく、私の「摩阿陀会」や「御慶ノ会」でいつも同席して中野をよく知つてゐる。

七時のニュースで重ねて確報を聞いた。もう疑ふ事は出来ない。

中野は死んでしまつた。

さうなつた事は止むを得ない。

しかし今ここで、その事に余り深入りしてはいけない。止むを得なければ仕方がない。成る可くそうつとしておかうと思つた。さうして何度もさう思ひ、又更《あらた》めてさう思つた。

しかし夜が更けてから矢張りさうは行かなかつた。いろいろ思ひ出したり、考へ込んだりしたわけではないが、何かの機《はず》みでふと「中野が」と思ひ掛けた途端に到頭泣き出した。家の者に見つともないと思つたが、後から出る涙が拭ひ切れなかつた。

二

中野が乗つてゐたのは小型の軽飛行機で、オースター・オートカーJA３０２３陸上単発機である。私はその飛行機に乗つた事も見た事もないが、写真で見ると昔法政大学航空研究会が学生の操縦で羅馬へ飛ばした軽飛行機石川島R三型「青年日本号」によく似てゐる。主に個人用としてスポーツ飛行、旅行用などに使はれてゐると云ふ。

中野等四人はその飛行機で当日、十一月十六日、午後一時十分に札幌の丘珠飛行場を出発して、帯広へ向かつた。日高山系の狩勝峠の上を越して十勝川流域の帯広平野に出た。ラヂオで聞いたその時の雲高は六千米、所謂高曇《たかぐも》りで視界も悪くなかつたと云ふ。飛行計画書による往きの飛行機の高度は千二百米、その上空で突然空中分解を起こした。片羽根が千切れて錐揉み状態に入り、新得町に近い草原に落ちた。

中野が北海道生れだと云ふ事はもとから知つてゐたが、どの辺で生れたのか、あつちの地理に暗いのではつきりしなかつたが、今彼の飛行機が落ちた所がその生れ故郷だつたと云ふ。

三

中野勝義に勲三等瑞宝章が贈られた。

俗な事を云ふな、と云ひたまふなかれ。

吉川英治さんは文化勲章を授けられた時、自分の読者が政府の手を通してくれたものと思ふから難有く受けると云つた。

中野が自分の母校法政大学に尽くした数数の功績と、全日空副社長としての航空界への寄与とを思へば何か報いる所がなければならぬと思ふ。私がさう思ふだけでなく、彼を知るだれでも、みんなさう思つたに違ひない。中野に対する我我のその感謝の気持が凝つて瑞宝章と云ふ勲章の形になつたのだと思ひたい。

一ぱい飲んで酔つ払ふとその勲章を胸につけて、威張つてやつて来るだらう。しかしその姿はもう見られない。

四

中野は法政大学を卒業するとすぐに、東京の朝日新聞社に入社した。

朝日新聞に這入るのは、その時分でも容易な事ではなかつた。学校の成績抜群なら兎に角、彼の成績表は人にひけらかす程のものではなかつたらうと思ふ。しかし見どころがあつて、そこを認められて先輩の推輓を受けた。

当時の逓信省航空局の児玉常雄課長が、大阪に行つた時大阪の朝日新聞本社に立ち寄り、中野を採用する様談じ込んだ。朝日新聞には航空部があり、東京大阪間の定期航空もやつてゐたので、その監督官庁航空局の児玉さんの申し入れを無下にことわる事も出来なかつたであらう。児玉さんはもとの台湾総督、参謀総長児玉源太郎大将の令息である。

児玉さんのお声がかりで、中野は卒業と同時に東京の朝日新聞に入社した。

航空部に配属されたが、初めの内は勝手もわからず、別に用事もなく、手持無沙汰でただ机の前に腰を掛けてゐた様である。

よく私の所へやつて来て不平ばかり云つてゐた。なんにも用事はありません。やらしてくれないのです。たまに云ひつかれば、葉書を書くばかりです。

しかしその内に馴れて来て、そろそろ本性《ほんしやう》を現はし掛けた。

お午の休みに外へ食事に出て、近所の数寄屋橋か銀座のどこかで一寸麦酒を一本飲んだ。うまかつたので又一本、もう一本と追加してゐる内に何本飲んだかわからなくなつた。

すつかり酔つ払つて、真つ昼間の往来をふらふら歩いて来た。本社に帰つて見ると、みんなが尤もらしい真面目な顔をして仕事をしてゐる。

その時分、正面入り口から這入つた一階の右側に彼の属する航空部があり、左側に経理部があつた。

経理の連中が物物しげに帳面をめくり、算盤をはじいてゐる。馬鹿野郎。よせやい。中野はどた靴のまま机の上へ上がつて、どしんどしん、みんなの顔の前を闊歩した。憤慨して起《た》ち上がつた者もゐるが、眼中にない。算盤を持つて立ち向かはうとした相手の手から算盤を奪ひ取り、ペリペリと真中から二つに折つた。珠が散つて、そこいらへ飛んだと云ふ。

中野は経理に含む所があつて乱暴したわけではない。何でもないのだが、面白くて堪らないから、とまりがつかなかつただけださうだが、はたの者が迷惑する。乱心だらうと云ふので、だれかが外へ走り出して自動車を呼び、みんなでその中へ押し込んで家へ帰らした。

酔ひがさめてから流石に恐縮し、合はす顔がないので家で息を殺してゐた。それに、どうせもう駄目だらう、くびに違ひないと観念してゐた。

一週間ばかりさうして家にゐたが、社からはその間に何度も出て来いと云つて来たり電報が来たりしたけれど、顔を出さなかつた。

すると今度は石井局長からの迎へのお使が来て、すぐに出て来いと云ふ。石井局長と云ふのは、ついこなひだ衆議院議長の就任をことわつた石井光次郎氏の事で、その当時は東京朝日の営業局長であつた。

中野が恐れ入つて出頭すると、ちつとも出て来ないで何をしてゐるんだ、今まで通りちやんと来てゐればいいんだよと石井さんが云つた。

算盤を折つたりした一件に就いては何のお咎めもなし、と云ふよりはそもそもその事は丸で話しに出なかつた。

それで中野は又もとの通りに出社して、後に航空部次長になるまで勤続した。

彼の後から若い者が入社する様になつてから、私の所へ来て、この頃の奴は手紙一本ろくに書けませんと悪く云つた。用事がなくて葉書ばかり書かされた時分の事は忘れてゐる様であつた。

五

中野がゐた家の近くに教会がある。社の帰りにどこかで飲んで酔つ払つた。一体彼はお酒が好きで、機会さへあれば、機会がなくても、お酒を飲んだが、飲めば必ず酔つ払ふ。それもおとなしく、御機嫌よく酔つてゐるのではなく、何か知ら周囲に影響する様な酔ひ方をする。酒好きではあつたが、酒に強かつたとは云はれない様である。

その晩もそんな風に酔つて帰つて来た。教会の前を通つたから中をのぞいて見ると、信者が著席《ちやくせき》して牧師の説教を待つてゐる所らしい。信者の中には顔見知りの近所の奥さんもゐる。

つかつかと這入つて行つて、向うの壇に上がつた。牧師になつた様なつもりで、口から出まかせの出鱈目を云つたが、みんなに降ろされて、そこで一あばれしたかも知れないけれど、兎に角家に帰つて来た。

後で近所の信者の奥さん達から、中野の家に申し入れがあつた。神聖をけがすとか何とか云はれたのだらう。

その事と直接に関係があつたのか、どうか知らないが、或る日近所の奥さんが一人やつて来て上がり込み、中野の奥さんと話してゐる。彼は庭で犬にかまつてゐた。土佐犬だか秋田犬だか知らないが、何しろ大きな犬だつたさうで、時時彼の自慢を聞かされた。

来訪の奥さんの話しは中中長く、いつ迄経つても帰つて行かない。奥さん同士話してゐる所へ上がつて行つて顔を出すのはいやだつたのだらう。庭で犬を相手にお帰りを待つてゐたが埒があかない。じれつたくなつて、じりじりしてゐた。

その内やつと出て来たらしい。もういいかと思つてゐると、玄関の上り口で又一しきり話し出した。

すつかり穢にさはつてゐるところへ、格子を開けて出て来た。顔を見るなりむかむかして、こん畜生の糞ばばあと思つた途端、しやがんで手で押さへてゐた犬に、つい「ウシ」と云つてしまつた。

忽ち彼の手をすり抜けて跳び掛かり、大きな犬だから起ち上がつた姿勢が人の高さ位ある。抱きかかへる様にしてその奥さんの二の腕へ噛みついた。

大騒ぎになつて医者を呼んだり、おわびに行つたり、悵然として彼が云つた。「飛んだ目にあひましたよ」

六

自分の家でもおとなしくはしてゐない。しよつちゆう奥さんと喧嘩をする。喧嘩と云ふ様な事ではないかも知れない。単なる乱暴狼藉、それが極まつて手がつけられない。丸髷に結つてゐる奥さんを取り押さへて、髷を根もとから切つてしまつた。私の所へ来てそんな話をする。あんまりひどいので、笑つてばかりもゐられない。

しかし奥さんの方もまた、負けてばかりはゐない。

彼が帰つて見ると、自分の家は空き家になつてゐる。どこへ引つ越したのかわからない。近所で聞いてやつと尋ね当てた。

奥さんの方で気に入らぬ事があつて、彼が出勤した後、人を頼んでその家を引き払ひ、自分できめた新居へ移つてしまつた。御亭主の中野は相談を受けてゐないから、何も知らなかつたと云ふ。

七

酔つ払ひはだれでも大言壮語する。中野に限つた事ではないが、彼は人の事をだれでも構はず「つまらん奴ぢや」と片づける。

つまらん奴ぢや。つまらん奴ッちや。つまラン奴チヤ。

そこで私はその口癖の中からランとチヤを取つて、中野の事を蘭茶先生と呼ぶ事にした。勿論本人は承知してゐるし、親しい仲間の間にも通用した。

しかしその「蘭茶」を快く発揚するには、矢張りその場の条件や雰囲気が必要だつた様で、さうでないと変な風にくすぶり、何となく引つ掛かつて、くだを巻き出す。

私の家が市ヶ谷合羽坂にあつた時、私の学生の金矢忠志、岡保次郎の二人が来てお酒を飲んでゐた。そこへ後から、もう大分廻つてゐる中野が来た。

中野は学校では二人の先客よりは後輩である。やつて来てその座の中に入り、相変らず詰まラン奴チヤを連発してゐたが、どうもいつもの様な調子に行かないらしい。

段段に絡んで来て、少少うるさくなつた。先客の金矢、岡も我慢してゐたらしいが到頭癇癪を起こし、こんなうるさいのは摘み出してしまへ、さうしようと二人で一決して起ち上がり、坐つてゐる中野を抱き上げて外へ出た。

中野もがつしりした体格で中中強かつたが、金矢と岡はもう一まはり大きく、さうして強かつた。軽軽と中野をかかへて往来に出て、合羽坂を通るタクシーを呼び止め、中に押し込んで帰らしてしまつた。

いやだ、いやだと云つてあばれたので、合羽坂の広い坂の向う側の、士官学校の石垣の下の溝の中に中野の下駄が片足落ちてゐた。

私の所の玄関を出る時にも抱かれた儘あばれて、いやだ、いやだと云つた。小さな子供がむづかつてゐる様であつた。今度のかう云ふ事になつた今、その晩の中野を思ひ出すと可愛くて堪らない。

八

先年私が阿房列車で宮崎へ行つた時、昔の中野の学友がゐて、私の宿へ訪ねて来た。東京へ帰つてからその話を中野にしたら、学生の時分、二人で新宿の大通の夜店をぶらつき、一ぱい機嫌でいたづらをした事を思ひ出した様である。

道ばたで孵化器でかへしたばかりの小さな雛を売つてゐる。籠で伏せた中で何十匹もピイピイ鳴いてゐる。

二人の内のどちらが手を掛けたのか知らないが、一人がおやぢと何か云つてゐる隙にその籠を持ち上げて、中のひよつ子を散らかしてしまつた。

ピイピイ云ひながら道ばたを走つたり、車道へ出て電車線路の方へ散らかつたり、どうにも手がつけられなくなつてしまつた。大損害だから、おやぢは立腹する。巡査が来て、二人は交番へ連れて行かれたさうだが、その後どうなつたかは知らない。どうせ弁償させられたのだらう。

法政大学に近い神楽坂は学生の間でザカと呼ばれた。中野がザカで喧嘩をして、坂下の神楽坂署へ連れて行かれた。学友が出頭して詫びを入れ、やつとの事で勘弁して貰つて出て来たが、出しなに中野が口を開けて舌を出したので、忽ち見つかり、悔悛の情無きものとして又引き戻された。

九

法政大学で私は独逸語の教師であり、中野は仏蘭西語の法科であつたから、教室で彼を教へたのではない。彼とのつながりの始まりは学生航空の航空研究会である。

中野は学友会の委員をしてゐて、中中発言力があつた様である。当時学内に端艇部創設の議があつたが、中野はこれに反対し、今からボートを始めても他の大学に追ひつく事は容易でない。又艇庫を建てるだけでも二十万円はかかる。それよりも寧ろ、まだどの大学でも手をつけてゐない学生航空を始め、飛行機によつてトップを切る事にしたい。あらゆる文明の利器は、我我学生の手を通してでなければ社会生活には入りにくい。学生航空によつて一般社会に航空思想を普及せしめようと云ふのであつた。

中野が首唱して、法政大学航空研究会を造つた。その会長を先生の間に物色し、当時の予科長野上教授、学生監井本教授、庶務部長高山教授に次ぎ次ぎに当たつて見たが、皆ことわられた。諸先生の理由は、君子は危きに近よらずと云ふのであつた。

そのお鉢が私に廻つて来た。私も躊躇したが、敢て危きに近よる君子となつて引き受けた。

それから中野との交渉が始まる。航空研究会発祥当時の事に就いては、すでに覚え書に纏めたものが別にあるから、ここでは省略する。

中野は会長となつた私を大事にし、又引き廻す為に随分努めた。さうして当時の立川飛行場で学生の操縦訓練を始める所まで漕ぎつけた。

私と中野は気が合ふ所があつたらしい。だれも思ひもつかない学生航空を提唱した彼と、思ひ立つたら通さなければ気が済まない私の無茶とが合体して、国産軽飛行機による学生訪欧飛行を計画し、二年後に実行した。法政大学学生栗村盛孝は石川島R三型で羅馬のリットリオ飛行場まで飛んだ。

学生時分の中野の身辺の事情は必ずしもよくはなかつたらしい。学校にゐる時からよく背広を著てゐたが、そのズボンの見つともない事、丸で小田原提灯に脚を突つ込んでゐる様であつた。

一人前になつてから後、お正月には私の所へ年賀に来たが、毎年必ずその前に、牛込新見附のめし屋のおやぢさんの所へ顔を出して来る。腹がへつてもお金がなかつた時、そこのおやぢさんはいつでも食はしてくれました。その恩は一生忘れませんと云つた。

十

雲高六千の雲の下を、千二百米の高度で飛んでゐる時、突然片翼が千切れた。実に不思議で今の技術では翼が千切れる様な飛行機を造つてくれと頼まれても造れるものではありません、と飛行機の構造などにくはしい彼の友人が云つた。又その飛行機オースター・オートカーは機体の頑丈な事が特徴だとされてゐる位だから、空中分解は考へられないとも云ふ。

しかし中野が乗つてゐた飛行機は片羽根が取れた。さうして錐揉み状態に入つた。

錐揉み状態になつてゐる飛行機を私は見た事がある。昔の事で大正何年頃であつたか、はつきりしないが市ヶ谷本村町の陸軍士官学校の校門を入つて本館の方へ上がる坂を登つてゐる時、坂の途中から振り返つた後ろの空に飛行機が一つ飛んでゐると思つたら忽ち錐揉み状態になつた。しかしそれは亜米利加から来たアート・スミスの曲技飛行なので、まだこちらから見えてゐる空の一点で姿勢を直した。

中野の飛行機は落ちて来る途中で姿勢を直す事は出来ない。錐揉みと云ふのは、どつちの方へ廻るのかと尋ねたら、その羽根の取れた側へくるくる廻つて落ちるのだと教はつた。

その瞬間は中野はまだ知つてゐた筈である。さうして、これはもういかんと思つたであらう。

落ちて来て、生れ故郷の牧草の草原に突つ込んだ。彼の腕時計の針は二時十分で止まつてゐたと云ふ。

冥福を祈る外はない。

しかしなぜ死んだ。馬鹿。

（『小説新潮』昭和三十六年二月）

アヂンコート

一

「赤ん坊のお骨《こつ》を入れた壺の包みを抱いて台湾から帰つてまゐりました。船が基隆《キールン》の港を出て何時間かすると、船から割りに近い右手に赤岩の澎佳嶼《アヂンコート》が見えます。切り岸の孤島で、多分人は住んでゐないので御座いませう。その辺りから振り返つて見ましても、もう台湾の影は見えませんでした。子供は生まれるとぢきに死んだので御座います」

そのお骨《こつ》をなぜ彼女が抱いて帰つたのか。夫婦別かれをしたのか。御主人が亡くなつたのか。第一、台湾にゐる人の所へお嫁に行つたのか、こちらで結婚した後、御主人の都合で台湾へ渡つたのか、そんな事はなんにもわからない。

わからなくてもいいし、聞きたくもないから黙つてゐた。彼女もそれから先の事は何も云はなかつた。

彼女がその話をしたのは初対面の時である。それから後何年かの附き合ひの間、ただの一度もその話に戻つた事はない。何の為に最初にそんな事を持ち出したのか、私にはわからない。

彼女、名はお初。目白の日本女子大学校の英文科を出た才媛である。又美人であつて色が白く、私の好きな顔立ちではないが、輪郭がととのひ、挙止動作がしとやかで、何よりも大変利口であつた。

その彼女、お初さんに就いては、随分昔の古い稿に「長春香」と題する一篇があつて、彼女が本所の被服廠跡で焼死する迄の事を書き纏めた。その後にそれ以外の新らしい事があつたわけではないが、更に少しく角度を変へた目で、もう一度お初さんを見て見たい。

彼女は私の所へ来て、独逸語を教はりたいと云ふ。いきなり押し掛けて来たのではなく、橋渡しをしてくれた人がある。私の先輩でその人から紹介されたのだが、お初さんはそこの奥さんのお弟子とか門下とか云ふ関係だつたのだらう。奥さんは高名な巾幗《きんくわく》作家である。

初めて会つて、いやな感じなど全然ない。その申し出を快く引き受けたが、一二の条件をつけた。

月謝は受けない。そんな事を云ふと却つてお困りかも知れないが、それでよかつたら入らつしやい。

私がさう云つただけの予習なり下調べなりは必ず実行する事。こちらでも時間を空けて待つのだから、無断できめた日をすつぽかしてはいかん。

彼女は私の云つた事をよく守り勉強した。下地《したぢ》に英語の素養があるから、新らしく教はる独逸語にも理解が早い。ぢきにシュニツレルやハウプトマンの短篇が読める様になつた。さうなると本人にも張り合ひがつき、ますます勉強する様になる。自分で字引を引いて読んで来る宿題の範囲を、私はどこそこ迄と指定はしない。出来るだけ先まで読める様にして来なさいと云ふだけにする。

それがいつも随分先まで、予期しなかつた辺まで進んでゐる。しかしその為には、「毎晩遅くまで、特に昨夜は十二時を過ぎるまで机にかじりついてゐました」と云ふ。附き合つてゐる内にその人柄のよさが段段わかつて来た。出過ぎたところ、思ひ上がつたところなど全然なく、勉強家であつて、初めに思つたより頭が良い。

私の方でも教へる甲斐があり、打ち合はせた次の日を待つ様になつた。しかしそれはさうでも私は生来だらしが無く、我儘な勝手者だから相手に向かつてああしろ、かうしてはいかんと六づかしい事は云つても、約束通りの時間に始めるとは限らない。やりかけてゐる事があれば、切りになるまで待たせる。どうかすると朝が遅くなつてまだ寝てゐる。お初さんが来て待つてゐると聞いても、あわてて起き出す様な事はしない。向うも段段馴れて来て、さう云ふ時は子供を相手に遊んでゐる。

どうかすると私が顔を出すのが遅くなつて、まだ始めない内にお午時《ひるどき》になり、請《しやう》じられて家の者と一緒にお膳についたりする事もある。

初めに月謝をことわつた事は、矢張りいろいろと向うに気を遣はせる結果になつたらしい。その上、たまにではあるが私の家で食事をする、つまり御馳走になる折があつたりすると、お初さんの家としては、私がいらないと云つたからと云ふので、なんにもしないで済ませるわけには行かなかつたのだらう。お盆とか暮とかに何かしら苦心したらしい物を届けて来た。

二

初めの内、手ほどきの課程の間は、私の方の都合のつく限り成る可く頻繁に来る様にした。

少し経つてから、本が読める様になつた後は一週に二度とか三度とかとし、その間に彼女が自分で家で字引を引いて勉強出来る様に間隔を置く事にした。

しかしさうなつてからでも、しよつちゆう、三日にあげず彼女は私の所へ来る。

自然私の家へ出入りする男の学生達に顔を合はせる機会が多く、彼等と知り合ひ、私の家を仲立ちにする友達になつた。

私を取り巻く学生達の集りに、お初さんも加はつてみんなと一緒に興じた事も何度かある。

学生達ばかりでなく、私の友人の間にも彼女の顔は広まつて行つた。宮城道雄撿挍とも知り合ひ、私が宮城さんと会つてゐる席に彼女が同座した事もあり、彼女を連れて宮城さんの演奏会を聴きに行つた事もある。

昔の高等学校以来の旧友が、私をつかまへて云つた。

「君は綺麗な女弟子を持つとるさうぢやないか」

「ゐるよ」

「矢つ張り本当か」

「本当だ」

「怪しからん話だぞ。何を教へてゐるか解つたもんぢやない」

「独逸語さ」

「独逸語は口実さ。口実に過ぎんだらう」

「そんな事はない。よく勉強する」

「うそ。うそ。独逸語の本なぞ持たせて、方方連れて歩いとると云ふぢやないか」

「うそだよ」

「若い女と一緒に歩いとるところを見た者がゐるぞ。事実だらう」

「連れ歩くなんて、無根の誣言《ぶげん》だ。演奏会に行つた事はある。その事を云ふのだらう」

「そうれ見ろ。矢つ張りさうだ。何をしとるか、わかりやせん。もう、さうなんだろ」

「なんでもないよ。をかしな男だ、君は」

「まだそこ迄は行かないのか」

「何を云つてるのだ」

「しかしキスくらゐはしたらう」

「いやだなあ、全然そんな事はないよ」

「どうだかな。信じられんぞ。綺麗な女が手近かにゐて、そんな筈がないもの」

「もうよせ。下らない」

「それでは、手は握つたか」

「知らんよ」

「本当を云へよ」

旧友の追究は逃れたが、お初さんの先生の巾幗《きんくわく》作家の側からこんな話が出たと云ふ。

曰く。お初さんは内田さんに惚れてるんだわ。うちへ来て、から云つた。あんな我儘で得手勝手で、始末の悪い方つてありませんわ。御自分の思つた通りの順序でなければ何事も承知なさらないんですもの。お家《うち》の方がよくお世話出来ると思ひます。私だつたら真つ平御免ですわ。

そんな事を云ふところを見ると、お初さんは惚れてゐるんだ。さうでなければもつと違つた感じ方をするものよ、と小説家の起《た》ち場で観察したと云ふ。しかしその話がなぜ私に伝はつたかの経路はわからない。お初さん自身がそんな事を私に云ふわけはないから。

三

印度のノーベル賞詩人ラビンドラナート・タゴールが日本へ来た事がある。帝国ホテルに泊まつたが、食事は菜食の精進料理なので、ホテルの方は調進に困つたと云ふ記事が新聞に出てゐた。

タゴールは滞在中の一日、目白の女子大学を訪れた。お初さんはまだ在学中だつたので、その時の模様を私に話して聞かせた。

ひげを垂らしたタゴールが正面の講壇に上がつて起つ。礼装した全校の女学生が一斉に起立する。しかし、その際がたがたと音を立ててはいけない。ざわめいてもいけない。それは大変六づかしい事なので、前前から何度も予行を繰り返して練習した。

さうやつて静かに起ち、又静かに座に復する。タゴール翁の気分を乱さぬ為にこちらで気を遣ふ。それで全学生の翁に対する敬意を表明する。

その計画に従つて何度も予行演習を重ねてゐますから、いよいよの当日はうまく行きました。

丸で「しッ」と云ふ警蹕《けいひつ》の声が掛かつてゐる様な工合です。しかし警蹕もこちらの気合ひだけで、勿論「しッ」と云ふ声が聞こえたらぶちこはしです。

「つまりシュチンムングを出して詩人タゴールを迎へようと云ふのでした」と彼女は独逸語で云つた。シュチンムングは「気分を出す」と云ふ時の気分とか、情趣とか、そんな意味の言葉である。

彼女は一度、気分を出す様に準備して私をよんでくれた事がある。つまり私の気に入る順序、趣向で御馳走しようと云ふのである。

彼女の家は本所石原町にある。そこへ私を招待しようと云ふ。私は田舎出なので、隅田川の向うのあつちの方は殆んど知らない。その時分まで行つた事もなかつたかも知れない。当日は勿論お迎へに来ると云ふ。知らない所の、知らない家へ行くのだが、遠慮する程の事でもない。勿論よろこんでその申し出に応じた。

お初さんは一人娘である。石原町のその家に父母共に健在で、お父さんは開業医だと云つた。その一人娘が東京の学校を出てから台湾へ渡り、子供を産んでその子供が死んで、澎佳嶼の赤岩に見送られながら一人で帰つて来た。どう云ふ結婚であつたのかわからない。一人娘だから他家へお嫁に行ったのではなく、婿養子《むこやうし》を貰ったのかも知れない。その婿さんを台湾へおいて、なぜ帰つて来たのか。もし死んだのだつたら、赤ん坊のお骨《こつ》の外にお婿さんのお骨《こつ》も抱へて来た筈ではないか。どうもよく解らない。しかし彼女は一番初めの時、一ことその話をしたきりで、その後は一度もその事に触れない。又強ひて私の方から問ひ質す事でもない。

お初さんの一家も東京の人ではなく、九州の天草に近いどこかの出身であるらしい。関東大地震の年の春、彼女は郷里の地を訪ね、その時のお土産に天草の雲丹を持ち帰つた。私の所へも雲丹を容れた土焼の壺を幾つかくれた。

私の好物なので早速食べ始めたが、一どきにそんなに沢山嘗められるものではない。どうして又こんなに幾つもくれたのだらうと思つた。台所の揚げ板の下にしまつておいた。

食べかけてゐた壺が空いたので、縁の下から次のを出して見ると、中身が腐つてゐた。その外の壺もみな腐つてゐる。かう云ふ物が腐るのはをかしいなと思つた。何となく、いやな気持になつた。

その初秋、九月一日にお初さんは本所の被服廠跡で焼死した。

四

打ち合はせたおよばれの日の午後、早目に彼女はお迎へに来た。本所石原町は遠いけれど、それでも夕方にはまだ早過ぎる。

出掛ける前に家でゆつくりしてゐた。どうも面白くない。胃のあたりが変である。昔から私は胃腸が丈夫の様で、滅多に故障は起こらない。それが運悪く、あらかじめ打ち合はせてきめた今日と云ふ日の朝から胃の工合がよくない。昨日一昨日、何かお行儀の悪い不養生をしたかも知れないが、よくわからない。胃が痛いと気分が鬱する。よばれて行くのも億劫である。

しかし約束した事を取りやめたり、延ばしたりしては向うが困るだらう。かうしてお初さんが迎へに来てくれた後は、家の人が私の為に何かと心づもりの用意を進めてゐるに違ひない。兎に角出掛ける事にした。

当時の雑司ヶ谷は女子大学の裏の細い道を境にして、市内の雑司ヶ谷と郡部の雑司ヶ谷とに別かれてゐた。私は市内の小石川雑司ヶ谷にゐたので彼女と連れ立つて家の近くの腰掛け稲荷の前を通り、音羽の護国寺前の広い道に出た。並んで歩いて行く足取りが、一一胃に響く様で気分が重い。面白くないから殆んど口を利かなかつた。

大塚仲町から市電に乗つた。本所石原町までの道のりは随分長い。しかしその始めの、乗つて走り出したばかりの時から、私はもう座席で居睡りを始めたらしい。隣りのお初さんに靠《もた》れ掛かつたかも知れない。目がさめて見たらまだ富坂で、電車は前に傾きながら私の身体を彼女に押しつける様にして急な坂を降りて行つた。

一たん目をさましたが、又睡り、何度も寝なほして昏昏とした気持の儘電車を降りた。折角気を遣つてよんでくれるのに、さうして私は御馳走によばれて行くのが大好きなのに、今日はちつとも楽しくない。

彼女の家では勿論私を待ち兼ねてゐた。すぐに二階の座敷へ通された。家に這入つた時から、成る程かすかに薬のにほひがした。

早速御馳走の始まりである。先づお初さんのお酌で一献を始めた。お母さんが下から銚子のお代りを運んで来る。少し廻れば重苦しい胃も或はらくになるかと思つた。

さうして本当に少し良くなつた様な気がし出した。

御馳走はいろいろ出たが、中心は骨入りの雞鍋である。何にいたしませうと相談を受けた時、私から所望した特別料理で、小さく切つた皮つきの骨をばりばり噛らうと云ふ趣向である。

当時私はそれに凝つてゐたのだが、胃に変調を来たしてゐる今日のお膳には甚だ不適当であつた。しかしあらかじめさう云つたのだから、その取りきめ通り、ちやんと私の前に出て来た。

お酒が這入れば、いくらか良くなると思つたけれど、始めはそんな気がしたが、矢張りらくにはならない。第一、そんなには飲めない。箸を動かしながら段段重苦しくなつて来た。

お医者様だと云ふのだから、この場の一時おさへの薬が戴けないか知ら、と頼んだ。間もなく下から散薬を一包持つて来てくれたが、大して役にも立たなかつた。

お初さんだけでなく、家の人が心をこめてもてなしてくれたけれど、御馳走によばれてゐると云ふ気分になれない。長崎の方にゆかりのお皿や鉢を出してお膳の上を飾つたが、模様や絵柄を見て賞翫する気もしない。

要するにお客としてよばれて来た私の不調子が原因で、先方の好意を無にし、ちつとも面白くなく、到頭花が咲かず仕舞で宴席がお開きになつた。

表に人力車が待たせてあつた。少し雨が降り出してゐる。来る時の電車は厩橋を渡つたが、幌《ほろ》をおろした人力車は被服廠の前を通つて、両国橋を渡る電車の停留場に梶棒を下ろした。

五

今から三十九年前、大正十二年九月一日の日が暮れて辺りが暗くなると、東南の向うの空にむくむくと盛り上がつてゐた巨大な入道雲の塊りが光り出した。

雲の形はこの頃写真等で見る原子雲、蕈雲《きのこぐも》に似てゐるが、蕈雲の様に下部の軸になる所が細くはない。下に広がつてゐるらしいが、その上へ、上へと無数の入道雲を積み重ねて、層層累累と盛り上がり、暗くなつた空を裂いて光つてゐる。まぶしい様な白光りで、小石川雑司ヶ谷の暗い盲学校の校庭にゐる私共の手許まで明かるい。辺りの物が何でも見える。本所方面の大火の火の手が集まつて、塊まつて、大きな雲になり、地上の炎を吸つて光り出したのだらう。

その白光りのする恐ろしい雲が、轟轟《ぐわうぐわう》と鳴つてゐる。暗くなる前から雲はあつたが、暗くなつてから、音が聞こえ出した。地響きが空から伝はつて来る感じで気味が悪い。

一日の晩はまだ大きな余震が頻頻とあつて、到底家には這入られない。年寄り子供を連れて盲学校へ避難してゐた。盲学校は私の家のすぐ前である。近所の人も来てゐた。夜が更けてからは、校庭の端にある雨天体操場の中へ這入つて、板敷きの上にごろ寝をした。平屋で頑丈らしい建物だとは思つたが、それでも矢張りその中に寝てはゐられない程度の地震が何度もあつた。あわてて外へ出て見ると、その建物の後ろの空で、恐ろしい入道雲の塊まりがますます光りを増して輝いてゐた。

お初さんがあの雲の下で死んだに違ひないと云ふ事を、一日二日経つ内に人の噂で判断した。どこかへ行つてゐたなら兎も角、石原町のあの家にゐたとすれば無事でゐるとは考へられない。

何日目だつたか、はつきりした事は覚えてゐないけれど、割りに早く、まだ日が経たない内に石原町へお初探しに行つた。電車は不通だから、初めから往復みんな歩かなければならない。小石川から本所石原町まで、随分の道のりである。

半焼けのあぶない厩橋を渡つて行つた。

一足向う岸の、石原町の側へ渡ると、歩いて行く足もとの道ばたに、黒焦げの焼死体がいくつも転がつてゐる。目をおほふ光景であるが、それを見まいとしても、まだその隣り、その先に続いて転がつてゐる。

その中に一つ、小柄の焼死体が目についた。焼け落ちる前の軒下と思はれる所に倒れてゐて、黒焦げの顔に歯並みの綺麗な白い歯が列んでゐる。何と云ふ事なく、お初さんではないかと思つた。

しかし、たださう思つただけで、何の根拠もない。

いつかの晩、一度よばれて来ただけだが、その家の在つた場所の見当はついた。その前に起ち、ここだなと思つた。辺り一面、見渡す限りの焼け野原で、目じるしにする物もないが間違ひない。焼け落ちた後の土台の台石に暑い日がかんかん照りつけてゐる。その上に何かある。近づいて見ると、鳥の頸の形をした瀬戸物の一輪挿しである。ちつとも疵がついてゐない。なぜかう云ふ中に完全な姿で残つたのかわからない。台石の上に持つて来て置かれた様な恰好で、頸を上に向けて坐つてゐる。

その一輪挿しを家に持つて帰つた。石原町は遠いので、歩いて雑司ヶ谷まで帰つたら、もう夕暮れで、家の中は薄暗くなつてゐる。電灯は地震の停電の儘でまだともらない。一輪挿しを薄暗い私の机の上に置いた。石原町の焼け跡で、天日に照りつけられてゐた所為か、持ち帰るつもりで手に取つた時、一輪挿しの胴体は生きものの様に温かかつた。

今、家に帰つて私の机の上に置いた時も、今度は歩いて帰る道道、手に握つてゐた私の体温が伝はりでもしたのか、矢つ張り生きものの様に温かい。その肌を撫でながら、私は薄暗い机の前で涙がとまらなかつた。

その一輪挿しは昭和二十年五月の焼夷弾の火事で無くなつた。しかし頸を上げた鳥の姿や肌の色合ひは、今でもありありと目の奥に残つてゐる。

六

それから後も何度かお初さがしに石原町へ行つた。どうも消息がはつきりしない。気になつて、気持が片づかない。安否が知りたい。生死を確かめたい。確かめる迄もなく、死んだに違ひないとは思ふ。しかしどうかした偶然で、あの日にそこへゐなかつたかも知れない。

何度行つたか覚えてゐないが、その後一度や二度ではない。電車は不通の儘だから、歩いて往復する。その途中、本郷真砂町の往来に面した家の戸口に、本所石原町の知人の消息が知り度い、お心当りの方はお立ち寄り下さいと云ふ貼り紙がしてあつたので、先方の尋ね人のお役には立たないが、同じ石原町なら或はこちらの聞きたい手がかりが摑めるかも知れないと思つて寄つて見た。

しかし何の手蔓《てづる》も得られなかつた。ただあの界隈は最もひどかつたので、石原町の町内に生き残つた人は恐らく一人もゐないだらう。その場で潰された人の外は、殆んど全部が被服廠跡へ這入り、そこで一纏めに纏まつて焼け死んだのですと云ふ話を聞かされた。

その後になつてただ一つの消息が私の耳に這入つた。石原町へ出掛けて聞いたのでなく、家に来るだれかが聞き出した事を伝へてくれたのである。お初さんは、その時病気で寝てゐたお母さんを背中に背負つて被服廠跡へ這入つた。そこ迄は知つてゐる人がゐたのです、と云つた。

それから後もまだ石原町や被服廠跡へ行つて見た。

しかしもう諦めるより外はないだらう。

こちらで気持に区切りをつけて、お初さんの追悼会をする事にした。

盲学校の屏の角にある腰掛け稲荷の前に、町会の夜警小屋がある。町会に頼んでそこを貸して貰つた。

護国寺の前の音羽の通に仏具屋がある。そこから白木の位牌を買つて来て、お初さんの名前を書いた。戒名は知らないし、あるのかないのかそれも知らない。

夜警小屋の正面にそのお位牌をまつり、秋の果物や団子を供へた。お線香は長春香を焚いた。

その前に大きな鉄鍋を据ゑて、闇汁をする。本来は灯火を消して闇の中で食べる趣向だが、その代りに牛蒡《ごぼう》のあくを抜かないでそのまま鍋に入れて煮ると、中の汁が真黒になつて何が何だかわからなくなるから、それを以つて闇汁の闇とする。

豚の小間切れ、こんにやくを味の台とし、その他何でも手当たり次第黒い汁の中へ入れてぐつぐつ煮る。

闇鍋を取り巻くのは私の所でお初さんと知り合つた学生達数人、それに宮城道雄さんも仲間に加はり、彼女の冥福を祈りながら闇汁の御馳走を食べた。

麦酒を飲んでゐるから、暫らくすると小屋の中ががやがやして来る。大分大きな地震で小屋がぐらぐらした。まだ余震が続いてゐるのかと思つたらさうではなく、力の強い金矢が小屋の後ろへ廻り、小屋ごとゆすぶつてゐるのであつた。

「お初さん、見てゐるばかりで可哀想だ。さあ僕が食べさして上げよう」

だれかが鍋の中からこんにやくをしやくり出して、お位牌になすりつけた。

北村だつたか、森田だつたか、「お位牌を煮て食はう」と云つたと同時に、自分の膝でぺりぺりとへし折つて、闇汁の中へ入れてしまつた。

「お位牌を煮て食べるんですか」と宮城さんが云つて目をこすつた。それから後は宮城さんはあまり食べなくなつた。

七

翌年の九月一日に被服廠跡へおまゐりに行つた。まだ震災記念堂が出来る前だが、大変な人出であつた。

年年その日は欠かさずおまゐりに行つた。なぜそんなに気になるのか、よくわからないが、行つて来なければ気が済まない。ところが私だけでなく、矢張り毎年欠かさず行つてゐると云ふのが、知人の中に二人も三人もゐた。どう云ふ縁故の人を弔ひに行くのか。矢張り一年二年行つたら、もう後はいつ迄も続けなければ気が済まなくなるのだらう。

何年か後には、もとのお初さんの家の跡に知らない表札の懸かつた家が出来、その筋向ひに小さなお寺が建つた。

町内の焼死者の供養の為に建てたのかも知れない。往来からすぐ段段でお堂に上がれる様になつてゐる。段段の下に記念碑があつて、読んで見ると、当日の石原町町内だけの横死者七千人と刻んであつた。

もとのお初さんの家の前を通り、そのお堂に上がつてお賽銭を上げ、記念堂が出来てからはそちらへ廻つて帰つて来るのが年年の順序であつた。

さうしてなほこれから先、いつ迄も渝《かは》らないだらうと思つてゐた。ところが或る年のその日、いつもの道順で記念堂の方へ行く表通の往来へ出ると、両側に地もとの青年団員が大勢出てゐて、何がどうしたのか知らないが、何となく殺気立ち、人を見る目にも敵意がうかがはれる。

大勢の参詣人の流れに交通整理をしてゐるのはいいが、丸で喧嘩腰で、ぞろぞろ厄介者が後から後から続いてやり切れないと云つた気勢である。

私なども、行きかけると両手をひろげて止められたり、そこの角を曲がらうとすると、そつちはいかん、いかんですと云つたら、と小突きまはされたり、こちらもぢりぢり腹が立つて来た。

日支事変がいつ迄も後を引いて片附かない。いろんな物資が窮屈になつた。時計の鎖や指輪は供出させろと云ふ事になつてゐた。

私の前の道ばたを、腰の曲がつたお婆さんが杖をつきつき、小さな孫を連れて歩いて行つた。矢張りだれか思ひ出す人があつておまゐりに行くところだらう。

道の角にゐた団員の一人が、杖を突いてゐるお婆さんの手の指に、銀色の細い指輪が嵌まつてゐるのを見つけた。

「ちよいと、お婆さん、それは何です」

「へえ、何ですかの」

団員は犯人を見つけた様な勢ひで云つた。

「おい君、この婆さんは指輪を嵌めてる」

「何、指輪」

「白ばくれてるんだよ」

相手は引き渡された犯人を受け取つたつもりで、「ようし、調べる。お婆さん、ここへ這入つて貰はう」

外にもまだ二三人ゐるテントの中へ引きずり込む様にした。孫が後からよちよちついて行つた。

もう二度とこんな所へ来るものではない。大事な思ひ出をこはされてしまふ。そんな事がなかつたとしても、後何年続いたかわからないが、その年のその日を私は最後にした。

しかし私はなぜそんなにお初さんを探しに行つたのか。ただ消息が知りたかつたと云つても、消息を突き止めてどうすると云ふのだらう。又なぜそんなに何年もの間、決して欠かした事なくその日のおまゐりを続けたのだらう。人ごみに交じつて、むくむくと立ち騰《のぼ》る香煙の向うに何を見ようとしたのだらう。生きてゐる間は、実にそつけなく附き合つたが、ゐなくなると一生懸命に探し、ゐないときめた後は又いつ迄もその思ひ出に取り縋らうとする。

三十九年の昔話、その間にいろいろの事があつたが、今でもたまには思ひ出す。そのお初さんの面影も大分遠くの方へ薄らいだ。

（『小説新潮』昭和三十七年十一月）

片山敏彦君

雨がざあざあ降つてゐる暗い晩に、片山敏彦君が初めて私の所へ訪ねて来た。

その時分私は小石川雑司ヶ谷の盲学校の屏の前の借家にゐたが、あたりには昔の森の名残りをとどめる大きな樹が所所に枝を張つて、暗い雨をかぶつてゐるから、なほ暗い。片山君が来る事はわかつてゐたので、すぐに通さうとしたが、取次ぎに出た家の者が玄関で何だかごたごたしてゐる。

お脱ぎになつたら、とか何とかそんな事を云つてゐる声が聞こえる。

どうしたのかと思つたら、片山君は私の家の方へ曲がる前の、少し坂になつた細い道で、真つ暗がりの足もとの見当を間違へ、片側を流れる溝の中へ辷り込んだのである。溝の幅は狭いけれど、ひどい雨だから滝の様な急流が彼のズボンに瀬ぎり立つた事だらう。

私の前に坐つた初対面の片山敏彦君は、上がり口で家の者に拭いて貰つたにしろ、何しろ濡れにぞ濡れてゐてをかしかつた。

卒業直後であつたか、その直前であつたか、帝大の金釦の制服を著《き》てゐた。当時の帝大独逸文学科の主任教授上田整治博士のお声がかりで、今度の新卒業生片山を君の方で取れとの仰せ、勿論否やはないので、私から学校のその筋に話して、彼を迎へる段取りをつけておいた。私は法政大学予科の独逸語科の主任であつた。

だから片山君が暗い雨の晩に私を訪ねて来たのである。

片山君を差し向けた上田先生は、私の在学当時は独逸留学中であつて、私は教へを受けてはゐない。私共が卒業する少し前に帰朝せられたが、講義は聴かなくても面識はある。私が卒業した後、職を求めて、暮夜上田先生のお宅を訪ねた事がある。

小石川雑司ヶ谷の隣り町の高田老松町にゐられた当時で、何分あの辺は暗い。門を這入つて玄関に近づく間も、足許は真つ暗である。玄関に障子がたつてゐて、障子の白い紙が暗闇の中で薄薄見えた。

案内を乞ふと、奥から人が出て来る足音はしたが、まだ障子の中の明かりがともらない前に、いきなり玄関の踏み台の上の電気がぱつとついた。びつくりする程の明かるさで、その真下の白い長方形の踏み石が一尺程浮き上がつた様な気がした。

明かるくなつたのはいいが、何だか、どきんとして、落ちつかなくなつた。

濡れた片山君と対坐した時、十年も昔のびつくりした電気の光りを思ひ出した。その上田先生のお口添への通りに片山君の地位はきまり、間もなく新学期を迎へて、彼は私の同僚の一人となつた。

一二年経つた後、彼は私に向かつて、内田さん、僕は一高の講師になりましたと云ふから私は非常によろこんだ。それはよかつた、よかつたと云ふと、彼は面白さうな顔をして、ところが僕の教へる生徒は隣りのお国の留学生なのです。その連中ばかりの特殊なクラスを教へるので、妙な工合ですよと云つた。

お隣りの留学生のクラスを教へた経験は私にもあるので、彼の云ふ妙な工合の味は知つてゐる。

しかし後になつて、さうでない普通のクラスにも出る様になり、一人前の一高の先生になつた。

又その他の学校にも迎へられて、或る時期は先生稼業で過ごした様だが、その内に彼の内に蔵するものが芽を吹き始め、次ぎ次ぎに立派な仕事を纏めて、漸くその業績が認められ出した。

ふだんは滅多に会ふ折りもなかつたけれど、先年何かの会合で一ッ橋の学士会館に行つた時、彼と同坐した。ほつそり痩せてゐたが、特に気になる程の様子ではなかつた。私に向かつて、僕は机の前の仕事だけで何とかやつて行ける様になりましたから、学校の方は少し前にみんなやめてしまつたのですよ、と自分の身の上話をした。さうして席が近かつたので、私の杯にお酒を注いでくれた。

一年余り前の一昨年の秋に片山君が亡くなつた時、どうした事かと見当もつかなかつた。後でおうちの人から遺詠集の様なものを贈られたが、ひとりでにきれいな涙がにじみ出て、流れて、更に後からあふれ出す様な本であつた。大事にしようと思つた手先でどこかへまぎれ込み、この稿を書くのでもう一度出して見ようと思つたが、うるんだ目で何かの間に重ねたその時の後先がどうしてもわからない。

（『東京新聞』昭和三十八年一月二十日）

解説　哀切の情感

森まゆみ

内田百閒の良い読者とは言えない。写真を見ると、への字口の食えないタヌキのようなおっさんである。疑り深い目つきをしている。男性ファンが多い気がする。ただ彼の追悼文を読むのが好きで、読み出したら止まらなくなった。これは面白い。

百閒は元は百間だった。その号が百鬼園である。幻想的な小説や、味わい深い随筆がある。つむじ曲がりで有名で、あの戦時中に体制翼賛の「文学報国会」入会も拒否した。晩年には「イヤダカライヤダ」と言って芸術院会員を断った。元祖「空気を読まない男」であって、大勢に流されない。

一方、鉄道好きであって、ヒマラヤ山系なるあだ名の平山三郎さんをおともに用事のない旅を繰り返し、東京駅一日駅長を務めた。さらに可愛がっていた猫への愛情あふれる「ノラや」などを愛好する読者も多い。

追悼文集は夏目漱石から始まる。国民的大作家だった漱石だが、亡くなったのは一九一六（大正五）年で、たった四九歳だった。それより二二歳年下の内田百閒は、八一歳まで長生きして、なんと一九七一（昭和四六）年、私が大学に入る頃まで生きていたのだった。元号を使うと年の差や長生きの差が見えなくなるので、以下西暦で行く。

漱石の臨終の様子が事細かに語られる。憚り（便所）に落ちた岩波書店の岩波茂雄。いよいよの時が近づいて奥さん鏡子の顔が引き締まる。青山斎場で立ったり座ったり落ち着かない万座の人々。その合間に、自分と漱石の思い出が語られる。

一八八九年、明治二二年に岡山の造り酒屋に一人っ子として生まれた百閒は、文学好きのわがままに育った。大学の英文科講師を辞め、朝日新聞社に入った漱石が満洲へ行くというので、中学生の百閒は岡山駅を通過するところを見ようと、入場券を買って列車の窓を覗いて歩いた。しかしこの時、漱石は大阪で体調を崩し、旅行を中止していた。友人満鉄総裁中村是公の招待旅行が「満漢ところどころ」に描かれるのは、その二年後のことである。日本の植民地主義による傀儡政権満洲国は朝日新聞を舞台に、国民作家漱石を起用して宣伝活動を行った。

一九一〇年に旧制第六高等学校を卒業し、上京して東京帝国大学に入学した百閒は、翌年、内幸町の長与病院に入院した漱石を訪ねていく。文通していたとはいえ、ただの読者が入院先を初訪問とは、今では考えられないが、漱石も平然と相対している。

岡山の実家は没落して、百閒は借金に苦しんだ。助けてもらおうと早稲田南町の漱石邸を訪ねる、湯河原温泉天野屋にいるという。百閒は今度は湯河原まで足を伸ばす。漱石は「貸してやるけど、今ここにはないから、東京に帰って、自分がそういったと伝へて、お金を出して貰へ」と言った。その天野屋は伊藤博文なども泊まった宿で、国の登録文化財になっていたが、先年、解体されてしまった。時々の漱石の表情も、臨終の様子も手に取るようである。漱石一九一六年暮一二月九日、四九歳没。

芥川龍之介は一八九二年、東京の下町本所の生まれで、百閒より三歳若い。早熟な秀才だった芥川は在学中に「新思潮」を仲間と創刊、「羅生門」を書き、鮮烈なデビューを果たす。「上野桜木町までお見舞に行くから、一緒に出よう」と芥川が言ったのは、これは宇野浩二が精神に変調をきたした件である。二人は田端の芥川の家から、坂を下りて道灌山下へをぶらぶらと歩いた。途中で芥川が本屋につかつかと入り、「湖南の扇」という自著を買って署名し、百閒にくれた。「自分の本を本屋で買ふのは惜しいね」と芥川が言った。それはまだ作家として世に出ていない百閒には呆然とするシーンだったろう。

「僕達の頭だつて、あぶないよ」という芥川の言葉は意味深長である。彼の実母は精神を病んで死んだ。芥川もいつ自分がそんなことになるか、不安だった。その上姉の夫が放火と保険金詐欺の嫌疑をかけられ鉄道自殺し、芥川はその後始末に追われていた。そして、芥川や広津和郎らの奔走で、医師である斎藤茂吉を煩わし、宇野が入院している七〇日の間に、芥川は田端の家で睡眠薬で自死する。次の「亀鳴くや」によれば、晩年の芥川は薬の常用で、「向うの云ふことはべろべろで、舌が動かないのか、縺れてゐるのか、云ふ事が中中解らない」という状態だったという。

「芥川君が自殺した夏は大変な暑さで、それが何日も続き、息が出来ない様であった。余り暑いので死んでしまつたと考へ、又それでいいのだと思つた」龍之介一九二七年七月二四日、三五歳没。彼の死は文壇だけでなく、社会に衝撃を与えた。


「花袋追慕」「花袋忌の雨」の田山花袋は一八七二年館林生まれ。九歳から丁稚奉公で働いた花袋に、百閒は最大限の礼儀と感謝を手向けている。花袋は博文館発行の文芸雑誌「文章世界」の編集者であった。「乞食」と題する写生文風の叙事文が、思ひがけなく最高位の優等に当選したので、私は非常にうれしかつた」

偕楽園というのは、谷崎なども愛した茅場町の中華料理店だ。そこで花袋の病気全快祝いが行われた時、一度だけ会った。「君のよこした文章は大変よかった。特色があったので、いつも注意した」などと褒められた喜びを素直に書きつけている。自分が引き立てられた喜びはともすれば自慢話に聞こえそうだし、相手は鬼籍に入って真偽も確かめようがない。花袋は他にも尾崎翠や吉屋信子、今東光、横光利一をも見いだした名伯楽であり、独歩、藤村などと並ぶ自然主義の大御所であり、紀行作家としても活躍した。百閒は見出してくれた花袋への恩を終生忘れなかった。花袋一九三〇年五月一三日、五八歳没。

寺田寅彦は一八七八年高知生まれ、熊本の五高時代からの漱石の最も年長の弟子である。兄弟子という感じかもしれない。「寺田寅彦博士」は尊敬に満ちながらも、文章の熱度はかなり低い。寅彦一九三五年一二月三一日、五七歳没。

「漱石先生の門下では、鈴木三重吉と君と僕だけだよ」と芥川は言ったそうだ。鈴木三重吉の死を悼む文が本書には三つもある。三重吉は「千鳥」「山彦」など学生時代に書いて漱石に激賞されたが、いつか筆を折り、「赤い鳥」を創刊して大正の自由主義児童教育に大きな貢献をした。私にとって教科書に載っていた三重吉の「少年駅夫」は今に至るも思い出の小説である。「金の船（のち金の星）」「おとぎの世界」などを「猿真似雑誌」と激怒した三重吉は名前からもなんだか、小柄で太った人のように思っていた。しかし写真を見ると意外や意外、すらりと背の高いなかなかの好男子。この追悼文を読んでいると三重吉が大好きになる。

「一どきにカツレツを八枚も食ふから貧乏するんだ」と百閒を叱る先輩、三重吉。「そんなことを云ひ出せば、鬼子母神の雀料理で寒雀を三十五羽食つたこともある」と応える百閒もしぶとい。若者に弓張り提灯や刺股を担がせて、一杯機嫌の殿様になったつもりで荒木町の花柳界に繰り込む三重吉も楽しい。そのかわいがった松本という若者が山でスキーをして打ち所が悪くて死んだ時、「三重吉さんがお葬ひの席で号泣した」という。

陸軍士官学校で会った秋山好古大将が「頬の皺のひだが深く、意地の悪い顔をしてる所が三重吉さんそつくりだ」と百閒は思ったらしい。高田老松町の屋敷町を酔って練り歩き、「おいおい、ここだぜ」「ここが日本一の誤訳の大家のお住まひだよ、わつははは」とさわぐ。この家がどこで誰か私は分かるが、あえて書かないでおく。

「親切ではあつたが、憎らしいおやぢで、憎らしかつたが、親切であった」。私は漱石のお身内から、「夏目家とよかったのは鈴木三重吉さんくらいです」と聞いたことがある。その意味が腑に落ちた。三重吉は秀才で堅物揃いの弟子の中で、親切で味のある人だったに違いない。三重吉一九三六年六月二七日、五四歳没。

内田百閒は、漱石の死んだ年に、陸軍士官学校ドイツ語科教授に任官した。二年後には海軍機関学校のドイツ語科教授を兼務するようになった。学校は横須賀にあって、前から勤めていた英語担当の芥川の紹介だった。その時フランス語を教えていたのが豊島与志雄。始発から乗るのだが、百閒は遅刻が多く、豊島は欠勤が多かった。つまり豊島は遅刻しそうになると学校に来るのを諦めてしまったのである。

その豊島与志雄は千駄木の高台の家で「黒い緋鯉」を飼っていたそうだ。これは実は私が千駄木で住んだ家の二、三軒先であった。その後、豊島与志雄は一九一七年ごろ、「レ・ミゼラブル」の翻訳が出たが、これが当たったのは震災後の一九二六〜二七年のこと。百閒は震災で家を焼かれ、海軍機関学校も罹災して広島の江田島に移り、職も失った。落魄の百閒がある日、千駄木の豊島邸に行ってみると、リヤカーで検印紙が運び入れられ、近所のおかみさんたちを駆り集めて検印を押していた。今では見かけないが、著者が一冊ごとに検印なるものを押していた時代の話である。借金取りに追われていた百閒はちょっと悔しかったに違いない。戦後も、豊島は「ジャン・クリストフ」の訳で大当たりする。

それなのに、芥川の「豊島は貧乏だから、早く法政へ入れてやりたまへ」の言を入れて、豊島は百閒の推輓で一九二三年に法政大学の教授になった。そして、一九三四年の法政大学騒動で、百閒の方は早々にやめるが、豊島は後まで残って名誉教授になっている。これは総長野上豊一郎を追い落とそうと、同じ漱石門下の森田草平やドイツ文学者の野口存男などが画策した事件である。その二年前に「百鬼園随筆」が三笠書房から出てベストセラーとなった百閒は大学に未練がなかった。豊島与志雄一九五五年六月一八日没、六五歳。

「草平さんの幽霊」にはそんなことは微塵も書かれていない。森田草平は一八八一年生まれで百閒より八歳の年長だが、作品は今読まれていない。平塚明《はる》と雪の塩原心中未遂事件を起こしたことだけが女性史上、知られている。この時、漱石は弟子をかばって平塚家に「草平にいずれ結婚を申し込ませる」「本人も経済的に大変なので、これを小説に書くことを容認してほしい」という仲立ちに立って、らいてうに呆れられている。あ、思い出した。草平の作品で唯一読まれているのは、この不思議な心中未遂事件の経緯を描いた『煤煙』くらいだろう。この女性、平塚らいてうはやがて一九一一年、「青鞜」という日本で初めての女性による女性のための雑誌を創刊、女性解放運動の先頭に立ち続けた。

こんな風に書いているときりがない。加藤武雄にも中村武羅夫にも米川正夫にも言及したいが紙幅がない。どうしても言及したいのは「朝雨」の宮城道雄である。目の不自由な箏曲家、「春の海」を作った天才、宮城道雄の鉄道事故死については、私の子供の頃まで、両親や近所の人は「お気の毒に」と話題にしていたものだった。百閒は岡山時代から琴を習い、上京して宮城道雄の弟子、さらには親友ともなった。「東海道刈谷駅」の事故現場検証は圧巻である。「銀河」に乗った目の見えない宮城が、お酒を聞こしめして、通路を通って開けたのはデッキへのドアだった。転落した宮城は即死ではなかった。担架で病院に運ばれた彼ははっきり自分の名前をいい、住所を言うところで声が途切れた。大変な調査能力であって、その熱心さはすなわち宮城への深い愛情に他ならない。宮城道雄一八九四生まれ、一九五六年六月二五日、鉄道事故死。

有名な人ばかりではない。法政大学の学生で全日空の創設者、中野勝義、妻の兄で夭折した堀野寛、ドイツ語の女弟子の関東大震災での死を悼む文にも、百閒の誠実さと愛情の深さが見てとれ、「親しい大事な人が亡くなつた後の月日は早く流れ去る様に思はれる」（「宮城会演奏プログラム口上一束」）。その通りだと思う。

わがままで偏屈な百閒はしかし学生には慕われた。還暦の祝いののち、「まあだ死なない」から摩阿陀会が催された。思えば、百閒の人生は苦難続きであった。父の死、生家の没落、関東大空襲で罹災、借金地獄、空襲で焼失、しかし、彼は我流を貫き、一番最後まで残って追悼文を書く人となった。こうして読んでみると漱石が彼に教えた「いっさん、ぱらりこ、残り鬼」や宮城道雄が酔うと口にした「ピールカマンチヤン」、そして芥川がタバコをつける時に振ったマッチ箱の音までが、懐かしくひびく。

（もり・まゆみ　作家）

編集付記

一、本書は著者の追悼文を独自に編集し一冊としたものです。文庫オリジナル。

一、Ⅰ部に漱石とその門下生ら文士たち、Ⅱ部に宮城道雄、Ⅲ部に友人や弟子に関するものをまとめました。

一、本書の収録作品は『新輯　内田百閒全集』（福武書店）を底本としました。

一、底本中、旧字を新字に改め、明らかな誤植と思われる箇所は訂正しました。表記のゆれは各篇ごとの統一としました。難読と思われる語には新たにルビを付しました。

一、本文中に今日では不適切と思われる表現もありますが、著者が故人であること、刊行当時の時代背景と作品の文化的価値に鑑みて、底本のままとしました。

中公文庫

追懐《ついかい》の筆《ふで》
——百《ひゃっ》鬼《き》園《えん》追《つい》悼《とう》文《ぶん》集《しゅう》

2021年2月25日　初版発行
2022年1月30日　再版発行

著　者　内《うち》田《だ》百閒《ひゃっけん》

発行者　松田陽三

発行所　中央公論新社
〒100-8152　東京都千代田区大手町1-7-1
電話　販売 03-5299-1730　編集 03-5299-1890
URL https://www.chuko.co.jp/

DTP　平面惑星
印　刷　三晃印刷
製　本　小泉製本

Published by CHUOKORON-SHINSHA, INC.
Printed in Japan　ISBN978-4-12-207028-8 C1195

各書目の下段の数字はISBNコードです。978－4－12が省略してあります。

中公文庫既刊より

う-9-4
御馳走帖　内田百閒《ひゃっけん》
朝はミルク、昼はもり蕎麦、夜は山海の珍味に舌鼓をうつ百閒先生の、窮乏時代から知友との会食まで食味の楽しみを綴った名随筆。〈解説〉平山三郎
202693-3

う-9-5
ノラや　内田百閒
ある日行方知れずになった野良猫の子ノラと居つきながらも病死したクルツ。二匹の愛猫にまつわる愛情と機知とに満ちた連作14篇。〈解説〉平山三郎
202784-8

う-9-6
一病息災　内田百閒
持病の発作に恐々としつつも医者の目を盗み麦酒をがぶがぶ……。ご存知百閒先生が、己の病、身体、健康について飄々と綴った随筆を集成したアンソロジー。
204220-9

う-9-10
阿呆の鳥飼　内田百閒
鶯の鳴き方が悪いと気に病み、漱石山房に文鳥を連れて行く……。『ノラや』の著者が小動物たちとの暮らしを綴る掌篇集。〈解説〉角田光代
206258-0

う-9-11
大貧帳　内田百閒
お金はなくても腹の底はいつも福福である――質屋、借金、原稿料……飄然としたなかに笑いが滲みでる。百鬼園先生独特の諧謔に彩られた貧乏美学エッセイ。
206469-0

う-9-7
東京焼盡《しょうじん》　内田百閒
空襲に明け暮れる太平洋戦争末期の日々を、文学の目と現実の目をないまぜつつ綴る日録。詩精神あふれる稀有の東京空襲体験記。
204340-4

う-9-12
百鬼園戦後日記Ⅰ　内田百閒
『東京焼盡』の翌日、昭和二十年八月二十二日から二十一年十二月三十一日までを収録。掘立て小屋の暮しを飄然と綴る。〈巻末エッセイ〉谷中安規（全三巻）
206677-9

う-9-13
百鬼園戦後日記Ⅱ
内田百閒
念願の新居完成。焼き出されて以来、三年にわたる小屋暮しは終わる。昭和二十二年一月一日から二十三年五月三十一日までを収録。〈巻末エッセイ〉高原四郎
206691-5

う-9-14
百鬼園戦後日記Ⅲ
内田百閒
自宅へ客を招き九晩かけて還暦を祝う。昭和二十三年六月一日から二十四年十二月三十一日まで。索引付。〈巻末エッセイ〉平山三郎・中村武志〈解説〉佐伯泰英
206704-2

ひ-37-1
実歴阿房列車先生
平山三郎
阿房列車の同行者〈ヒマラヤ山系〉にして国鉄職員だった著者が内田百閒の旅と日常を綴った好エッセイ。人物像を伝えるエピソード満載。〈解説〉酒井順子
206639-7

ひ-37-2
百鬼園先生雑記帳
附・百閒書簡註解
平山三郎
「百閒先生日暦」「『冥途』の周辺」ほか阿房列車でお馴染み〈ヒマラヤ山系〉による随筆と秘蔵書簡への詳細な註解。百鬼園文学の副読本。〈解説〉田村隆一
206843-8

て-8-3
漱石先生
寺田寅彦
自他共に認める別格の弟子が文豪の素顔を親愛の情を籠めて綴る。高等学校での出会いから周辺に集う人々まで。文庫オリジナル。〈巻末エッセイ〉中谷宇吉郎
206908-4

て-8-1
地震雑感／津浪と人間
寺田寅彦随筆選集
寺田寅彦
千葉俊二
細川光洋 編
寺田寅彦の地震と津浪に関連する文章を集めた。地震国難の地にあって真の国防を訴える警告の書。小宮豊隆宛震災絵はがき十葉の図版入。〈解説・註解〉千葉俊二・細川光洋
205511-7

い-38-4
太宰治
井伏鱒二
師として友として太宰治と親しくつきあった井伏鱒二。二十年ちかくにわたる交遊の思い出や作品解説など太宰に関する文章を精選集成。〈あとがき〉小沼丹
206607-6

う-3-17
青山二郎の話・小林秀雄の話
宇野千代
稀代の目利きと不世出の批評家を無垢の眼で捉えた全文集。両者と大岡昇平による著者をめぐるエッセイを併録。文庫オリジナル。〈解説〉林秀雄・宇月原晴明
206811-7

各書目の下段の数字はISBNコードです。978－4－12が省略してあります。

み-9-16
谷崎潤一郎・川端康成
三島由紀夫
世界的な二大文豪を三島由紀夫はどう読んだのか。両者をめぐる批評・随筆を初集成した谷崎・川端文学への最良の入門書。文庫オリジナル。〈解説〉梶尾文武
206885-8

お-2-17
小林秀雄
大岡昇平
親交五十五年、評論から追悼文まで「人生の教師」であった批評家の詩と真実を綴った全文集。巻末に小林との対談収録。文庫オリジナル。〈解説〉山城むつみ
206656-4

な-73-3
鷗外先生 荷風随筆集
永井荷風
師・森鷗外、足繁く通った向島・浅草をめぐる文章と、自伝的作品を併せた文庫オリジナル編集。巻末に谷崎潤一郎、正宗白鳥の批評を付す。〈解説〉森まゆみ
206800-1

な-73-1
麻《あざ》布《ぶ》襍《ざっ》記《き》 附・自選荷風百句
永井荷風
東京・麻布の偏奇館で執筆した小説「雨瀟瀟」「雪解」、随筆「花火」「偏奇館漫録」等を収める抒情的散文集。初の文庫化。〈巻末エッセイ〉須賀敦子
206615-1

な-73-2
葛飾土産
永井荷風
石川淳が「戦後はただこの一篇」と評した表題作ほか、短篇・戯曲・随筆を収めた戦後最初の作品集。久保田万太郎の同名戯曲、石川淳「敗荷落日」を併録。
206715-8

な-73-4
小説集 吉原の面影
永井荷風／樋口一葉／広津柳浪／泉鏡花
荷風に誘われて遊里をゆく。永井荷風「里の今昔」、樋口一葉「たけくらべ」、広津柳浪「今戸心中」、泉鏡花「註文帳」を収録。文庫オリジナル。〈解説〉川本三郎
206936-7

く-2-2
浅草風土記
久保田万太郎
横町から横町へ、露地から露地へ。「雷門以北」「浅草の喰べもの」ほか、生粋の江戸っ子文人による詩趣豊かな浅草案内。〈巻末エッセイ〉戌井昭人
206433-1

く-20-1
猫
クラフト・エヴィング商會
井伏鱒二／谷崎潤一郎他
猫と暮らし、猫を愛した作家たちが思い思いに綴った珠玉の短篇集が、半世紀ぶりに生まれかわる。ゆったり流れる時間のなかで、人と動物のふれあいが浮かび上がる、贅沢な一冊。
205228-4